그들이 세상을 지배할 때

그들이 세상을 지배할 때

ⓒ정명섭·산호 2020

초판 1쇄	2020년 7월 15일
초판 2쇄	2021년 12월 10일

지은이	정명섭
그린이	산호

출판책임	박성규	펴낸이	이정원
편집주간	선우미정	펴낸곳	도서출판 들녘
편집진행	이수연	등록일자	1987년 12월 12일
디자인진행	김정호	등록번호	10-156
편집	이동하·김혜민		
마케팅	전병우	주소	경기도 파주시 회동길 198
경영지원	김은주·장경선	전화	031-955-7374 (대표)
제작관리	구법모		031-955-7376 (편집)
물류관리	엄철용	팩스	031-955-7393
		이메일	dulnyouk@dulnyouk.co.kr
		홈페이지	www.dulnyouk.co.kr

ISBN	979-11-5925-560-1 (03810)	CIP	2020027714

이 도서의 국립중앙도서관 출판예정도서목록(CIP)은 서지정보유통지원시스템 홈페이지
(http://seoji.nl.go.kr)와 국가자료공동목록시스템(http://www.nl.go.kr/kolisnet)에서 이용하실 수 있습니다.

값은 뒤표지에 있습니다. 잘못된 책은 구입하신 곳에서 바꿔드립니다.

Misty Island

그
들이
세
상을
지
배할
때

정명섭 장편소설 산호 그림

차 례

"전 세계적으로 아칸소 독감으로 인한
사망자가 속출하고 있습니다.
하지만 안심하십시오. 아직까지
국내 확진 사례는 보고되지 않았습니다."

– 구인류 뉴스 보도 내용 일부

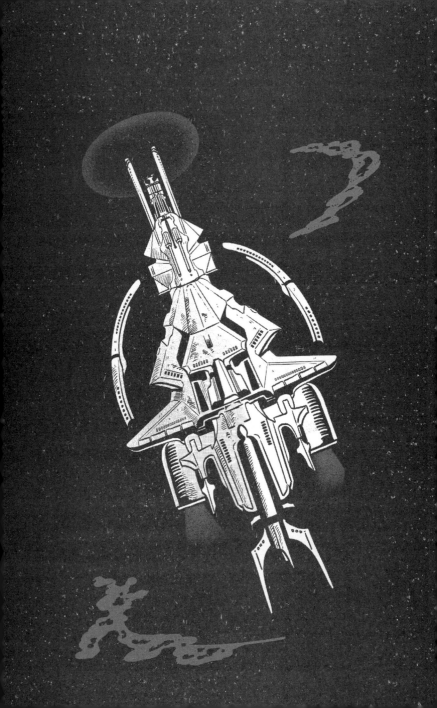

1. 착륙

Z.A.(Zombie Apocalypse) 102년 5월 4일.

달에서 채취한 석영을 정제해 만든 관측창으로 본 지구는 온통 잿빛이었다. 왠지 숨 막히는 기분을 느끼며, K-기준은 공용어인 영어로 중얼거렸다.

"지구는 밝고 찬란한 녹색이라고 하지 않았나?"

"웬걸. 데이모스보다 더 어두운데."

껑충한 키의 N-형식이 대꾸했다. 마구 헝클어진 그의 머리카락은 지구를 닮은 잿빛이었다. 잠시 침묵을 지키던 K-기준이 다시 입을 열었다.

"저기엔 대체 뭐가 있을까?"

"글쎄? 말라비틀어진 좀비 시체들, 오른손만 남은 자유의 여신상, 무너진 도쿄 타워, 지붕 날아간 경복궁, 미처 우주로 피신하지 못한 잔류자의 시신들, 그리고 또……."

"희망, 도전, 위대한 전진 같은 얘기할 생각이라면 그만둬. 너도 봤잖아. 무인 로봇들이 보내온 정찰 영상."

K-기준은 생각만 해도 지긋지긋하다는 표정으로 N-형식의 말을 잘랐다. 셔틀 천장에 붙은 패널에 사령관의 모습을 담은 홀로그램 영상이 떠오른 것은 그때였다. 두 사람은 이야기를 멈추고 자세를 꼿꼿이 했다.

"제군. 이제 우리 셔틀은 인류의 영원한 고향 지구로 진입한다. 제군이 내딛는 발걸음 하나하나가 위대한 전진의 일환이라는 것을 명심하기 바란다."

짐짓 위엄 있는 말이었으나 불안정한 전파 탓인지 영상 송출은 원활하지 못했다. 지직거리는 노이즈와 함께 사령관의 훈시가 끝나자 패널에는 다시 지구 이미지가 떠올랐다. 지겹게 봐왔던 Z.A. 이전의 녹색 지구. 하지만 지금 그들의 눈앞에 나타난 지구는 한없이 잿빛이었다.

"꿈과 현실의 괴리이겠지."

엄지손톱 끝을 가볍게 물며 K-기준은 중얼거렸다. 진입 각도를 조절하려는지 셔틀 후미에 설치한 두 개 서브 노즐의 점화 스위치를 작동하는 소리가 들렸다. 안전벨트를 확인한 N-형식이 라그랑주 포인트를 상징하는 삼각형 성호를 허공에 그으며 말했다.

"누가 지구파 수장 아니랄까 봐 쓸데없는 소리만 하고 있네. 차라리 화성에 원정대를 더 보내는 게 낫지 않았을까?"

"벌써 세 번이나 실패했잖아. 그리고 화성에서 채취한 수소는 정제해봤자 쓸모가 없어."

"그럼 지구는?"

"적어도 공기와 물이 있잖아."

K-기준의 말은 지난 십 년간 팽팽히 이어졌던 우주파와 지구파의 논쟁을 종결한 한마디이기도 했다. N-형식은 아무 대답도 하지 못했다. K-기준은 말없이 좌석 아래에서 올라온 가슴 보호대에 안전벨트를 고정했다. Z.A. 이후 지구 밖으로 탈출한 인류가 만든 스페이스 콜로니나 달의 정착지에서는 한 모금의 깨끗한 공기 때문에 주먹다짐은 물론이고 살인까지 빈번하게 벌어졌다. 그로부터 한 세기가 지난 지금은 다행

히 그 정도까지는 아니지만, 여전히 정제된 공기 한 캔은 귀
중한 선물이자 권위의 상징이었다.

대기권에 진입하는 중인지 만만찮은 진동이 전해져왔다. 아
직 우주 공간이기에 소리가 나지는 않지만 아마도 최대 출력
으로 진입 각도를 잡고 있는 것 같았다. 이제 곧 스페이스 콜
로니의 자체 회전으로 만들어낸 인공 중력이 아니라 지구라
는 행성이 가지고 있는 진짜 중력과 만나게 될 것이다. 출발
하루 전 봤던 홀로그램 영상이 떠올랐다. 뾰족한 콘헤드 가발
을 쓴 개그맨이 지구에 내려서면 중력 때문에 난쟁이가 되고
말 것이라며 익살을 떨었었지. N-형식이 다시 입을 열었다.

"좀비들은 얼마나 남아 있을까?"

"이론적으로라면 멸종했어야지. 핵폭발로 삼십 년 동안 겨
울이 지속되며 생태계가 파괴되었잖아. 근데 예상외로 아직
많은 것 같아."

"H-헤븐 얘기로는 지하에 대피해 있다고 하던데? 인간을
사육하면서 우리가 돌아오기만을 기다리고 있을 거래."

말도 안 되는 얘기라며 반박하려는 순간 셔틀이 크게 진동

했다. K-기준은 가슴 보호대 앞의 안전 손잡이를 꽉 움켜쥐며 눈을 감았다. 지구 원정대 사령관은 여러 차례의 컴퓨터 시뮬레이션과 캡슐 투하로 안전한 낙하 궤도와 착륙 방법을 충분히 터득했다고 호언장담했다. 하지만 원정대원들 사이에서는 투하된 캡슐의 절반이 대기권의 마찰열을 견디지 못하고 우주 공간에 버려진 세라믹 덩어리처럼 부스러졌다는 흉흉한 소문이 떠돌았다. 이 스페이스 셔틀 역시 못 미덥기는 마찬가지였다. 스페이스 콜로니나 달을 왕복하기 위한 용도로 설계된 셔틀은 두 개의 강력한 엔진 사이에 사각형의 몸체가 들어간 형태였다. 물론 옛날 지구의 상공을 비행하였다던 비행체보다는 우수하겠지만, 공기를 받쳐줄 날개나 착륙을 도와줄 플랩*이 없었다. 출발 직전 각도를 조절할 수 있는 서브 노즐을 후미에 장착했지만 과연 사령관이 호언장담한 대로 긁힌 자국 하나 없이 지구에 착륙할 수 있을지는 미지수였다.

"지구는 역시 괴물일지 몰라."

낯선 불안감에 젖어, K-기준이 중얼거렸다. 셔틀은 이제 고

---

* flap, 비행기 이착륙 시 속도를 조절하기 위해 날개 앞뒤에 설치하는 보조 날개.

장 난 자기 부상 엘리베이터처럼 요동쳤다.

— 전 승무원 우주복 착용. 비상사태에 대비하라.

비상 스피커를 통해 탁한 목소리가 들려왔다. 셔틀에 탑승한 마흔여섯 명의 원정대원들은 가슴 보호대에 부착되어 있던 헬멧을 머리에 썼다. 자석으로 만든 이음매는 굳게 맞물렸지만 K-기준은 몇 번이고 헬멧을 흔들어보았다. 단단히 고정된 것을 확인하고는 좌석과 연결된 비상 호흡 밸브를 열었다. 귀하디귀한 정제 산소가 헬멧 안을 가득 메우자 황홀감이 밀려오며 불안감을 가라앉히는 듯했지만 잠시였다. 이내 진동이 셔틀을 분해해버릴 기세로 거세어졌기 때문이다. K-기준은 무인 로봇이 전송해온 지구의 모습을 떠올리며 눈을 질끈 감았다. 돌아볼 수는 없지만 다른 원정대원들 모두 그와 같은 모습일 것이다.

태어나면서부터 지겹게 들어왔지만 막상 돌아갈 수는 없으리라 생각했던 지구. 백여 년 전 좀비들에 의해 지구에서 쫓겨났던 인간들이 다시 그곳에 발을 내디디려 하는 순간이었다.

좀비의 기원

좀비의 기원의 대한 가설은 크게 발생설과 공존설 두 가지로 나누어진다. 발생설은 인류가 인위적인 조작과 실험을 거쳐 그들을 만들어냈다는 것인데, 이 경우 Z.A. 이전에 그들에 대한 기록이 거의 전무하다는 점과 Z.A. 직전 지구에 거주하던 인류가 유전자 조작 실험에 열중했다는 사실이 근거가 된다. 반면 공존설은 그들이 오랫동안 인류와 공존해왔으나, 어떤 이유로 인해 급격히 태세를 바꾸어 인류를 몰살하려 한 것이라고 주장한다. 인류와 좀비의 생활 습성과 행동 양태가 뚜렷하게 구분되는 점, 그리고 아메리카 대륙에 있던 한 연방의 '할리우드'라는 구세대 이미지 메이커가 그들의 특징을 거의 정확하게 묘사한 2차원 영상을 여러 차례 만든 바 있다는 점이 주요 근거가 된다.

좀비에 대한 인류의 가장 확실한 기록 중 하나는 'AD. 1943'이라는 라벨이 붙어 있고 'I walked with a zombie'라는 타이틀이 박힌 할리우드의 2차원 영상 제작물이다. 이 영상 때문에 한때 공존설이 대세를 이루기도 했으나, N-타카노스키는 영상에서 인간 여인을 들고 있는 존재가 좀비가 아니라 사람과 비슷하다는 점을 들어서 조작 의혹을 제기했다.

— 『Z WAR: 인간은 왜 패배했는가?』에서 발췌

K-기준은 속이 뒤집힐 것 같은 마찰음이 그치고 난 뒤에야 겨우 눈을 떴다. 셔틀을 개조하면서 지구에 안전하게 진입하는 문제는 해결되었지만, 그다음에는 무사히 착륙하는 것이

고민거리로 떠올랐다. 우주였다면 강한 자력을 지닌 앵커나 서브 노즐을 이용해서 속도를 줄였겠지만, 공기가 풍부한 지구에서는 불가능했다. 고민 끝에 기술자들은 스페이스 셔틀에 우주 작업용 로봇의 비상 착륙 장치를 부착했다. (어느 누구도 왜 그 비상 착륙 장치를 스키드라고 부르는지는 몰랐다.) 정말 이 스키드로 랜딩존에 무사히 착륙할 수 있을까? 수학자들의 오랜 난상토론 끝에 결국 스키드를 부착한 무인 캡슐을 시험 착륙시켜보는 것으로 결론이 났다. 두 차례의 처참한 실패를 거치고 나서야 기술진은 스키드를 지지할 다리를 보강했다.

발밑에서 쿵쿵거리는 진동이 느껴졌다. 메인 노즐만큼이나 추진력 강한 제동용 서브 노즐이 위력을 발휘하는 모양이었다. 머리 위 홀로그램 착상 공간에서는 붉은빛이 점멸하고 비상사태에 대비하라는 음성이 이어졌으며, 셔틀 외부에서부터 들려오는 금속성 마찰음은 그 모든 상황과 너무나 완벽한 조화를 이루었다. 랜딩존의 길이를 가늠해보며 K-기준은 중얼거렸다.

"역시 대기는 숨 쉬는 것 빼고는 다 비효율적이라니까."

제동용 서브 노즐만으로는 부족했는지 전면에 설치한 비상 제동 장치의 폭발성 화약이 터지는 소리가 들렸다. 옆 좌석의 N-형식은 연신 라그랑주 성호를 그어댔다. 시뮬레이션의 예상치를 뛰어넘는 진동에 눈앞이 하얗게 흐려졌다. 더 이상은 못 참겠다 싶을 즈음 거짓말처럼 셔틀이 멈췄다. 머리 위의 홀로그램 시그널이 안전을 뜻하는 푸른빛으로 변했다. 여기저기서 정제 산소 흡입량을 늘리기 위해 밸브를 돌리는 소리가 들렸다. K-기준 역시 헬멧을 통해 공급되는 정제 산소를 한껏 들이마셨다. 두통과 두려움이 완전히 사라지지는 않았지만 최소한의 안도감은 느낄 수 있었다. 삐 하는 소리와 함께 비상 스피커에서 함장의 목소리가 들려왔다.

— 조종실에서 알려드립니다. 현재 우리 셔틀은 랜딩존에 무사히 착륙했습니다. 광대역 통신을 통해 부근의 정찰 로봇으로부터 기상과 대기 정보를 수신하는 중입니다. 안전이 확인되는 대로 착륙 절차를 밟도록 하겠습니다.

"맙소사, 정말 지구로 내려왔군. 바깥은 어때?"

헬멧에 달린 전송판을 통해 N-형식의 목소리가 흐릿하게 들려왔다. K-기준은 고개를 돌려 창밖을 바라봤다. 구인류가 만들어놓은 건축물들의 잔해가 널린 황토색 대지와 흐릿한 푸른색 하늘이 보였다. 서서히 저물어가는 붉은 태양도.

"저게 태양인가?"

그는 헬멧의 바이저를 유리창에 바짝 갖다 댔다. 두 눈을 태워버릴 것 같은 강렬함이 그를 매혹시켰다. 심장이 작게 쿵쿵거렸다.

— 원정대원 여러분. 지금 랜딩존 주변의 온도는 영상 18도, 대기 중 산소의 비율은 19.06퍼센트입니다. 헬멧의 밀폐 상태를 해제해도 좋습니다.

안내 방송이 끝나자마자 그는 헬멧의 잠금장치를 풀고 바이저를 올렸다. 이가 시릴 정도로 상쾌한 정제 산소가 빠져나가고 이산화탄소 섞인 눅눅한 2급 공기가 그 자리를 대신했다. 가슴 보호대가 천천히 좌석 아래로 내려갔다. 안전벨트를 풀고 자리에서 일어났지만, 생각보다 강력한 중력이 그를 도로 주저앉혔다. 다른 대원들도 갑작스러운 중력 해제 상태에 빠진 것처럼 휘청거렸다. K-기준은 천천히 다시 일어났다. 만만치 않은 중력이 엄습해왔지만 꿋꿋이 견뎌냈다. 척추를 타고 흐르는 통증이 차츰 사그라들자 조금씩 걸음을 옮길 수 있었다.

이윽고 셔틀 바닥에 있는 출입문이 천천히 열리며 묵직한 기계음 너머로 지구가 밀려들어왔다. 아직 자리에서 일어나지도 못한 대다수의 원정대원들은 눈앞의 지구에 압도되었는지 더더욱 꼼짝도 하지 못했다. K-기준은 성큼성큼 그들을 지나쳐 갔다. 출입문이 완전히 열리기도 전에 땅에 발을 디뎠지만 그대로 미끄러지며 대지 위에 털썩 널브러지고 말았다. 넘어진 그의 옆으로 출입문이 짧은 기계음을 내며 대지에 닿았다. 뒤따라 내려온 N-형식이 그의 곁에 한쪽 무릎을 꿇고 앉아 물었다.

"괜찮아?"

K-기준은 여전히 헬멧을 쓰고 있는 N-형식의 머리를 툭 쳤다.

"지구다. 고향에 돌아온 거야."

"너무 들뜨지 마. 고향이 될지 악몽이 될지는 아무도 모르니까."

N-형식이 손을 내밀며 말했다. K-기준은 그 손을 잡고 일어났다. 그들의 뒤를 따라 대원들이 하나둘씩 출입문을 나왔

다. 그들에게 Z.A. 이전의 지구는 물과 대기가 무한하고, 필요한 광물질이 모두 존재하는 풍요로움의 상징이었다. 어쩌면 그런 꿈같은 기억 때문에 인간들은 지구를 포기할 수 없었던 것인지도 모르겠다. 좀비에게 희생당하고, 핵폭발로 상처를 입었으면서도 말이다.

여하튼 드디어 인간이 이 땅에 다시 돌아왔다.

백 년 만에.

— Z.A. 용어 사전 **좀비의 어원**

인류가 좀비라는 명칭을 확정 짓게 된 경위는 분명치 않다. Z.A. 직전의 혼란기에는 좀비를 '감염자' '구울' '데드맨' 등 여러 명칭으로 부른 것으로 보인다. 특히 이때 사용된 명칭에 '병균에 오염되었다'는 뜻이 포함되어 있는 것은 발생설의 가장 주요한 근거가 되는데, 이에 공존설을 주창했던 T-도노반은 '감염자'는 좀비가 아니라 지구권 안에서만 발생하는 특이한 질병의 치료약을 가리키는 것이라고 해석하기도 했다. 이러한 명칭들은 구세대 이미지 메이커 할리우드의 2차원 영상에 자주 등장하며, 이들의 영상 대부분이 '호러(horror)'로 분류된다는 점이 주목된다.

— 『Z WAR: 인간은 왜 패배했는가?』에서 발췌

원정대원들은 하나같이 멍한 눈으로 지구를 바라보고만 있었다. 착륙 후 상황 시뮬레이션을 여러 번 하고 스케줄도 분 단위로 촘촘하게 짜놓았지만 막상 지구에 도달하자 그 누구도 움직일 생각을 하지 못했다. 갑작스러운 충격. 몇 년 전 비밀리에 지구에 내려갔던 탐사대원들이 겪었다는 '지구 충격'이라는 무기력 상태와 비슷했다. 앙상한 뼈대뿐인 건축물들의 잔해는 식물 줄기들이 뒤덮고 있어 본래 형태를 알아볼 수 없었다. 환했던 하늘은 언제 몰려왔는지 알 수 없는 검은 구름에 의해 서서히 어두워지고 있었다. 비가 올 모양이었다. 하지만 이 역시 미리 예고되는 인공 강우만 경험했던 원정대원들에게는 낯선 것이었다. 입고 있는 슈트에 부착된 외골격 구동 장치도 복잡한 지구의 중력에 적응하지 못하는지 계속 에러 사인을 보내왔다. K-기준은 슈트의 허리 쪽에 있는 파워 스위치를 내렸다. 보호 장갑을 벗고 한쪽 무릎을 꿇은 뒤 흙을 한 움큼 움켜쥐었다. 달이나 소행성의 메마른 흙과는 달리 축축한 습기가 느껴졌다.

막상 지구에 내렸지만 뭘 어떻게 해야 할지 몰라 막막해하며 일종의 무기력 상태에 빠져 있던 원정대원들을 깨운 것은 랜딩존 외곽에 미리 배치한 정찰 로봇의 총성이었다. 처음에는 간헐적으로 울려왔지만, 이내 다른 로봇까지 사격을 개시하면서 총성은 더욱 잦아졌다.

- 적색 사태! 적색 사태!

헬멧에 장착된 광통신망을 타고 들려오는 음성이 석상처럼 굳어 있던 대원들을 움직이게 했다. 셔틀 후방의 대형 개폐구가 열리고 무기를 실은 운송용 로봇이 굴러 나왔다. 합성 섬유로 만든 결속 장치를 해제하고 플라스마 라이플을 받아든 원정대원들은 능숙한 솜씨로 탄창을 삽입하고 안전장치를 해제했다. 석양 후 사방이 금세 어두워진 탓에 헬멧과 플라스마 라이플에 부착된 라이트를 켜야 했다. 다행히 셔틀 조종석 상단부에 부착된 대형 라이트까지 가세하면서 어둠은 좀 가셨다. 다들 총기를 들고 전투태세에 돌입하긴 했지만 어떻게 해야 할지 갈피를 잡지 못하는 것 같았다. 인공조명에 익숙해 있던 동공은 불안정한 자연광 앞에서 한없이 수축하였다. 미친 듯이 눈을 깜빡이며 어둠에 익숙해지려 애쓰는 동안 총성은 점점 더 가까워졌다. 원래대로라면 가져온 방벽을 치고 방어선을 구축해야 했지만 시간이 부족할 것 같았다. K-기준은 우왕좌왕하는 동료들 사이를 뚫고 전방 출입구를 향해 뛰어 갔다. 그리고 조종석 아래 붙은 반구형 통합 센서를 향해 소리쳤다.

"조종실, 좀비 위치를 확인해주기 바란다! 반복한다. 조종실, 당장 좀비 위치를 확인해주기 바란다!"

잠시 후 헬멧의 무전망을 통해 당혹감에 빠진 목소리가 들려왔다.

"우리도 확인할 방법이 없다."

"이렇게 있다가는 전멸하고 말 거야! 어떻게든 방법을 찾아!"

"일단 안전한 셔틀 안으로 철수하도록 권고한다."

"정찰 로봇들과 링크하면 정보를 알 수 있잖아! 자동 방어 모드로 전투하면서 위치를 전송하고 있을 거 아냐!"

웅얼대던 목소리는 이내 잠잠해지고 침묵이 찾아왔다. 답답한 나머지 다시 소리치려는 찰나 다른 목소리가 끼어들었다.

"좀비 위치를 확인했다. 툼-5와 툼-6 쪽으로 접근 중이다."

"해당 정찰 로봇들 위치는?"

"셔틀 우측 날개와 후방 메인 노즐 쪽이다. 툼-1에서도 접근 경보가 있지만 아직 삼 킬로미터 전방이다."

"오케이."

"다른 방향에서도 접근해오면 그쪽으로 신호탄을 발사하겠다."

"카피."

그는 짧게 알아들었다는 신호를 전달하고 신속하게 동료들 곁으로 돌아갔다.

"1팀은 후방 서브 노즐, 3팀은 우측 날개 방향으로 방어선을 쳐. 2팀은 후방 개폐구에서 탄약을 보급하고. 어서 움직여!"

그의 외침에 동료들이 자리를 잡아갔다. 정찰 로봇이 자폭하는 폭음이 들려왔다. 탄환이 떨어졌거나 좀비들에게 붙잡혔을 것이다. Z.A. 이전의 기록들은 대부분 소실되었지만, 좀비들과의 전쟁 과정에 관한 기록들은 단편적으로나마 남아 있었다. 가장 효과가 좋은 무기는 소총이라는 화약 무기라는데, 지구를 탈출하면서 가져온 화약 무기들은 대부분 정찰 로봇의 자위용 무기로 개조된 상태였다. 지금 원정대원들이 들고 있는 플라스마 라이플은 지구의 대기권 안에서도 잘 작동

할지 미지수였다. 하지만 화약은 생산 종료된 지 오래였기에 선택의 여지가 없었다.

"무조건 머리를 노려야 한다고 했지."

지구 적응 훈련을 받을 때 사격 교관에게 들었던 말을 상기하며 K-기준은 바이저를 내리고 M-21이라는 제식명이 붙은 플라스마 라이플을 어깨에 밀착했다. 라이플 상단부에 장착된 조준 장치와 헬멧의 사격 통제 장치가 연동되면서 남은 탄환의 숫자와 조준점 등이 시야 내에 표시되었다. 하지만 불규칙한 자연광 때문에 조준 장치는 연거푸 거리 측정만 되풀이했다. 게다가 바이저를 내리고 헬멧의 여과 장치를 통해 호흡하다 보니 이유를 알 수 없는 불안감이 밀려왔다.

결국 그는 육안 조준 시스템을 선택했다. 바이저를 올리고 원통형 스코프에 눈을 갖다 대자 이쪽으로 몰려오는 좀비들이 보였다. 이런 장면이라면 우주에 있을 때부터 정찰 로봇들이 보내오는 영상을 통해 지겹도록 봤다. 두려움보다는 호기심이 일었다. 원래 옷이나 피부색을 알아볼 수 없을 정도로 먼지를 잔뜩 뒤집어쓴 좀비들은 하나같이 앙상하고 무표정했다. 그들은 반쯤 썩어버린 눈동자를 이리저리 굴리며 셔틀을 향해 다가오고 있었다. 일렬로 늘어서 있던 대원들 중 누군가가 발포하기 시작했다. 그러자 마치 보이지 않는 실에 끌려가듯 총탄이 잇달아 터졌다. 이미 피가 말라버린 좀비들의 몸은 총격을 받자 마치 우주 공간으로 내보낸 시신처럼 한순간에 터져버렸다.

K-기준도 스코프에 들어오는 좀비의 머리를 향해 신중하게 방아쇠를 당겼다. 일순간 좀비의 머리는 아래턱만 남고 몽땅 사라져버렸다. 부서진 머리에서 회색빛 점액질이 튀어 나란히 걸어오던 다른 좀비의 뺨에 철썩 들러붙었다. 점액은 녀석의 썩어서 뻥 뚫린 볼을 타고 입으로 들어갔다가 다시 검게 타버린 입술 사이로 흘러나왔다. K-기준은 체액을 줄줄 흘리는 입술을 향해 한 번 더 방아쇠를 당겼다. 머리를 잃은 몸통이 그 자리에 털썩 쓰러졌다.

끊임없이 이어지는 총탄의 파열음 사이로 탄창을 교환해야 한다고 외치는 소리들이 들려왔다. 가느다란 다리 때문에 거미라는 별명이 붙은 단거리 운송용 로봇이 원정대 뒤를 왔다 갔다 하며 탄창을 공급했다. 간신히 처음 나타났던 좀비들을 거의 처리해갈 즈음, 또 다른 좀비 무리가 모습을 드러냈다.

앞서 쓰러진 좀비들의 잔해를 헤치고 오느라 다소 뒤뚱대는 그들의 어깨 사이로 플라스마 라이플의 탄환이 스쳐 지나갔다. 탄환이 내는 고열에 좀비들의 몸이 녹아내렸다. 살가죽이 녹으면서 앙상한 뼈대만 남은 좀비들은 보행 장치가 고장 난 로봇처럼 바닥을 기어 다녔다.

두 번째 좀비 무리를 절반쯤 처리했을 때, 원정대원들은 어디선가 다른 무리가 나타나 합세하는 것을 보았다. 끝을 모르는 그들의 움직임은 두려움을 자아내기에 충분했다.

"망할, 계속 몰려오고 있어."

"셔틀 안으로 후퇴해야 하는 거 아냐?"

무전망을 통해 들려오는 동료들의 목소리에서 점차 절망이 짙게 묻어났다. 원정대 방어 책임자인 K-기준은 그의 결단을 요구하는 시선들을 느꼈다. 그 역시 잠깐 셔틀 안으로 철수하는 방안을 생각해보기도 했지만, 이내 생각을 바꾸었다. 무기를 휴대한 채 좁은 기체 안에 밀집하는 것은 사령부의 금지 사항 중 하나였다. 실제로 시뮬레이션 중에 전장 스트레스를 받거나 지구 충격에 빠진 병사가 플라스마 라이플을 난사하다가 셔틀을 날려먹은 경우가 많았다.

이런저런 생각에 빠져 있던 그는 펑 하는 소리에 고개를 들었다. 셔틀의 조종석에서 정면으로 날아간 신호탄이 허공을 가로질러 갔다. 신호탄이 떨어진 방향에서도 좀비가 몰려온다면 이렇게 넓은 방어진으로는 막을 수 없었다. K-기준은 무전망에 대고 소리쳤다.

"다들 후방 개폐구 쪽으로 모여!"

두 개의 긴 횡대로 나뉘어 있던 사격 대열이 후방 개폐구를 중심으로 둥글게 모이는 원형 사격진으로 정비되었다. 내장하고 있던 탄창이 바닥났는지 거미들이 후방 개폐구를 뒤뚱거리며 올라가는 것이 보였다.

"탄약을 아끼면서 사격한다. 반복한다. 탄약을 아껴!"

그는 이제 무전망 따위는 필요 없을 정도로 가까이 모인 동료들에게 소리쳤다. 우주 공간에서 사격할 때에는 겪어보지 못했던 소음과 연기 탓에 다들 목이 터져라 고함을 지르며 얘기를 주고받았다.

"기수 전방에 다수!"

"앞쪽이야!"

곳곳에서 고함소리와 총성이 마구 뒤엉켰다. 서로를 부르는 목소리는 점점 더 커졌고, 곳곳에서 발사되는 총탄들이 폭풍처럼 휘몰아쳤다. 하지만, 좀비들은 점점 더 가까이 다가오고 있었다. 그만큼 총탄을 맞고 쓰러지는 숫자도 늘어났지만 어디선가 끊임없이 나타나는 좀비들이 이내 그 빈 자리를 채웠다. 그들의 앙상한 몸통이 총알에 부서질 때마다 피어나는 황갈색 먼지가 점차 짙어지며 눈앞을 흐렸다. 밀집된 화망으로 좀비들을 쓸어버리고 있었지만 끝은 보이지 않았다. K-기준은 연신 방아쇠를 당겨대는 동료들의 흔들리는 손과 긴장감으로 범벅이 된 얼굴을 바라봤다. 그러다 누군가 실수로 옆으로 총구를 겨눈 채 방아쇠를 당기기라도 하면 대참사가 일어날 게 뻔했다. 수납 칸에 교환용 탄창을 가득 실은 거미가 덜그럭거리며 개폐구를 기어 내려오는 것이 보였다. 아마 저것이 마지막 탄창과 탄환 들일 것이다.

"도저히 안 되겠어. 안으로 후퇴하자!"

N-형식이 거의 애원하듯 말했다. K-기준은 허리를 펴고 주변을 둘러봤다. 좀비들은 이제 얼굴을 알아볼 수 있을 정도로 가까웠다. 썩어 문드러진 눈자위에는 검은 어둠만이 가득했다. 그때였다. 우려했던 사고가 터졌다. 대원 한 명이 총구

를 아래로 내린 채 탄창을 갈다가 성급하게 방아쇠를 당겨버린 것이다. 발아래 자욱하게 먼지가 깔리는 것과 동시에 해당 대원은 총을 떨구며 발등을 움켜쥐고 나뒹굴었다. K-기준은 황급히 달려가 그의 뒷덜미를 잡고 개폐구 쪽으로 끌어갔다. 흙 위로 핏자국이 짙고 길게 이어졌다. 그때였다.

"뒤에 로봇! 조심해!"

N-형식의 외침에 뒤를 돌아본 K-기준은 수송용 로봇의 원통형 센서가 바로 코앞에서 번뜩이는 것을 보았다. 끌고 가던 동료와 함께 즉각 옆으로 몸을 날렸지만 너무 늦었다. 장애물을 감지하고 급하게 정지하려던 로봇이 균형을 잃고 무너졌다. 로봇은 적재 칸에 실은 탄창과 함께 동료 위로 쏟아져 내렸다. 눈앞에서 벌어지는 모든 장면이 슬로모션처럼 느껴졌다. 엎드려 있던 대원을 깔아뭉갠 로봇이 지잉지잉 모터 소리를 내며 연신 헛발질을 해댔고, 하반신이 완전히 뭉개진 대원은 울컥거리며 시커먼 피를 토하기 시작했다. K-기준은 저도 모르게 발치에 튄 핏덩이를 피해 엉덩이걸음을 했다. 그러다 죽어가는 대원과 눈이 마주쳤다. 스페이스 콜로니 캐나다 출신이었던가? K-기준은 금발 원정대원의 눈에 어려 있는 원망

을 느꼈다. 그 동공이 금방 피로 젖어드는 바람에 아주 찰나였지만. 그러자 방금까지 머릿속을 가득 채우고 있던 의무감이나 책임감 따위는 말끔하게 사라져버렸다. 당장 셔틀 안으로 도망쳐서 조종사에게 이륙하자고 애원하고 싶었다. 말을 안 듣는다면 총으로 위협하는 것도 불사할 수 있을 것 같았다. 반드시 그렇게 할 것이다.

"정찰 로봇이 이쪽으로 다가오고 있어! 누가 조종하는 거야?"

패닉에 빠져 있던 그는 N-형식의 외침에 제정신을 찾았다. 장거리 정찰용 로봇이 다리를 부지런히 움직이며 좀비들 사이를 파고들고 있었다. 로봇의 원통형 센서 아래쪽에 달린 기관총이 불꽃을 토해냈다. 아랫배를 관통당한 좀비는 시커먼 체액과 썩어버린 내장을 줄줄 쏟아내며 바닥을 굴렀다. 공격 대상을 바꾼 좀비들이 정찰용 로봇을 향해 달려들었지만, 로봇은 육중한 무게와 여섯 개의 다리를 이용해 다가오는 좀비들을 뭉개버렸다. 로봇은 센서에 매달린 좀비를 능숙한 움직임으로 털어버리고는 앞뒤로 움직이며 부서진 좀비들을 아예 가루로 만들어버렸다. 그렇게 한참을 휘젓고 다니던 정찰 로봇이 셔틀에서 멀어져가자 좀비들은 로봇을 따라붙었다. 한 차례 위기가 지나갔다. 정찰 로봇을 쫓지 않고 남은 좀비들은 별다른 위협이 되지 못했다. 석양이 내릴 즈음 시작된 지구 원정대와 좀비 간의 첫 번째 전투는 그렇게 끝났다.

Z.A. 용어 사전 **좀비의 습성: 그들은 집단을 이루는가?**
그리고 지도자가 존재하는가?

그들이 집단을 이루는지, 이룬다면 어떤 형태와 계급을 지니는지, 지도자는 어떻게 선출하는지 등에 대해서는 자세히 알려지지 않았다. Z.A. 직전의 기록을 보면 좀비들은 언제나 집단으로 등장해서 소수로 고립된 인간들을 공격했다고 기술하고 있다. 따라서 좀비 학계에서는 그들이 수십 혹은 수백 단위로 군집을 이룬다고 주장하고 있다. 먹이나 공격 목표를 찾아 광범위한 지역을 이동하다가 목표물을 발견했을 경우 부근의 다른 집단과 연계해 공격을 감행하는 패턴을 보이는 것으로 이해된다. 카탈루냐 대공세 때는 무려 사백만에 달하는 좀비들이 일주일간 공세를 감행한 것으로 알려져 있다.

이들이 어떤 방식으로 소통하는지에 대해서는 후술하겠지만 위계질서 문제는 집단설을 받아들이는 데 가장 큰 장벽이 된다. 해부 자료에 따르면 그들은 복잡한 언어를 구사할 만한 성대 조직을 가지고 있지 않다. 이에 대해서 좀비 집단설을 주장하는 학자들은 해부된 좀비들은 언어를 구사할 필요가 없는 하급 좀비들이라거나(G-엥거, T-웨이펑),

구강이 아닌 특정한 주파수의 음파로 교신하기 때문이라고(M-모랄레스) 강변한다.

지도자 선출 문제는 집단설을 주장하는 학자들 사이에서도 의견이 분분한데, 합의나 추대에 의해서 선출된다는 의견(M-모랄레스, G-엥거, J-하츠시바)과 약육강식의 논리에 의해서 결정된다는 의견(P-지우, M-루미코)으로 나뉜다.

— 『Z WAR: 인간은 왜 패배했는가?』에서 발췌

처참하게 목숨을 잃은 동료를 바라보는 원정대원들의 눈빛은 더없이 착잡했다. 원정대의 첫 번째 공식 사망자였다.

"불행한 사고였어. 대장은 K-록스를 구하기 위해 최선을 다했어."

N-형식이 스페이스 콜로니 캐나다 출신의 원정대원들에게 같은 말을 반복해가며 열심히 설명했지만, 낯선 땅에 내려왔다는 두려움이 동료의 죽음으로 인해 더욱 증폭되어가고 있다는 것을 알 수 있었다. 문득 우주에서 인류는 하나라는 말이 떠올랐다. 하지만 지구에 내려온 인간들은 그 좁은 스펙트럼 안에서도 서로를 구분하고 있다. K-기준은 씁쓸한 표정으로 플라스마 라이플을 어깨에 멨다.

"스케줄이 많이 늦어졌어. 1팀은 캡슐 착륙장을 건설하고 2팀은 외벽과 모듈을 조립한다. 3팀은 좀비들의 시신을 치우고 외곽을 경계한다."

"이 친구 장례는 어떻게 할 거지?"

불타는 것 같은 빨강 머리에 주근깨투성이 대원이 날카롭게 물었다. K-터너웨이. 죽은 동료와 같은 스페이스 콜로니 캐나다 출신이었다.

"우리가 처리하죠. 언제까지 모여서 얘기만 나눌 건가요?"

후방 개폐구 위쪽에서 들려오는 목소리에 모두의 시선이 쏠렸다. 위아래가 하나로 연결된 우주 조종사복에 은색 헬멧을 옆구리에 낀 젊은 여자 조종사가 개폐구를 성큼성큼 걸어 내려왔다. 오른쪽 가슴에는 N-미라이라는 명찰이 붙어 있었다. K-기준은 그녀에게 물었다.

"주 조종사는?"

"B-케우바 씨는 지구 충격으로 인해 저에게 지휘권을 이양했어요."

"나머지 기술팀원들은 어떻습니까?"

"다들 쌩쌩해요. 어서 일들 시작하시죠. 맡은 임무가 있는

데 왜들 그렇게 서 있는 거예요?"

그녀가 다그치자 대원들은 팀별로 필요한 물자를 나르기 위해 개폐구 안으로 들어갔다. K-기준은 화재 방지용 케블라 천으로 시신을 덮는 그녀에게 말했다.

"고마워요."

"뭘요. 서로 할 일을 하는 것뿐인데요. 정 고마우면 나중에 액체 각성제나 한잔 대접해요."

N-미라이는 그의 어깨를 가볍게 한 번 툭 치고서는 개폐구 안으로 사라졌다. 곧이어 진공 포장된 박스를 든 대원들이 쏟아져 나왔다. 2차 원정대가 착륙할 랜딩존과 거주 및 연구용 모듈이 설치될 장소는 사전에 무인 캡슐로 투하한 로봇들이 이미 지정해놓았다. 좀비 시신들이 즐비한 어두운 벌판 사이로 분주하게 움직이는 동료들의 모습이 어렴풋하게 보였다. 기술팀이 셔틀의 동체 위에 설치한 조명등이 켜지자 어둠은 한 발짝 물러섰다. 신호를 잡아내기 위해 인상까지 써가며 파라볼라 안테나의 방향을 조정하던 N-형식이 불현듯 손가락으로 딱 소리를 냈다. 다른 원정대원이 증폭기를 켜자 송신기에서 지직거리는 소리가 흘러나왔다.

"자, 어디를 연결해드릴까요?"

N-형식이 큰일이라도 해낸 것처럼 우쭐댔다. K-기준은 우주와 연결되었다는 사실에 다소 안도하며 말했다.

"원정대 사령부가 있는 스페이스 콜로니 USA. 응답이 오면 C-타입으로 모듈은 오늘 중, 캡슐 랜딩존은 내일까지 설치 완료 예정이라고 전송해줘."

"넵! 좀비들이랑 신나게 총질했다는 것도 얘기하죠."

"그래그래. 나는 다른 쪽을 살펴보고 올게."

그렇게 답한 K-기준은 셔틀 조명등의 빛이 만들어낸 길을 따라 걸어갔다. 후방 화물칸에서 가장 많은 공간을 차지하고 있던 것은 원정대원들이 거주할 모듈과 좀비들을 막을 외벽이었다. 모듈은 육각형 벽면과 중앙의 통제 센터 그리고 외벽과 통제 센터를 연결할 여섯 개의 신축형 통로로 구성되어 있었다. 자원 탐사를 위해 소행성에 보내지는 원정대용 모듈에서 압축 액체 산소 모듈과 열핵 전지 파트를 제외한 형태였다. 달에서 채취한 루나 티타늄으로 만든 외벽은 차갑고 매끈했다. 조립형 파트로 이루어진 외벽은 중간중간 돔형 초소가 자리 잡는 형태로 구상되었다. 랜딩존 때문에 타원형으로 길

쭉하게 총 이 킬로미터에 걸쳐 설치될 예정이었다. 스페이스
콜로니 캐나다 팀이 조립을 맡았다. 작업용 로봇이 긴 팔로
외벽을 들어올려 X자형 골조와 결합하자 기다리고 있던 대
원들이 헬륨 용접기로 골조와 외벽을 용접했다. 그는 오랜 연
습과 팀워크로 다져진 능숙한 솜씨를 보고 아무 말 없이 물
러났다.

그때 대형 캡슐 착륙장 건설 작업을 하던 B-쿄시케가 작업
복 상의를 벗어 던지며 투덜거렸다.

"지질이 너무 단단해. 암석도 많고. 예정 시간을 맞추기 힘
들 것 같아."

"외벽 공사가 생각보다 빨리 끝날 것 같아. 그럼 작업용 로
봇을 더 붙여줄게."

"조명도 붙여줘. 그럼 더 늦게까지 작업할 수 있어."

"위험하지 않을까? 외곽이 어두워지면 좀비들을 발견할 수
없잖아."

"어차피 캡슐이 늦게 내려오면 이 전진 기지도 유지하기 힘
들다고. 경계만 철저히 해줘."

"알았어. 수고."

K-기준은 고개를 끄덕여 보이고는 다시 셔틀의 후방 개폐
구로 걸어갔다. 그곳에서는 기술팀과 N-미라이가 장거리 정
찰용 로봇들을 손보고 있었다. 소행성의 자원 탐사에 투입되
던 로봇들은 파라볼라 안테나처럼 오목한 태양열 전지판, 긴
안테나와 갖가지 센서들로 무장하고 있었다. 케블라로 만든
후방 바퀴를 손보던 N-미라이가 기술팀원에게 말했다.

　"괜찮은 것 같으니까 시험 작동해봐요."

　그 모습을 본 K-기준이 물었다.

　"해가 다 떨어졌는데 투입하게요?"

　"연료 전지는 꽉 차 있어요. 작업이 길어질 것 같은데, 이
로봇들의 센서가 도움이 될 거예요."

　낭창낭창한 안테나를 손끝으로 가볍게 휘었다가 펴며 그녀
가 대답했다.

　"아예 원정대 리더를 맡았으면 나보다 더 잘했을 것 같은데
요."

　"안 그래도 거의 될 뻔했잖아요? 마지막 사격 테스트에서
한 발을 놓쳐서 날아가버렸지만."

　그녀는 장난스럽게 어깨를 으쓱해 보이더니 다시 기술팀 동

료에게 작동해보라고 손짓했다. 바퀴 사이의 구동 버튼을 누르자 잠들어 있던 로봇 네 대가 깨어났다. 기술팀은 태양 전지판이 제대로 움직이는지 확인하고는 오케이 사인을 냈다. 잠에서 깨어난 장거리 정찰 로봇들이 굉음을 뿌리며 사방으로 흩어졌다. 광물질 합성 섬유로 만든 두터운 바퀴들이 좀비의 잔해 사이를 헤치고 나아갔다.

"전파 송수신 이상 무. 지정된 체크포인트로 오늘 밤까지 이동하도록 명령어를 입력해놨습니다."

N-미라이가 K-기준을 돌아봤다.

"탐지 범위를 최대로 올려놨지만 로봇들 간격이 넓어서 사각이 발생해요. 유인 정찰조를 내보내는 것이 좋겠어요."

"최적의 체크포인트들을 지정해줘요. 지금 진행 중인 작업이 끝나는 대로 정찰 팀을 구성하겠습니다."

"알았어요. 시간이 좀 걸릴 텐데 어디 있을 건가요?"

"안테나 옆에 죽치고 있을 겁니다."

N-미라이는 알았다는 듯 고개를 끄덕였다.

K-기준은 파라볼라 안테나가 줄지어 늘어선 곳으로 돌아왔다. N-형식이 피곤한 얼굴로 말했다.

"전파가 생각보다 약해서 중간중간 송신이 끊겨. 내일 더 높은 곳에 안테나를 설치해야 할 것 같아. 일단 1차 보고는 전송했어."

"다른 팀들 소식은?"

"알잖아. 사기가 저하될까 봐 사령부에서 막고 있는 거."

"사령부랑 연락이 닿으면 M-혁섭을 호출해. 캡슐에 실릴 물품을 알려달라고 하면 Y-밴드 주파수로 다른 팀들 소식을 알려줄 거야."

"알겠어. 터릿은 언제 설치할 거야?"

"모듈이랑 외벽이 완성되면."

"다들 두려워하고 있어. 알지?"

"신경 써줘서 고마워."

N-형식의 어깨를 두드리며 그는 조용히 돌아섰다. 셔틀의 옆구리에는 커다랗게 '희망-8'이라는 글씨가 쓰여 있었다. 희망이라 이름한 열한 대의 스페이스 셔틀이 총 육백여 명의 원정대원들을 태우고 지구 곳곳의 착륙지를 향해 떠났다. 다른 팀원들은 과연 순탄하게 착륙했을까? 어둠 속에서 총성이 연달아 울려 퍼졌다. 움찔한 원정대원들이 일손을 멈추고 총성

이 난 곳을 바라봤지만 어둠은 아무 대답도 해주지 않았다.

그때 호주머니에 두 손을 찔러 넣고 서 있는 그에게 누군가 금속제 컵을 내밀었다. N-미라이였다. 그는 고맙다는 눈인사를 하고 컵을 받아 들어 안에 든 김이 모락모락 피어나는 액체를 한 모금 마셨다. 씁쓸하면서도 달짝지근한 액체 각성제가 목을 타고 넘어가자 피곤이 어느 정도 가시는 것 같았다. 그녀가 말했다.

"인간이 만들어낸 가장 훌륭한 발명품이죠. 언젠가 인공 감미료로 맛을 낸 게 아닌 진짜 커피를 맛볼 날이 오겠죠?"

"그런 희망도 나쁘진 않군요. 대접해야 하는데 오히려 얻어먹었네요."

"그나저나 여긴 어디죠? 아무리 물어봐도 캡틴이 대답해주지 않았어요."

"한반도라고 불렸던 곳입니다. 우리가 있는 곳은 수도 서울과 인천이라는 항구 사이 어디쯤인 것 같은데 정확한 지명은 모르겠어요. 대조해볼 수 있는 랜드 마크가 없어서요."

"왜 하필 이곳을 랜딩존으로 삼은 거죠?"

그녀의 물음에 그는 어깨를 으쓱했다.

"글쎄요. 상부의 뜻을 어찌 알겠습니까. 막연히 대한민국이라는 국가의 중심지였으니 뭔가 있지 않을까 했던 게 아닐까요?"

그녀는 알겠다는 듯 고개를 끄덕였다. 다시 총성이 울려 퍼졌다. 아까와 같은 방향이었다. N-미라이가 다시 물었다.

"이제 좀비들과 이웃이 되었네요. 우리가 다시 지구의 주인이 될 수 있을까요?"

"잘 모르겠습니다. 우선 1차 목표는 안전한 정착지를 설치하고 유지하는 것입니다. 저들이 용납하느냐가 관건이겠지만요."

밤하늘 위로 유성이 하나 흘러갔다. 인간이 공식적으로 다시 지구에 발을 디딘 첫날이 지나가고 있었다.

Z.A. 용어 사전 **좀비의 습성: 그들은 어떻게 잠을 자고 무엇을 먹는가?**

그들이 인간처럼 야간에 수면을 취한다는 주장이 제기되어왔지만 실제 목격담은 존재하지 않는다. Z.A. 직후 짧은 혼란기의 관찰 기록들은 오히려 그들이 수면을 취하지 않는다는 쪽에 무게를 실어준다. 다만 이동이 어려운 야간에 움직임이 둔화하는 것은 사실일 가능성이 높다.

(…) 그들은 주로 육식을 하며 인간과 동물을 가리지 않는다(펜실베이니아 주립 병원 응급 차트에서 발췌, 자료 번호 미상). 먹는 양은 일정하지 않으며 일단 먹이가 발견되면 더 이상 먹을 부위가 없어질 때까지 섭취를 계속한다. Z.A. 초기 영국 국방성이 발간한 『좀비 백서』에 의하면 생포된 육십구 킬로그램짜리 좀비가 한 번도 눈을 감거나 앉아서 휴식을 취하는 일 없이 사흘 만에 오백육 킬로그램짜리 소 한 마리를 다 먹어치웠다고 한다. 또 해당 좀비를 해부해본 결과 별도의 배설 기관은 발견되지 않았다고 하는데, 이 점에서 섭취한 소는 근육과 혈액 속으로 용해된 것으로 추정한다. 해당 연구를 진행했던 토마스 페이는 좀비들이 운동 에너지를 얻기 위해서 인간에 비해 막대한 양을 먹는 것이라고 주장하기도 했다.

(…) 그들의 평균 보행 속도는 인간과 비슷한 시속 삼 마일(약 시속 오 킬로미터)로 알려져 있다. 인간과 유사한 호흡 기관을 가지고 있지만, 공기 호흡을 하지 않으므로 물속에서도 이동할 수 있다. 그러나 심해로 들어갈 경우 높은 수압의 영향으로 신체 기관이 파손되기 때문에 활동이 불가능하다고 보는 학자도 있다(M-모랄레스, G-유진).

— 『Z WAR: 인간은 왜 패배했는가?』에서 발췌

외벽은 새벽 네 시, 모듈은 오전 여섯 시 정각에 완성되었다. 중앙 센터와 외곽 모듈을 연결하는 신축형 통로까지 설치하자 모든 것이 끝났다. 열핵 전지가 가동되면서 센터에 에너지가 안정적으로 공급되자 상부에 설치된 안테나와 센서들이 한 바퀴 공전하면서 회로망을 가동시켰다. 그 모습을 지켜보던 원정대원들은 밤을 꼬박 새웠다는 피곤함도 잊고 환성을 질렀다. K-기준은 2팀 리더 K-터너웨이에게 다가가 악수를 청했다.

"수고했어."

"이제 모듈 설치만 끝났는걸. 지하수를 찾아서 연결해야 하고 외곽 방어벽도 쳐야 해. 남은 자재들이 거의 없는데, 셔틀을 해체해도 될까?"

그가 영혼 없이 악수를 받으며 물었다.

"좋을 대로 해. 남는 건설용 로봇은 랜딩존 작업 조에 보내도록 할게."

대답을 마친 K-기준은 손을 놓았다. 아직도 남아 있는 감정들이 손목을 타고 찌릿하게 흐르는 것 같았다. 가볍게 손을 한 번 쥐었다 펴며 돌아선 그는 지켜보던 동료들에게 말했다.

"모듈 점검 시작해. 파워 부분과 통신선을 중점적으로 체크하고, 기본 점검이 끝나면 예정대로 교대 수면에 들어간다. 3팀은 터릿과 아이콘 설치 작업을 준비하도록 해. 내가 직접 간다."

지친 기색이 역력한 원정대원들은 하나둘씩 모듈 안으로 들어갔다.

"리더. 잠깐만."

간단하게 쓰고 지울 수 있는 광센서 패널을 든 N-형식이 다가왔다. K-기준은 조용히 광센서 패널에 떠오른 내용을 읽어 내려갔다.

"아프리카 북부에 투입될 예정이었던 희망 2호는 대기권 진입 중 소멸. 유럽 남부에 내려간 희망 4호와 영국에 진입한 희망 5호는 착륙 실패로 반파. 오스트레일리아 대륙 남부에 착륙한 희망 10호는 좀비들의 습격을 받았다는 비상 연락을 마지막으로 연락 두절. 나머지 팀들은?"

"그쪽도 잘 모르겠다고 하던데. 예상보다 성공률이 부진해서 사령부 분위기가 많이 가라앉았나 봐. 우주파에서 높은 사상률을 근거로 반격해올 거라고 예상하는 것 같아."

"2차 원정대는?"

"우리처럼 성공한 팀에게 자원을 집중하는 방향으로 다시 조정하고 있을 거야. 세 시간 후 사령부에서 연락 주기로 했어. 연락이 안 되면 비상 캡슐로 암호문을 투하한다고 했고."

"수고했어. 이제 터릿을 설치하러 외곽에 나갈 거야. 그동안 지휘를 맡아줘."

"알았어. 무전기 챙기는 거 잊지 마."

"오케이."

그는 광센서 패널 구석에 있는 버튼을 눌러서 내용을 지워 버렸다. 셔틀 앞에는 사람이 직접 조종할 수 있는 정찰용 로봇 세 대가 나란히 서 있었는데, 뒤쪽 적재 칸에는 보관 모드로 놓인 터릿과 고정형 감시 센서인 아이콘이 차곡차곡 쌓여 있었다. 밤새 외곽 경계를 선 탓인지 피곤에 찌들어 보이는 3팀 리더 T-제르진스키가 운전석에서 내렸다.

"방금 기술팀에서 장거리 정찰 로봇들의 위치를 알려줬어. 사각지대에 설치할 거지?"

"응. 터릿 하나에 아이콘 세 개를 방사형으로 세팅할 생각이야."

"공격 모드야? 아니면 탐색 모드?"

"아이콘은 최대 탐색 모드, 터릿은 살상 공격 모드로."

"그럼 아이콘 배터리 교체 주기가 짧아지잖아. 여분 배터리가 별로 없어."

"이틀 안에 내려올 캡슐에 교체용 배터리가 있을 거야. 지금은 대원들 휴식이 우선이야."

T-제르진스키는 아무 말 없이 정찰용 로봇의 운전석에 올라탔다. K-기준도 옆에 서 있는 정찰용 로봇의 운전석에 올라탔다. 옆 좌석에는 통신 담당 대원이, 적재 칸에는 중기관총으로 무장한 대원이 탑승했다. T-제르진스키가 탄 정찰용 로봇이 흙먼지를 일으키며 앞으로 나아가고, 나머지 두 대는 양쪽으로 나뉘어 그 뒤를 따랐다. 거친 지형을 돌파할 수 있도록 큼지막하게 만든 바퀴가 흙을 뒤로 뱉어내며 전진했다. 운전석 앞에 붙은 광학 센서 패널에는 기술팀에서 링크해놓은 장거리 정찰 로봇의 위치와 감지 범위, 유인 정찰 로봇 세대의 위치가 파란 점으로 표시되어 있었다.

랜딩존에서 멀어지자 달 표면처럼 평탄한 지형이 아니라, 굵은 돌이 깔린 복잡한 지형이 나타났다. 자갈투성이 오르막길을 오르던 이들은 어느 순간 급정거해야 했다. 눈앞에 벽들이 나타났기 때문이다. 인공적으로 만든 건축물의 잔해 사이로 녹슨 철근들이 삐져나와 있었다. 무인 정찰 로봇들이 보내온 영상이나 Z.A. 직후 우주로 탈출한 인간들이 가지고 있던 정지 이미지들을 통해 본 모습이었다. 정찰 로봇의 바퀴에 얻어맞은 돌이 한참이나 아래로 굴러떨어졌다.

"이게 빌딩이나 아파트라는 겁니까?"

중기관총을 잡은 대원의 말에 그는 고개를 끄덕였다.

"그런 것 같아. 벽들 중간중간에 난 게 채광 겸 환기를 위한 창일 거야."

"마음껏 밖을 내다볼 수 있었다니, 어마어마한 호사를 누렸네요."

대원이 길게 하품하며 중얼거렸다. K-기준은 건물들의 잔해 사이로 운전해 갔다. 로봇은 지붕이 그대로 내려앉은 것 같은 건물을 타고 올라가면서 털컹거리는 소리를 냈다. 그는 로봇을 세우고는 후방 센서를 최대 높이로 올렸다. 광학 카메라가 달린 긴 센서가 주변을 살살이 뒤져나갔다. 그사이 조수석에 탄 다른 대원은 로봇 앞쪽에 장착된 열원 감지 센서로 주변을 탐색했다.

"시각 센서는 깨끗하군. 열원 감지 센서는 어때?"

그의 물음에 옆 좌석의 대원이 대답했다.

"없습…… 전방 삼백 미터 열원 감지!"

짧은 외침에 후방 좌석의 대원이 중기관총을 겨눴다. 아직 태양은 충분히 달아오르지 않았다. 그늘로 얼룩진 잔해가 고요히 그들의 시선을 마주했다. K-기준은 고개를 빼서 열원 감지 센서의 패널을 바라봤다. 인간 혹은 인간과 유사한 체온을 가진 존재를 의미하는 붉은 점이 보였다.

"좀비 같습니다. 무리는 아닌 것 같은데, 어떻게 할까요?"

"일단 가까이 가서 살펴보도록 하지. 총기 확인해."

중기관총의 노리쇠가 철커덕거렸다. 열원 감지 센서를 지켜보던 옆 좌석의 대원도 플라스마 라이플을 움켜쥐고 전방을 겨눴다. 양쪽에서 무너져 내린 잔해가 한때는 도로였던 곳을 메워버렸다. 거친 지형에 대비해 구동축이 자유롭게 회전하게 되어 있는 정찰 로봇은 큼지막한 바퀴로 잔해를 신중하게 타 넘어갔다. 중기관총으로 양쪽을 번갈아가며 겨누던 후방 좌석의 대원은 돌이 굴러떨어지는 소리에 놀라 거친 숨을 삼켰다.

"백 미터, 칠십 미터, 오십 미터, 삼십 미터, 이십 미터."

거리를 불러주는 옆 좌석 대원의 목소리에서 점점 긴장감이 느껴졌다. 정찰 로봇과 비슷하게 생긴 자동차 잔해를 살짝

들이받고 멈춰 선 그는 열원 감지 센서가 가리키는 앞쪽을 바라봤다. 하지만 지붕이 완전히 날아가버린 건물의 잔해에서는 그 어떤 인기척도 느껴지지 않았다. 당장이라도 무너질 것처럼 앞으로 기운 벽이 만들어낸 날카로운 그늘이 쐐기처럼 건너편 잔해를 찔렀다. 예전에는 자동차였을 뼈대들이 먼지를 뒤집어쓰고 방벽처럼 서서 앞을 가렸다.

"위치는?"

"전방 십 미터입니다. 그냥 돌아가죠. 함정일 수도 있습니다."

"잔류자일 수도 있잖아. 출발 준비하고 대기해."

K-기준은 센서 패널을 지켜보던 대원에게 대답하고는 헤드셋을 쓴 채 로봇에서 내렸다. 그리고 플라스마 라이플로 앞쪽을 경계하며 걸음을 옮겼다. 로봇에 탑승해 있을 때와는 다른 긴장감이 스쳐 지나갔다. 앙상하게 서 있는 벽에 난 창으로 햇빛이 쏟아졌다. 불탄 흔적이 역력한 버스를 돌아간 그는 발밑에서 들려오는 금속성 마찰음에 놀라서 걸음을 멈췄다. 금속판 위를 뿌옇게 뒤덮고 있던 흙이 옆으로 쓸려가면서 희미한 글씨가 보였다. 잠시 글씨를 내려다보는데, 헤드셋을 통해 로봇에 남아 있던 원정대원의 목소리가 들려왔다.

"목표가 좌측으로 이동합니다."

K-기준은 사격 자세를 취한 채 신중하게 대답했다.

"아무것도 안 보여."

"왼쪽 잔해 안으로 이동했습니다."

"거긴 그냥 잔해야. 안으로 들어갈 공간이……."

조심스럽게 앞으로 나아가던 그는 발끝에서 느껴지는 낯선 감촉에 아래를 내려다보았다. 모듈의 외벽을 보강하는 창살처럼 생긴 금속 틀이 보였다.

"이게 맨홀이라는 건가?"

그 순간 금속은 무게를 이기지 못하고 그대로 바닥으로 꺼져버렸다. 한 줄기 빛을 따라 아래로 떨어진 K-기준은 그대로 의식을 잃어버렸다.

Z.A. 용어 사전 좀비의 습성과 전파 :
그들은 지능을 가지고 있는가?

그들이 인간처럼 지능을 가지고 있는지 여부는 공존설과 발생설만큼이나 해묵은 논쟁거리다. 지독할 정도로 맹목적인 공격성과 별다른 도구를 사용하지 않는다는 점을 들어 지능이 없거나 하급 동물 수준이라는 주장이 대세를 이룬다(K-홍섭, R-웨이, U-캐롤린). 이에 대해 그들의 광적인 공격성과 식성은 운동 에너지를 보충하기 위한 것일 뿐이고, 실제로 이들의 지능은 의사소통이 가능한 수준이라는 반박도 존재한다(T-웨이핑, M-모랄레스). 그렇지 않다면 Z.A. 기간 동안 일어난 좀비들의 조직적이고 대규모적인 공세를 설명할 수 없다는 것이다. 남아 있는 좀비 해부학 관련 자료들은 그들의 뇌가 인간에 비해 형편없이 작다는 사실을 증명해주지만, 머리가 아닌 다른 곳에 뇌가 있을 것이라는 의견도 존재한다(G-엥거).

아울러 좀비들이 인간을 자신들과 같이 변형하는 일련의 조작을 가했다는 주장도 제기되고 있는데(G-겔랑, H-유미코, E-카산드라), 이는 좀비가 갑자기 폭발적으로 증가해서 인간을 압도했다는 가설을 뒷받침하는 이론이다. 하지만 전파가 어떤 방식으로 이루어졌는지는 불분명하다. 체액이나 혈액을 통한 전파(E-카산드라) 내지는 공기를 통한 전파(G-겔랑, H-유미코) 등이 이루어졌다는 주장이 있지만 명확한 증거는 없는 상태다.

— 『Z WAR: 인간은 왜 패배했는가?』에서 발췌

의식은 사라질 때처럼 갑자기 찾아왔다. K-기준은 끝이 보이지 않는 빛줄기를 올려다보며 떨어진 높이가 만만치 않다는 걸 확인했다. 천천히 몸을 움직이는데, 통증이 느껴졌다. 치료용 로봇이 아직 투하되지 않은 상황에서 중상을 입는 것은 곧 죽는 것과 다름없었다. 과거 지구 원정대가 사용하는 홀로그램을 해킹한 우주파가 지구는 온통 병균투성이이고 사소한 상처로도 감염되어서 사망할 수 있다고 주장한 적이 있었다. 그 말을 백 퍼센트 믿는 건 아니었지만, 예측할 수 없는 병원체는 두려운 존재임이 분명했다. 다행히 크게 다치거나 부러진 곳은 없는 것 같았다. 하지만 떨어져 내린 천장에서 쏟아지는 빛줄기를 제외하면 보이는 모든 것이 어둠뿐이라는 사실이 다시금 그를 옥죄어왔다.

K-기준은 어둠 속을 더듬어보았다. 헤드셋은 어디론가 사라져버렸지만, 다행히 메고 있던 플라스마 라이플의 멜빵이 손에 잡혔다. 그는 멜빵을 끌어당겨 총구 아래에 부착된 라이트의 스위치를 켰다. 하얀 빛이 어둠을 향해 뻗어나가며 칼날처럼 어둠을 헤집었지만, 여전히 시야를 충분히 확보해주지는 못했다. 이리저리 라이트를 비추어보던 그의 머리 위에서 목소리가 들려왔다.

"대장, 괜찮습니까?"

"그래. 괜찮아."

"로프를 내릴 테니 몸에 결속하세요. 로봇에 부착된 윈치로 당겨서 올리겠습니다."

"알았다."

잠시 후 고리 달린 로프가 내려오기 시작했다. 그러나 슬금슬금 내려오던 로프는 일 미터 정도 남겨놓고 더 이상 내려오지 않았다. 무슨 일이냐고 소리치려던 찰나, 중기관총의 총성이 적막을 깨트렸다.

"이봐! 무슨 일이야?"

당황한 K-기준이 소리쳤으나 돌아오는 것은 기나긴 총성뿐이었다. 내려오던 로프가 다시 위로 끌려 올라갔다. 깜짝 놀라 로프를 붙잡기 위해 펄쩍 뛰었지만 간발의 차이로 놓치고 말았다. 총성도 점차 멀어져갔다. 홀로 남은 K-기준은 질질 끄는 발소리에 어둠 속으로 몸을 숨겼다. 좀비가 나타난 것이 틀림없었다. 천장 구멍을 통해 좀비들이 스쳐 지나가면서 쏟은 듯한 흙이 우수수 떨어졌다.

조금씩 뒤로 물러서던 그의 등에 무언가 부딪혔다. 당황한 그는 황급히 몸을 돌려 라이트를 비추었다. 빛이 닿은 곳에 있는 것은 입을 딱 벌린 해골이었다. 한두 개가 아니었다. 벽처럼 끝없이 늘어선 해골들은 거미줄과 뿌연 흙을 베일처럼 뒤집어쓰고 있었다. 부스러질 듯한 싸늘함이 가슴을 쳤다. 그는 뭔가에 이끌리듯 천천히, 마치 지휘관을 기다리는 병사들처럼 끝없이 도열해 있는 해골들을 따라 걸어갔다. 해골들을 훑고 지나가던 라이트가 막다른 곳에 도달했다. 벽에 부딪힌 빛은 다시 왼쪽으로 꺾였다. K-기준은 조심스럽게 빛의 진로를 따랐다. 어둠 속에 파묻혀 있던 좀비가 언제 입을 벌리고 덤벼들지 모른다는 생각에 손가락은 플라스마 라이플의 방아쇠를 거의 당기다시피 하고 있었다.

사람 손으로 파낸 듯한 굴은 들어갈수록 점점 더 좁아졌다. 허리를 살짝 굽히고 안으로 접근해가던 K-기준은 철문에 부딪히고 말았다. 흠칫 놀라 방아쇠를 당기자 순식간에 탄창이 비워지며 좁은 통로로 비명 같은 총소리가 메아리쳤다. 조심스럽게 손을 가져다 대보니 총탄을 뒤집어쓴 문은 힘없이 넘어졌다. 라이트의 불빛이 문 안쪽 어둠 속에 동면해 있던 공간을 깨웠다. 한쪽 벽면에 책상이 있었는데, 위에 놓인 작은 접시에는 촛농이 흘러넘친 채로 굳어 있었다. 그 옆으로 흙으로 된 벽면을 파내서 만든 침대가 보였고, 다시 맞은편 벽면에는 플라스틱 상자와 빈 깡통들이 수북이 쌓여 있었다.

어디선가 물방울 떨어지는 소리가 들렸다.

"좀비들을 피해서 도피 생활을 했나 보군."

지구에 남은 잔류자들이 안전한 곳에 숨어서 원정대가 돌아오기를 기다리고 있다는 전설이 있다. 고대에 사라졌다는 아틀란티스 대륙의 이름을 붙인 미합중국의 태평양 소재 해저 기지부터 지구에서 가장 높은 히말라야 산맥에 세워졌다는 반고라는 이름의 중국 비밀 기지까지 많은 이야기가 떠돌았다. 뿔뿔이 흩어진 잔류자들이 원시 상태로 돌아가서 생활하고 있을 것이라는 추측도 제기되었다. K-기준은 바닥에 깔린 플라스틱 물병들을 피해 책상 쪽으로 다가갔다. 종잇장과 연필 들이 놓여 있었다. 조심스럽게 종이 위에 덮여 있던 먼지를 쓸어내자 깨알같이 쓰인 글씨들이 보였다.

"일기장인가?"

K-기준은 낡은 종이가 찢어지지 않도록 조심스럽게 넘겨보며 중얼거렸다. 책상 위에는 제법 많은 종이가 흩어져 있었고, 모퉁이에도 낡은 책이 몇 권 놓여 있었다. 그는 라이트가 앞을 비출 수 있도록 소총을 옆구리에 끼고 종이 뭉치를 집어 들었다. 한 장 한 장 흙먼지를 털어내자 글씨의 형체를 알

아볼 수 있었다. 언제 구출될지 모르는 상태로 어둠 속에 홀로 남겨졌다는 두려움 대신 호기심이 그를 사로잡았다. 그는 천천히 종이 위에 적힌 내용을 읽어 내려가기 시작했다.

1월 27일

일기를 다시 쓰기로 결심했지만 쉽지 않았다. 매일 가게 앞 골목에 리어카를 갖다 놓고 수첩이나 필기구를 팔던 아저씨가 보이지 않았던 것이다. 툴툴대며 팬시점에 들어갔다가 어마어마한 가격에 질겁하고 말았다. 그래도 빈손으로 나가기는 어쩐지 민망해서 예상한 것의 두 배나 되는 돈을 주고 스프링 노트를 하나 샀다. 돌아오는 길에는 빙판에 두 번이나 미끄러졌다. 하지만 진짜 문제는 저녁을 먹고 책상 앞에 앉았을 때 찾아왔다. 너무 오랜만에 일기를 쓰려니 뭘 써야 할지 도통 알 수가 없었던 것이다.

결국 포기하고 텔레비전을 보러 거실로 나왔다. 뉴스 전문 채널의 앵커가 심각한 표정을 하고 "아칸소 독감이 무서운 기세를 타고 전염되고 있습니다"라는 말로 운을 떼우고 있었다. 미국의 아칸소라는 주에서 처음 발병되어서 아칸소 독감이란다. 빌 클린턴 전 대통령은 이러한 명칭에 대해 강력하게 항의했다는데, 왜 저렇게 나대나 하고 인터넷을 뒤져봤더니 아칸소주 법무부 장관과 주지사를 지낸 적이 있어서 그렇다고 했다.

평소 자주 들어가던 인터넷 커뮤니티 사람들은 밤새 음모론 놀이에 시간 가는 줄을 몰랐다. 그것으로 끝이었다. 전직 총리의 금품 수수설부터 잘나가던 여자 아이돌의 성적 위조 논란, 로또 당첨 번호 조작 사건까지, 세상은 넓고, 바보들은 넘쳐나고, 사건도 쉼 없이 터졌다. 여성 비하 발언을 한 모 정치인의 시답잖은 변명을 다룬 기사에 규탄하는 댓글을 하나 다는 것으로 하루를 마감했다.

1월 28일

알람을 듣고 일어나서 샤워를 하고 주섬주섬 옷을 챙겨 입었다. 어머니가 아침 일찍 등산이라도 나가셨는지 집 안은 조용했다. 두툼하고 무거운 미군 고어텍스와 독일군 코트 사이에서 고민하다가 고어텍스에 팔을 꿰며 집을 나섰다. 지하철 선반에 수북하게 쌓인 공짜 신문들과 바닥에 어지럽게 찍힌

구두 발자국이 방금 지나간 출근 시간의 참상을 보여주었다. 오늘도 재수 없게 앉는 데 실패한 나는 손잡이에 기댄 채 반쯤 졸면서 갔다.

이대역은 기나긴 에스컬레이터로 악명이 높다. 여대 앞에 방공호라도 만들 생각이었나? 툴툴대며 밖으로 나오자 한창 인기 있는 걸그룹의 이번 앨범 타이틀곡이 들려왔다. 목적지는 이대 앞 카페 체즈베. 터키식 커피를 끓일 때 쓰는 자루 긴 냄비 이름에서 따온 거다. 왜 그렇게 이름 붙였냐고? 낸들 알겠나. 돈 많고 할 일 없고, 뇌에는 호기심만 가득한 어떤 부르주아의 취미 생활이 낳은 겉멋이지 뭐.

체즈베는 말만 이대 앞이지 계단을 한참 내려가야 하는 골목길 안쪽에 위치해 있어 한낮에도 인적이 드물었다. 카페 문을 열고 들어서자 한숨부터 나왔다. 사장이 어젯밤에도 술판을 벌였는지 테이블 위에는 빈 와인병부터 담배꽁초가 수북한 재떨이까지 치울 것들이 빼곡했다. 카페에 담배 냄새가 얼마나 안 좋은지 귀가 닳도록 얘기했건만 부자들 귀는 다 귀지로 막혔나 보다.

뒷문에 있는 큰 쓰레기통을 끌고 와서 테이블 위의 쓰레기들을 쓸어 넣었다. 그리고 끙끙대며 의자와 테이블을 한쪽으로 옮긴 뒤, 담배를 비벼 끄고 가래침을 뱉은 흔적으로 얼룩진 바닥을 대걸레로 열심히 닦았다. 그래, 뭐 나는 그냥 돈 받고 일만 하면 되는 거지. 주인이 자기 가게에서 뭔 짓을 하든 신경 쓸 게 뭐람. 청소를 마치고 커피머신을 켜려고 바 안으로 들어섰는데, 카운터 위 캐러멜 시럽 병 옆에 던져진 때 묻은 양말짝을 발견하고는 할 말을 잊었다. 어쨌든 요식업종인데 이건 좀 심하잖아. 위생 관념은 개나 줘버렸나?

행주를 빨아 카운터를 박박 닦고 머신에서 스팀이 올라오는 것을 확인한 뒤 어제 청소해 올려놓은 포터 필터와 바스켓을 내려놨다. 정신없이 일하고 있는데, 문이 열리는 소리가 들렸다. 문득 시계를 쳐다봤다. 열 시 십일 분. 이대에서 커피를 마시기에는 적당한 시간이 아니었다. 마른 수건으로 머그컵을 닦다가 돌아선 나는 하마터면 손에 든 컵을 떨어뜨릴 뻔했다. 세상에, 하얀 추리닝 위로 떠오른 새하얀 얼굴 때문에 귀신인 줄 알았다. 또 머리는 얼마나 헝클어져 있는지, 내가 방금 바닥을 닦은 대걸레가 형님, 할 것 같았다. 예쁜 얼굴 아니었으면 영락없이 노숙자나 미친 사람인 줄 알았을 것이

다. 넋 놓고 바라보는 사이 여자는 길게 하품을 하며 카페 안
으로 들어와 내게 말을 걸었다.

"혹시 내 양말 못 봤어요?"

"네?"

되묻는 사이 여자는 직원용 의자 위에 놓인 양말을 발견하
고는 반색했다.

"아, 여기 있다! 되게 어이없게 딱 한 짝만 없어진 거 있죠?"

"그쪽 양말이었습니까? 양말을 카운터 위에 벗어두시면 어
떻게 합니까. 비위생적이게."

"왜요~ 내 양말 깨끗한데."

"깨끗하긴요. 먼지가 잔뜩 묻어 있던데."

"아 거참 말 많네. 그렇게 더러우면 내가 닦아주고 가면 되
겠네요. 어디 있었어요? 여기? 이쪽?"

여자는 머쓱한 듯 내 말을 가로막더니, 팔을 걷어붙이고 바
에 밀고 들어올 기세로 다가왔다. 나는 황급히 팔을 벌려 여
자의 앞을 막아섰다.

"어딜 들어옵니까. 이미 제가 다 닦았으니 괜찮습니다. 아직
영업 전이니 용무 끝나셨다면 이만 나가주시겠습니까?"

"치, 깐깐하긴."

여자는 씩 웃으며 나가버렸다.

대충 오픈 준비를 마친 나는 가스레인지에 비알레띠 브리카를 올려놓고 노트북의 전원을 켰다. 고물 노트북이 느릿느릿 부팅되는 사이 브리카에서 하얀 김이 솟구쳤다. 일을 시작하기 전 마시는 한잔의 커피는 내가 이 일을 시작하게 된 가장 큰 이유였다. 머그컵에 커피를 따르고 설탕을 한 스푼 넣자 향긋한 커피 향이 카페 안을 맴돌았다. 한 모금 마시면서 인터넷에 접속했는데, 뭔가 이상했다. 그새 아칸소 독감 이슈가 확 떠오른 것이다. 밤새 감염자들이 아칸소 주립 병원에 실려 갔는데 병원이 지나치게 엄격한 통제를 하고 있다는 것이 요지였다. 아니나 다를까, 음모론들이 새까맣게 달렸다. 바야흐로 지구가 막장으로 치닫는다는 익살스러운 댓글이 최다 추천을 받았다.

대충 뉴스를 훑어보고 바리스타들이 모이는 커뮤니티에 접속했다. 역시 아칸소 독감 얘기가 게시물의 절반을 넘어서고 있었다. 어제 올린 홍차라떼 레시피 질문글에 달린 답글을 확인할 무렵 첫 번째 손님이 들어왔다. 여느 때와 같은 하루의 시작이었다.

1월 29일

그 여자가 또 나타났다. 하루 중 가장 바쁜 점심시간이 막 끝난 뒤였다. 나는 어수선해진 테이블들을 치우다가 의례적인 인사를 건넸다. 여자는 테라스처럼 꾸며놓은 창가 의자에 핸드백을 던져 넣고는 손가락 사이에 끼우고 있던 담배를 입에 물었다.

"저기요, 불 좀."

골초 사장 덕분에 라이터는 사방에 굴러다녔다. 적당한 걸 집어 건네면서 말했다.

"죄송한데 카페 내에서는 금연입니다. 나가서 피우세요."

"재떨이도."

여자는 짧게 대답하고 그 자리에서 담뱃불을 붙이더니 내 얼굴에 연기를 훅 내뿜었다. 아주 질려버린 나는 말없이 바 안으로 돌아갔다. 그러는 동안 여자는 사장이 사다 놓고 몇 번 쓰지도 않은 커피 로스터를 신기하다는 눈길로 쳐다보며 시간을 보냈다. 얼마 뒤 문이 열리고 사장이 나타났다. 나보다 고작 두 살 위인 사장은 한량이나 다름없었다. 부자 아빠 덕분에 해외 유학과 군대 면제 테크를 탄 그는 어떻게 하면 인생을 즐겁게 보낼 수 있는가에만 혈안이 되어 있었다. 사장은 여자와 반갑게 인사를 주고받더니 가볍게 입을 맞췄다. 그리고는 "수고" 하며 여자와 함께 밖으로 사라졌다. 멀어져가는 둘을 바라보다가 살짝 고개를 빼서 이쪽을 돌아보는 그녀와 눈이 마주쳤다.

대충 청소를 마치고 노트북 앞에 앉았다. 여전히 아칸소 독감 얘기가 한창이었다. 아칸소 주립 병원은 계속 통제 중이라고 했다. 코끝에 안경을 살짝 걸친 늙은 백인은 이유를 묻는 취재진에게 전염성이 워낙 강하고 감염 경로가 확실치 않기 때문이라고 열심히 떠들었다. 캐나다와 멕시코가 전염병 확산을 막기 위해 국경 폐쇄를 검토하고 있다는 뉴스도 나와 있었다. 대체 뭐지? 이 알 수 없는 으스스함은?

2월 3일

지난 며칠 동안 아칸소 독감은 검색어 순위를 떠날 줄 몰랐다. 정부가 연일 우리나라는 안전하다고 발표했지만 그 말을 믿는 사람들은 별로 없었다. 누나가 결혼 전 살던 방 한구석에는 라면 박스와 생수병들이 가득 찼다. 슬슬 걱정되어가는 참이었는데, 그 모습을 보고는 피식 웃음이 나왔다. 일일 드라마를 보시던 어머니는 햇반도 몇 박스 배달시켰다고 말씀하셨다.

나는 방으로 돌아와 컴퓨터를 켰다. 바리스타 커뮤니티는 이제 온통 아칸소 독감 얘기뿐이었다. 미국 정부의 노력과 엄격한 통제에도 불구하고 이미 뉴욕과 시카고 등지를 포함해 미국 전역으로 퍼져나가는 중이라고 했다. 증상은 갑작스러운 구토와 무기력증, 탈수. 그리고 증상이 나타난 지 하루나 이틀 만에 갑자기 저체온증으로 사망에 이른다는 것이었다. 아직까진 신종 플루나 조류독감 같은 새로운 감염병쯤으로 치부되는 것 같지만 전염 속도가 장난이 아닌 것 같다.

한참 모니터를 들여다보고 있는데 옆에 놔둔 휴대폰이 부르르 떨었다. 무심코 집어 들었다가 "나예요. 그때 카페에서, 양말^^"이라는 문자를 보고 화들짝 놀랐다. 어떻게 내 번호를 알았지? 고개를 갸우뚱거리다가 통화 버튼을 눌렀다. 어울리지 않게 서정적인 발라드 음악이 흐른 뒤, 시끄러운 음악을 등지고 쾌활한 여자의 목소리가 들려왔다.

"제 번호 어떻게 알았어요?"

"뭐야, 인사도 없이. 카페에 명함 있잖아요."

"그렇군요. 근데 무슨 일로 문자를 하신 겁니까?"

"그냥 했어요."

"그냥이요?"

"응, 그냥. 클럽 왔다가 담배 피우러 밖에 나왔거든요. 멀뚱히 담배만 피우기 좀 그래서 연락할 사람을 찾는데 그쪽이 딱 생각났지 뭐예요."

"아, 그러시군요. 죄송하지만 제가 지금 좀 바빠서 용건 없으면 전화 끊겠습니다."

"잠깐만, 나 물어볼 거 있어요. 나이가 어떻게 돼요?"

"네?"

어처구니가 없어 되묻는데 더 어이없는 말이 되돌아왔다.

"그때 보니 나랑 나이도 비슷할 것 같았는데, 우리 친구 하면 어때요?"

"그게 무슨 말도 안 되는……."

내 말을 가로막으며 여자가 대답했다.

"내일 놀러 갈 테니까 해장 커피 좀 끓여줘!"

세상에는 온갖 커피가 있지만 알코올에 찌든 속을 해장할 수 있는 커피 따위는 없다고 쏘아붙여주려는 찰나 여자가 먼저 전화를 끊었다. 뭐야, 뭔데? 내가 심심풀이 땅콩이야? 툴툴대며 다시 모니터를 들여다봤다. 미국에서 치과를 하고 있다는 사람이 이런저런 썰을 풀고 있었다. 현지 분위기가 장난 아니게 살벌하다는 실시간 중계에 다들 반신반의했다. 문득 작년에 시애틀로 이민 간 친구가 생각났다. 이후 몇 번 메일을 주고받다가 흐지부지되었는데. 부랴부랴 메일 보관함을 뒤져서 녀석의 아이디를 찾아냈다. 정성껏 안부 메일을 쓰고, 말미에 요즘 어떠냐는 말을 슬쩍 집어넣었다.

2월 4일

친구들부터 찾아오는 손님들까지 온통 아칸소 독감 얘기뿐이었다. 미국 국경이 폐쇄되고 공항 검역 절차가 복잡해졌다고 했다. 아무래도 돌아가는 길에 슈퍼에서 생수를 좀 더 사다 놔야겠다고 생각하는데 갑자기 그녀가 들어왔다. 그녀는 곧장 내가 있는 카운터로 걸어오더니 뭔가를 툭 던졌다.

"이게 뭡니까?"

"마스크. 요즘 아칸소 독감이 유행이라잖아."

"고맙습니다. 커피 주문하시겠어요?"

"우리 친구 하기로 한 거 아니었어?"

"그건 그쪽이 일방적으로 그렇게 말씀하신 거죠. 저는 그러자고 한 적 없습니다."

"하여튼, 차갑다니까."

평소와는 다르게 왠지 풀이 죽은 듯 씁쓸하게 웃는 그녀의 모습에 미안해져서 나도 모르게 마음에도 없는 소리를 해버렸다.

"괜찮으시다면 커피 한잔 대접해드릴까요?"

왜 그런 말이 튀어나왔을까? 아차 싶었는데 그녀가 생긋 웃었다.

"완전 냉혈인간은 아닌가 보네? 나야 좋지. 그럼 테라스에 있을게."

그녀는 카페 밖으로 나가 테라스의 원형 테이블에 앉았다. 그녀가 돌아서 간 자리에 달콤한 향수 냄새가 남았다. 왠지 모르게 허둥지둥 서둘러 커피를 뽑다가 뜨거운 물에 손을 데

이고 말았다. 화끈거리는 손을 귀에 가져다 대며 대체 지금 이게 무슨 노릇인지 스스로에게 물었다. 당연히 답은 없었다.

연하게 탄 아메리카노를 쟁반에 받쳐 들고 가져가자, 그녀가 천진난만한 미소를 띠고 나를 올려다봤다.

"사장 여기서 만나기로 했는데 올 때까지 놀아주면 안 돼?"

"죄송합니다만 손님 테이블에는 앉을 수 없습니다."

아까 뜨거운 물에 데인 게 손이 아니라 얼굴이었나 보다. 자꾸만 화끈 달아오르는 얼굴을 그녀가 알아챌까 봐 나는 허리를 꾸벅이며 미안하다고 거절하고는 돌아섰다. 바로 돌아와서는 애꿎은 커피머신만 닦아댔다.

잠시 후 계단 위쪽 길가에서 요란스러운 자동차 배기음이 들려왔다. 머플러를 개조한 나 사장의 스포츠카 소리였다. 나는 왠지 모르게 약간 긴장하여 손에 행주를 쥔 채 돌아섰다. 최근 들어 급격히 늘어난 뱃살을 출렁거리며 계단을 내려온 그가 그녀를 가볍게 끌어안았다.

"오래 기다렸어?"

이번에도 그녀는 나를 빤히 바라보면서 사라졌다. 가슴이 시렸다.

2월 7일

며칠째 그녀가 보이지 않는다. 어제는 용기를 내서 나 사장에게 슬쩍 물어보기도 했지만 신통찮은 대답만 돌아왔다. 아칸소 독감 얘기는 내내 가라앉질 않는다. 길거리에 마스크를 쓴 사람들이 늘어났다. 독감은 미국은 물론 캐나다와 멕시코까지 전파되었다고 한다. 어제는 영국에서도 발병 환자가 나타났다고 했다. 물론 영국 정부는 즉각 부인했지만 말이다.

결국 나도 분위기에 떠밀려 어제 마감 후 오징어짬뽕 열 박스와 대형 생수 삼십 통을 주문했다. 주문 완료 버튼을 클릭하고 나서야 그 많은 물품들을 넣어둘 곳이 없다는 사실이 떠올랐지만 주문을 취소하지는 않았다. 독감 때문인지 이대앞도 사람들이 줄었다. 계단 위쪽 미용실의 뽀글머리 원장은 독감 때문에 손님이 줄었다면서 입에 욕을 달고 다녔다. 아줌마, 독감이 아니더라도 머리를 맨날 그렇게 만지면 누가 오고 싶어 하겠어요.

다소 이상한 소문도 떠돌았다. 아칸소 독감은 그저 단순히 전염성과 치사율이 높은 질병이 아니라는 것이다. 심장과 맥박이 멈춰 사망 판정을 받은 시신들이 눈을 감지 않을 뿐 아니라 부활한다고 했다. 말도 안 된다고 반박하는 사람들도 있었지만 그렇다면 왜 하나같이 시신들을 서둘러 화장하느냐는 말에는 입을 다물었다. 아칸소 독감에 대해서 함구하는 정부를 비판하면서 비밀을 캐내는 프리덤 워치라는 단체가 등장했다. 그들이 올린 유튜브 동영상에는 방독면을 쓴 군인들이 구덩이에 시신을 밀어 넣고 소각하는 장면이나 사망 판정이 떨어지자마자 유가족들의 항의를 무시하고 시신을 실어 가는 모습 등이 담겨 있었다.

대체 진실은 뭘까? 나도 모르게 분위기에 휩쓸리면서 두려움이 몰려왔다. 유튜브를 뒤져보니 병원 관계자가 촬영했다는 영상이 있었다. 큰 유리창으로 막혀 있는 격리 병실 같은 곳에 침대가 쭉 늘어서 있고, 코에 뭔가를 하나씩 꽂은 남녀들이 누워 있었다. 그 사이로 무슨 우주복같이 생긴 옷을 입은 사람들이 돌아다니면서 뭔가를 열심히 확인했다.

우주인들은 그러다 한 여자 앞에서 멈췄다. 그들은 열심히 이야기를 주고받더니 시트를 끌어당겨 환자의 머리까지 덮었다. 카메라가 환자 머리맡에 놓여 있는 기계를 비췄다. 이름은 정확히 모르지만 톱날 모양으로 이어지던 선이 일직선이 되면 사망 판정을 내리는 바로 그 기계였다. 기계 화면상의 초록색 선은 계속 일직선으로 지나가는 중이었다. 우주인들이 시트를 살짝 걷고 망자의 발목에 태그를 달았다. 아무런 예고도 없이 누군가의 죽음을 목격했다는 사실에 불쾌한 기분이 들었다.

"뭐야. 낚인 거야?"

그때 시트가 들썩거렸다. 우주인들이 놀라서 뒤로 물러섰고, 촬영하던 사람은 F로 시작하는 욕설을 내뱉었다. 그리고 방금 사망 판정을 받은 여자 환자가 벌떡 일어났다. 영상은 카메라가 넘어졌는지 어지럽게 돌아가더니 그대로 끝나버렸다. 손님이 와서 커피를 내려주고 돌아와 보니 게시물은 삭제된 상태였다. 동영상 제목을 기억해내 검색해봤지만 어느 곳에서도 찾을 수가 없었다.

2월 8일

오늘은 출근하자마자 그녀를 보았다. 며칠 전 앉았던 테라스에 걸터앉아 꾸벅꾸벅 졸고 있었다. 몹시 반가웠지만 마음을 가라앉히고 조심스럽게 그녀의 어깨를 흔들었다.

"이봐요. 언제부터 여기 있었던 거예요?"

"새벽 네 시부터."

"뭐라고요? 날씨가 이렇게 추운데? 괜찮아요?"

"왜 이리 호들갑이야. 알면 얼른 문 좀 열어줘. 얼어 죽겠다."

그녀가 생긋 웃었다. 난 빛의 속도로 도어락을 해제하고 히터도 최대한으로 가동했다. 그녀가 앉을 수 있게 히터 앞에 의자를 갖다 놓고 무릎 담요를 건넸다. 그녀는 고맙다는 말도 없이 담요를 어깨에 둘러 덮더니 새근새근 숨소리를 내며 잠들었다. 난 그녀가 잠에서 깨지 않도록 조심하며 매장을 청소했다. 평소보다 두 배는 깨끗하게 청소를 끝낸 것 같았다. 일을 마치고 전용 노트북을 켤 때까지도 그녀는 여전히 눈을 감고 있었다.

인터넷을 켜고 며칠 전 가입한 아칸소 독감 관련 커뮤니티에 들어갔다. 만들어진 지는 나흘밖에 안 되었는데 회원 수가 벌써 십사만 명이었다. 회원이 너무 빠르게 늘어나서 관리자가 가입 제한을 걸어놓을 지경이었다. 커뮤니티 안에는 온갖 이야기들이 잡동사니처럼 굴러다녔다. 유럽 다음은 러시아나 중국일 것이라는 예측에서부터 이 병의 치료제를 개발했다는 전주의 한 도사를 만났다는 이야기까지. 정신없이 읽어가다가 잠에서 깬 그녀와 눈이 마주쳤다. 그녀가 커피를 마시고 싶다는 손시늉을 해 보였다. 나는 김이 모락모락 나는 연한 아메리카노를 두 잔 내려서 그녀에게 다가갔다. 의자를 끌어다 마주 보고 앉으니 그녀가 배시시 웃었다.

"손님 자리에 앉으면 안 된다며."

"뭐, 지금은 영업시간이 아니잖아요."

그녀가 머그잔을 두 손으로 감싸 쥐며 말했다.

"어제 밤샘 파티를 갔는데 어떤 놈이 술 먹고 깽판을 치는 바람에 일찍 끝났지 뭐야. 할 것도 없고 돈도 없어서 그냥 앞에서 죽치고 기다렸어."

"추운데 밖에 있으면 감기 걸려요. 더구나 세상이 얼마나 험한데 그 밤에 여자 혼자 밖에서."

"어설픈 걱정은 넣어두셔."

그녀가 씩 웃으며 커피잔을 입에 가져갔다. 그리고 한동안 침묵. 그녀에 대해 아는 것이 없었기 때문에 무슨 말을 해야 할지 쉽게 떠오르지 않았다. 먼저 입을 연 것은 그녀였다.

"근데 그 전염병 얘기 들었어? 심상치 않은 모양인데."

"그래 봤자 병인데요, 뭐. 얼마 이러다가 가라앉겠죠."

"우리 아빠가 지금 미국에 있는데 못 들어오신대."

"왜요?"

"비행기가 안 뜬대. 공항도 폐쇄되었고."

"에이, 설마요."

"진짜라니까. 나도 봄에는 가야 하는데 어떻게 될지 모르겠어."

가볍게 한숨을 쉰 그녀가 커피잔을 내려놨다. 좀 더 그녀 곁에 앉아 있고 싶었지만 오전 강의를 듣기 전 커피를 마시기 위해 들른 손님들이 밀어닥치는 바람에 일어나야 했다. 조금 아쉽지만 어쨌든 오늘은 행복한 날.

2월 12일

출근하려는데 어머니가 그냥 쉬면 안 되겠냐고 조심스럽게 물어보셨다. 왜냐고 물으니 미국 독감 때문이라고 하셨다. 내가 일하는 곳은 괜찮다고 대답하고 밖으로 나왔다. 그런데 출근 시간이 지났다는 점을 감안해도 사람이 너무 없었다. 병에 걸릴까 봐 두려워서 밖에 나오지 않는 모양이었다.

마을버스는 텅 비었고 지하철에 탄 사람도 평소의 절반밖에 되지 않았다. 이대역에 내리니 개찰구에는 손소독제가 구비되어 있었고, 마스크를 하고 팔뚝에 '방역 요원'이라는 완장을 찬 경찰들이 열 감지 카메라로 사람들을 주시하고 있었다. 어제까지 듣지 못했던 방송도 나왔다. 아칸소 독감의 전파를 방지하기 위해 정부 당국에서 파견한 방역 요원들이 검사를 진행하고 있으니 불편하더라도 양해해달라는 것이었다.

덕분에 한산한 지하철을 타고 오면서 느꼈던 여유가 송두리째 날아가버렸다. 카메라를 쳐다보는데 왠지 조금 긴장되는 기분이었다. 경찰이 지나가도 좋다고 손짓했다. 그런데 내 다음다음쯤에 서 있던 아저씨는 통과하지 못한 것 같았다. 계절에 어울리지 않는 얇은 봄점퍼를 입은 대머리 아저씨는 장갑 낀 경찰들의 손에 잡혀서 어쩔 줄 몰라 했다. 아저씨는 버둥거리며 출근해야 한다고 목소리를 높였다. 그러자 지하철 공익들까지 가세해서 반항하는 아저씨를 어딘가로 끌고 가려고 했다.

이제 욕설까지 퍼붓기 시작한 아저씨는 급기야 공익들을 떠다밀고 냅다 줄행랑을 쳤다. 아저씨의 탈출극이 성공하는 듯하던 찰나 경찰 중 하나가 입고 있던 점퍼에서 뭔가를 꺼냈다. 서라거나 쏜다는 경고도 없이 테이저 건이 발사되었다. 낚싯줄 같은 것을 끌고 날아간 침이 열심히 도망치던 아저씨의 등에 꽂혔다. 비명을 지르며 쓰러진 아저씨는 불판 위 오징어처럼 온몸을 배배 꼬았다. 요원들이 널브러진 아저씨를 질질 끌고 가서 바퀴 달린 침대에 실었다. 단단한 벨트로 아저씨의 몸을 결속하자 화장실 앞 벤치에 앉아 있던 119 대원들이 달려와서 어디론가 끌고 가버렸다.

그 모든 일들이 끝나기까지 걸린 시간은 불과 오 분도 되지 않았다. 사람들은 웅성거리다가 하나둘씩 흩어졌다. 그때 이십 대 후반쯤 되어 보이는 비쩍 마른 남자와 눈이 마주쳤다. 남자는 그 장면을 손바닥에 들어갈 만큼 자그마한 캠코더로 몰래 촬영하고 있었다. 남자가 손으로 브이 자를 그려 보였다. 나 역시 똑같이 해 보였다. 어제 가입한 프리덤 워치 코리아의 감시 요원들이 주고받는 신호였다.

"프리덤 워치 맞습니까?"

남자가 물었다. 고개를 끄덕이자 그는 내 팔을 붙잡았다.

"빨리 동영상을 올려야 하는데, 혹시 집이나 직장이 이 근처이신가요?"

이 사람이 미쳤나 싶었다. 이틀 전 경찰청장이 이상한 동영상이나 루머를 퍼뜨리는 사람은 구속 수사하겠다는 성명을 발표했다. 체즈베에서 그걸 올렸다가 쇠고랑 차는 건 시간문제일 것이다.

"시간이 없어요. 며칠 안에 정부가 비상조치를 발동할 겁니다. 그 이후에는 지금보다 더한 통제가 뒤따를 테고요."

"미안한데 첩보원 놀이는 당신 혼자 해요."

붙잡는 손을 뿌리치고 계단으로 총총히 걸음을 옮겼다. 계단 양쪽에는 방패를 든 전경들이 줄지어 서서 올라오는 사람들을 쳐다보고 있었다. 물론 계단 끝에는 개찰구와 마찬가지로 열 감지 카메라와 방역원들이 있었다.

나는 쏜살같이 그곳을 빠져나와 곧장 카페로 향했다. 문 앞에는 며칠 전 주문한 소모품들이 쌓여 있었다. 배송 요원이 없어서 주문이 계속 밀린다고 하소연하기에 자꾸 그러면 거래처를 바꾸겠다고 벌컥 짜증을 냈더니 새벽에 허겁지겁 가져다 놓은 모양이었다. 언제 또 배송이 정상화될지 몰라서 거의 두 달 치 물품을 주문하고 라면과 생수까지 추가한 탓에 물자가 작은 산을 이뤘다.

지방에서는 슈퍼나 편의점 같은 곳들이 약탈당하기 시작했다고 했다. 서울에서도 매점매석 행위를 처벌하겠다는 정부 발표가 있었다. 물품을 안으로 나르다 보니 후끈한 땀이 온몸을 뒤덮었다. 잠깐 쉬고 나르기로 하고는 노트북 앞에 앉았다. 남자의 말대로 곧 질병대책종합본부에서 중대 발표가 있을 거라는 뉴스가 포털 사이트를 뒤덮었다.

미국 주요 도시에 야간 통행금지를 포함한 계엄령이 선포될 것이라는 소문이 떠돌았고, 유럽에서도 감염자가 늘어나서 일부 지역을 폐쇄한다고 했다. 세상은 요지경처럼 뱅글뱅글 돌아가는 중이었다. 옥죄어오는 불안감에 엄지손톱을 물어뜯다가 노트북을 덮었다. 그래서? 난 평범한 소시민이고 월급쟁이다. 그냥 일이나 하자고 중얼거리며 다시 물품을 날랐다. 역시 싱숭생숭할 때는 일이 최고다.

2월 13일

손님 발길이 뚝 끊겼다. 친구에게 시신들이 걸어 다니는 동영상이 인터넷에 올라와 있다는 문자를 받았다. 서둘러 검색해봤지만 찾을 수 없었다. 문자를 보낸 친구에게 이야기하자 영상을 캡처한 사진들을 보내주었다. 사진들은 실로 충격적이었다. 시신을 넣는 검은색 바디백들이 산더미처럼 쌓여 있었다. 그중 몇몇은 지퍼가 열리거나 찢겨 있었는데 그 앞에는 사람들이 기괴한 자세로 서 있었다. 마치······.

"새로 나온 좀비 영화야?"

깜짝 놀라 나도 모르게 비명을 꽥 지르며 자리에서 일어섰다. 톡 쏘는 향수 냄새가 코끝을 아릿하게 했다. 오랜만에 나타난 그녀가 낡은 노트북을 신기하다는 듯 들여다보고 있었다. 너무 가까운 나머지 눈동자의 실핏줄이 보일 지경이었다.

"완전 골동품이네. 영화 보고 있었어?"

"아뇨. 그냥 좀. 사장님 만나러 왔어요?"

"그냥. 지난번처럼 커피 한 잔만 내려줄래?"

실은 반가워 죽겠으면서 말은 왜 이렇게 무뚝뚝하게 나오는지, 한숨을 폭 내쉬었다. 이제는 그녀의 전용석이 되어버린 테라스로 지난번처럼 커피 두 잔을 가져가자 씩 웃는다.

"어차피 손님도 없는데 나랑 얘기 좀 하다 가."

나는 이상한 사진 따위는 까맣게 잊어버린 채 그녀와 수다를 떨었다. 많은 얘기를 나눌 수 있었다. 그녀의 이름은 박진희. 중학교 때 가족과 미국으로 이민 갔다가 세탁소가 망해서 몇 년 전에 다시 귀국. 아버지는 미국을 왔다 갔다 하면서 사업을 하시고, 자기도 미국에 있는 대학에 들어갔단다. 근데 왜 여기 있냐고 물으니 공부에는 전혀 흥미가 없다며 배시시 웃었다. 그때까지 그녀와 나 사이에서 찾은 유일한 공통점이었다.

해가 떨어지고 문 닫을 시간이 다가오자 그녀가 폴짝 일어나더니 집에 가야겠다고 했다. "바래다줄까요?"라는 말이 목구멍을 간질였지만 곧 제정신을 찾았다. 그녀에게는 애인이 있는데, 내게 관심을 가져줄 리 없잖아.

2월 15일

맙소사. 맙소사. 머릿속이 텅 비는 것 같다. 국무총리라는 작자가 핵폭탄 같은 말들을 쏟아냈다. 미국에서 발생한 아칸소 독감의 발병률과 사망률이 생각보다 높으며 그에 따라 미국 본토와의 모든 인적 교류를 차단한다는 것이었다. 이미 미국과 협의가 끝났고, 곧 그들의 요청대로 응급 의료진을 파견할 것이라는 말도 덧붙였다. 그럼 주한미군은 어떻게 되느냐는 기자의 질문에는 당분간 현 병력을 그대로 유지하고 대북 경계 태세를 데프콘 2로 격상한다고 했다. 이후로는 아칸소 독감에 대한 질문들이 쏟아졌다.

정부가 아무리 차단하고 삭제해도 관련 검색어와 동영상은 불쑥불쑥 튀어나왔다. 그 병에 걸리면 갑작스럽게 사망한다는 말은 맞는 것 같았다. 하지만 이미 사망한 사람들이 다시 살아난다는 말은 아무래도 믿기 어려웠다. 설상가상으로 그렇게 부활한 사람들이 다른 사람들을 공격한다고 했다. 공격당한 사람들은 감염되어서 죽었다가 부활하고, 또다시 다른 사람들을 공격하는 일이 무한 루프처럼 반복된다는 것이다.

오늘 아침 프리덤 워치에서 그동안 수집한 동영상과 증언들과 함께 발표한 자료는 일파만파로 번졌다. 며칠째 주식이 대폭락하면서 자살하는 사람들이 기하급수적으로 늘어났다. 세상이 미쳐 돌아가고 있었다. 그 병에 걸리면 의학적으로 사망했다가 소생한다는 말이 사실이냐는 질문에 총리는 땀을 한 바가지나 흘리면서 미국 측 발표를 기다리는 중이라고 대답했다. 그럼 우리는 안전하느냐는 질문에는 검역 체계는 완벽하다고 자신 있게 말했다. 유사한 증세를 보이는 사람들이 있지만 아직까지 확진된 사례는 없다고. 그러나 미국 외에 유럽이나 러시아에서 전파될 염려는 없느냐는 질문에는 기어드는 목소리로 정부를 믿어달라는 말만 되풀이했다. 개뿔.

2월 16일

어머니가 아침에 성경을 챙겨 들고 교회에 나가셨다. 초등학교 시절 이후 처음 보는 일이었다. 교회는 마을버스 정류장 근처에 있었다. 어머니는 꼭 출근해야겠느냐고 재차 물으셨고 나는 아무 대답 없이 버스에 올라탔다. 남들처럼 혼란에 빠지기 싫었다. 단지 그것뿐이었을까? 한 가지가 더 있긴 했다.

지하철에는 사람이 거의 없었다. 운행 간격도 거의 이십 분에 한 대꼴이었다. 평소보다 길고 고요한 출근 시간을 보내고 이대역에 내리자 텅 빈 승강장이 나를 맞이했다. 대신 길거리에서는 온갖 종말론으로 무장한 사람들이 행인들을 열을 내며 붙잡았다. 전경들 대신 총으로 무장한 경찰과 바리케이드, 좀 더 많은 열 감지 카메라와 닭장차 들도 보였다. 이제 앰뷸런스로 실어 나를 정도를 넘어섰다는 뜻일까?

카페로 향하는 언덕길을 올라가는데, 며칠 전까지 무슨 축제를 알리는 현수막이 붙어 있던 자리에 사람들이 모여 있었다. 전염병이 돌기 시작한 이후 가급적 사람이 많이 모이는 장소는 피하려 했지만 호기심은 어쩔 수 없었다. 누군가 도로 옆 벤치에 올라서서 확성기로 시끄럽게 떠들어대고 있었다. 정부는 즉각 모든 사실을 발표하고 피난 대책을 마련하라는 것이었다. 프리덤 워치라는 명찰을 목에 건 사람들이 유인물을 나눠줬다. 엉겁결에 받아들고는 연설에 귀를 기울였다. 연설자는 정부가 진실을 은폐하고 국민을 속이고 있다고 폭로했다. 아칸소 독감은 보통의 질병과는 다른, 아주 심각하고 특이한 질병이며 지금 우리나라에도 감염자들이 늘어나고 있다는 것이었다. 사람들 사이에서 설마, 말도 안 돼, 등의 웅성거림이 오갔다. 나는 연설자의 정체를 알아차렸다. 며칠 전 지하철에서 아저씨가 체포당하는 모습을 몰래 찍던 남자였다.

목이 쉬었는지 잠깐 콜록거리던 남자가 다시 확성기를 입에 갖다 댄 순간 경찰차 사이렌 소리가 들려왔다. 차에서 내린 경찰이 즉각 해산하라고 외쳤고, 프리덤 워치 측은 무슨 권리로 해산을 지시하느냐고 응수했다. 경찰이 대답 대신 강제 해산에 들어가면서 난투극이 벌어졌다. 처음에는 경찰들이 밀렸지만 전경들이 합세하면서 곧 전세가 역전되고 말았다. 나는 팔십 년대 학생 시위를 방불케 하는 아수라장을 빠져나와 카페로 향하는 샛길로 슬쩍 몸을 피했다.

얼마쯤 걸었을까? 불청객이 따라오고 있다는 사실을 눈치챘다. 그 비쩍 마른 남자였다. 남자는 나와 눈이 마주치자 씩 웃었다. 나는 아무 반응도 보이지 않고 가던 길을 계속 걸어갔다. 스타킹 신긴 마네킹 발들을 고깃덩어리처럼 주렁주렁 매달아놓은 가게 앞에서부터 걸음을 빨리할 계획이었다. 거기서부터 카페까지 가는 길은 좁고 복잡해서 초행인 사람은 헤매기 십상이다. 작정하고 속도를 높이려는 찰나 애처로운 목소리가 들렸다.

"저기, 동지. 같이 가요."

동지라니. 그 말에 품 하고 웃음이 터졌다. 낡은 노트북 가방을 옆구리에 낀 남자도 따라서 웃었다. 웃음소리는 점점 커져서 아무도 없는 골목길을 쩌렁쩌렁 울렸다. 결국 그를 카페에 데려오게 되었다. 남자의 이름은 조태준, 나이는 딱 서른이었다. 직업이 뭐냐고 물었더니 우물거리며 고시 공부 중이라고 대답했다. 그래, 공무원이 될 사람이 반정부 시위에 나섰냐고 놀렸더니 진지한 얼굴로 과연 자기를 취직시킬 정부가 앞으로도 남아 있을지 의심스럽다고 했다. 뭐지, 이 녀석은?

어제부터 시위를 준비하느라 제대로 먹지 못했다기에 간단한 샌드위치를 하나 만들어줬더니 숨도 쉬지 않고 먹어치웠다. 샌드위치를 하나 더 만들어주고 커피를 내렸다. 태준은 마요네즈 묻은 손가락을 쪽쪽 빨며 입을 열었다.

"아칸소 독감이라는 건 말이에요, 사실 미군 생화학물질 통제센터에서 관리하던 생화학 바이러스였어요. CL-124라는 코드 네임으로 불렸죠. 닉네임은 아포칼립스고요. 제3차 세계대전에 대비해서 만들어놨는데 위력이 너무 세서 그냥 보관만 했답니다. 그러다가 원인을 알 수 없는 사고로 인해 유출되어버렸고요."

"잠깐, 잠깐. 그러니까 그게 자연적으로 발생한 질병이 아니란 말이에요?"

"그렇다니까요. 미국 정부에서는 책임지기 싫으니까 그냥 아칸소 독감이라는 이름으로 위장한 겁니다. 그 바이러스에 걸리면 어떻게 되는지는 들어서 아시겠죠?"

"설마 그게 진짜라는 건 아니죠?"

"진짜예요. 이미 우리나라에서도 발생했어요. 지금은 어떻게든 막고 있지만 조만간 손쓸 수 없을 정도가 될 겁니다. 미국도 곧 계엄령을 선포하고 대피령을 내릴 거라는 정보가 있어요."

하나같이 믿기지 않는 얘기들이었다. 지금 소설 쓰냐고 타박했더니 아무렇지도 않게 자기 꿈이 소설가라고 대답했다. 싱거운 놈. 계속 얘기를 듣다 보니 슬슬 지루하고 귀찮아졌다. 어서 일어나라고 눈치를 줬지만 못 알아듣는 것 같았다. 좀 더 확실하게 말해주려는 찰나 문이 열리고 나 사장이 들어섰다. 평소와는 다르게 굳은 표정이었다. 그는 들어오자마자 손가방을 열며 말했다.

"야, 계산대에 있는 돈 전부 꺼내고, 통장도 갖고 와라."

나는 군말 없이 지시에 따랐다. 금전 출납기를 열어서 오만 원과 만 원짜리를 전부 꺼내주고 내 월급과 물품 대금을 지급할 때 쓰는 카페 통장도 건네줬다. 급하게 돈을 챙겨 넣느라 사장이 들고 있던 손가방이 바닥에 떨어졌다. 허리를 굽혀서 가방을 집어 든 나는 반쯤 열린 지퍼 밖으로 삐죽 튀어나온 표를 봤다. 자세히 살펴보기도 전에 도로 뺏기고 말았지만 타이타닉호에 버금가는 큼지막한 유람선 그림은 똑똑히 봤다.

"어디 여행 가시게요?"

"응. 좀 뒤숭숭하잖아. 바람 좀 쐬고 올게."

늘 여유롭던 나 사장은 통장과 돈을 낚아채듯이 챙기고는 밖으로 나갔다. 인사나 할 겸 밖으로 나갔더니 지붕 없는 스포츠카 조수석에는 이제 막 스무 살쯤 되어 보이는 여자가 앉아 있었다. 사장은 차 문을 닫는 소리가 채 가시기도 전에 한 움큼의 매연만 남기고 사라졌다. 뒤따라 나온 조태준이 말했다.

"도망가는 겁니다. 돈 많은 사람들만 모아서 유람선을 타는 거죠. 러시아 갑부는 아예 핵잠수함 한 대를 임대했대요. 몇 개월 동안 바다 위에 떠 있다가 잠잠해지면 다시 돌아올 겁니다."

"어떻게 그렇게 잘 알아요?"

"우리 회원들 중에 항만공사 직원들이 있거든요. 우리도 대책을 세워야 합니다."

"대책?"

"피난 대책이요. 얼마 안 가서 감염자들이 거리를 뒤덮을 겁니다. 안전한 곳에 피신해야죠. 우리 프리덤 워치가 주장하는 게 바로 그거예요. 국민의 눈과 귀를 가리는 짓은 그만두고 당장 안전한 피난처를 제공하라는 거죠. 앞으로 며칠 동안 게릴라 시위를 벌일 겁니다."

아마 나 사장이 그렇게 떠나지만 않았다면 녀석의 말에 한바탕 낄낄대고 말았을 것이다. 하지만 조금 전 일의 충격 때문이었을까? 나는 진지하게 그의 말을 경청했다. 그러자 그는 노트북을 켜더니 프리덤 워치 커뮤니티에 올라온 후보지들을 보여줬다.

"지리산, 강원도 고성군 건봉사, 진도, 제주도, 전남 해남, 대구 달성산?"

"네. 하나같이 높은 산이나 뭍에서 먼 섬이죠. 하지만 전 반대예요."

왜냐고 물었더니 나름 그럴듯한 이론을 늘어놨다. 이게 며칠이나 몇 주가 아니라 몇 달, 아니 몇 년이 갈 수도 있단다. 내가 설마 하는 표정을 짓자 그는 문명 생활을 하던 사람들이 전기나 물이 없는 곳에서 얼마나 지낼 수 있겠냐고 반문했다. 예전에 인터넷이 되지 않는 친척 집에서 보낸 지옥 같은 사흘이 떠올랐다. 나도 모르게 고개를 끄덕이자 그가 계속 떠들었다.

"도시에 머물러야 합니다. 그래야 먹을 것도 쉽게 구할 수 있고, 정보도 얻을 수 있죠."

그리고 제안했다. 이 카페를 그런 용도로 쓰면 어떻겠냐고.

정신없이 기록을 읽어 내려가던 K-기준은 갑자기 밀려오는 졸음에 종잇장들을 옆으로 밀어뒀다. 잠깐 눈만 좀 붙이려고 했는데 꽤나 깊게 잠든 것 같았다. 뭔가가 떨어져 내리는 소리에 눈을 뜬 그는 재빨리 품에 안고 있던 플라스마 라이플을 견착하고 어둠 속을 겨눴다. 한동안 어둠과의 눈싸움이 이어졌다. 아무것도 없는 것 같았다. 하지만 어쩐지 그 사실이 더 두려웠다. 조용히 한숨을 쉬며 플라스마 라이플을 내리려는 찰나 다시 뭔가가 쿵 떨어지는 소리가 들렸다. 그는 소총을 장전한 채 아까 떨어진 구멍 쪽으로 뛰어갔다. 하마터면 상대방 어깨에 붙은 비콘을 확인하기도 전에 방아쇠를 당길 뻔했다. N-형식이 어깨에 묻은 먼지를 털면서 말했다.

"보고 받고 바로 오려고 했는데 마침 좀비들이 몰려와서 말이야."

N-형식은 로프에 연결된 고리를 K-기준의 허리띠와 어깨에 결속했다. 그가 줄을 몇 번 잡아당기고 뒤로 물러서자 몸이 떠올랐다. K-기준은 안도의 한숨을 쉬었다. 그러다가 문득 떠오른 생각에 아래에서 지켜보던 N-형식에게 소리쳤다.

"거기 내가 보고 있던 종이 뭉치랑 책들 좀 수거해줘! 알았지?"

마침내 밖으로 나왔을 때는 벌써 해가 건물들의 잔해 사이로 뉘엿뉘엿 저물어가는 중이었다. 그는 정찰용 로봇 적재 칸에 눕혀졌다. 잠시 후 털컹거리며 로봇이 움직였다.

— Z.A. 용어 사전   Z.A.의 기원

Z.A. 초기에 '대혼돈' '아마겟돈' '심판의 날' 등과 함께 혼용되었던 이 용어가 공식화된 것은 미합중국의 마지막 대통령인 로렌 몽고메리가 Z.A. 1년(후에 소급 적용되었다) 4월 13일 백악관에서 한 대국민 연설 때문이었다. 사십칠 분간 계속된 연설에서 몽고메리 대통령은 '좀비 아포칼립스'란 용어를 무려 삼십삼 회나 사용했는데, 이후 이 용어가 인간과 좀비의 전쟁을 뜻하는 대명사로 자리 잡았다.

Z.A. 3년 1월 11일 노아 프로젝트를 통해 지구 밖으로 탈출한 인류가

구성한 유엔 대표회의는 A.D.(Anno Domini)를 폐지하고 Z.A.(Zombie Apocalypse)를 공식 사용하기로 결의했다. 이 용어의 최초 사용자가 누구인지는 밝혀지지 않았다. 구글이라는 검색엔진에서 처음 등장했다는 주장과 누리꾼이라고 불리는 대한민국 인터넷 이용자들이 고안해냈다는 의견으로 갈린다.

— 『Z WAR: 인간은 왜 패배했는가?』에서 발췌

랜딩존 주변에 가까워지자 차츰 원정대의 흔적이 보였다. 셔틀에서 해체한 장갑판이 모듈 주변에 방벽처럼 세워져 있었다. 외부 장갑판이 모두 해체된 셔틀은 마치 뼈만 남은 새처럼 보였다. 같이 해체된 파이프들 역시 날카롭게 절단되어 방벽 앞에 비스듬히 꽂혀 있었다. 한쪽에서는 좀비들의 시신을 소각하는 중이었다.

유인 정찰 로봇은 셔터가 달린 출입문 앞에 멈춰 섰다. 잠시 후 셔터가 서서히 옆으로 열리기 시작하자 로봇은 덜컹거리며 기지 안으로 진입했다. 그가 없는 동안에도 원정대는 순조롭게 임무를 수행하고 있었다. K-기준은 곧장 중앙통제센터 옆에 만들어진 응급 구호실로 실려 갔다. 응급 구호실이라고는 하지만 아직 아무 의료 장비도 없었다. 집중 치료를 실시할 의사와 수술 로봇들은 2차 캡슐을 통해 들어올 예정이었다. N-형식이 먼지투성이 옷을 털며 들어와 조용히 속삭였다.

"네가 실종되어 있는 동안 2팀 리더 K-터너웨이가 사령관한테 독자적으로 보고했어. 구출 부대를 편성할 때도 비협조적으로 나왔고 말이야."

"나 하나 때문에 원정대 전체를 위험에 빠뜨릴 수는 없잖아."

"알았으니까 빨리 일어나기나 해. 현황 브리핑해줘?"

"괜찮아. 하루만 푹 쉴게."

"알았어. 아직 의사는 없지만 의료 면허를 가진 대원이 곧 올 거야. 참, 책상 위 말고 침대 아래쪽에도 종이가 더 있어서 다 가져오긴 했는데 자세히 살펴보지는 못했어. 아마 더 있을 것 같아. 네 방에 가져다 놓을 테니까 다 나은 다음에 읽어."

"고맙다."

N-형식이 밖으로 나간 뒤 K-기준은 잠을 청하려 애썼지만 갇혀 있는 동안 봤던 기록들이 눈앞에 어른거렸다.

"지금 지구의 중력을 음미하고 있는 건가요?"

N-미라이가 응급실로 성큼성큼 걸어 들어와 웃으며 말을 붙였다. 그리고는 곧장 침대 옆에 있는 생명 유지 장치에서

관측 헤드셋을 분리하여 그의 머리에 걸어주었다. 헤드셋에서 나온 센서가 귀와 이마, 입술 양쪽 끝을 살짝 찔렀다. 피부를 살짝 파고든 바늘이 몸 상태를 체크하는 동안 그녀는 능숙하게 주사기에 약물을 주입하더니 그의 팔뚝에 바늘을 찔러 넣었다.

"의사 일도 하는 줄은 몰랐는데요?"

"1차 원정대원은 최소한 세 가지 임무를 수행할 줄 알아야 한다고 대머리 각하께서 하도 떠들어대서요. 가만있어보자. 체온은 정상이고 발열은 없어요. 구출대 얘기로는 무슨 구덩이 같은 곳에서 좀비들이랑 맨손 격투하고 왔다던데요."

"이제 서로 얼굴 맞대고 살아야 하잖아요. 인사 좀 했어요."

"이웃은 이웃인데 최악의 이웃이네요. 좀비한테 엉덩이를 물린 것 같지는 않네요. 하루 정도 푹 쉬면 될 거예요. 산소 틀어줄까요?"

그녀의 농담에 K-기준은 킥킥 웃었다. 사콘이라는 개그맨의 유행어였다. 불치병으로 죽어가는 노인에게 "산소 틀어줄까요"라고 말했더니 눈을 번쩍 떴다나 뭐라나. 스페이스 콜로니에서는 마스크나 헬멧이 아니라 방 안에서 정제 산소를 배출하는 것만큼 사치스러운 짓이 없었다. N-미라이가 물었다.

"근데 정말 좀비 어땠어요?"

"내가 떨어진 곳에는 없었어요. 잔류자 은신처였거든요."

"아무튼 살아 돌아와서 기뻐요. 푹 쉬고 내일 봐요. 참, 구
덩이에서 같이 구출된 게 있던데요."

"잔류자가 남겨놓은 기록이에요. 내가 먼저 봤으면 좋겠는
데요."

"그럴 것 같아서 가져왔어요. 진공 펌프로 미세 먼지를 털
어내서 글씨 정도는 알아볼 수 있을 것 같아요."

그녀는 그의 침대 머리맡에 종이 뭉치를 내려놓은 뒤 밖으
로 나갔다. K-기준은 그중 한 움큼을 집어서 무릎에 올려놓
았다. 먼지를 털어내서 한결 깨끗해진 종이 뭉치를 뒤적거리
던 그는 아까 봤던 페이지를 찾아냈다. 아래쪽은 뭔가를 쏟
은 것처럼 큼지막한 얼룩이 글씨들을 뒤덮고 있었지만, 다행
히 가운데는 생각보다 깨끗해서 어렵게나마 읽을 수 있었다.

2월 20일

어머니가 이상해졌다. 전에 없이 성경을 읽고 교회에 살다

시피 하는 건 어느 정도 이해가 됐다. 지금이야말로 신이 필요한 때니까. 하지만 어제부터는 아예 집에 쌓아두었던 라면과 생수들을 몽땅 교회에 갖다 바치셨다. 애써 구해 온 햇반도 흔적조차 보이지 않았다. 어머니의 입에서는 점점 종말이니 말세니 하는 얘기들이 흘러나왔다. 아버지의 죽음 이후 누구보다 현실적이었던 사람 입에서 그런 말이 나오니까 당황스럽기도 하고 짜증 나기도 했다.

그러다 결국 오늘 일이 터지고 말았다. 아침나절부터 바깥에서 들려오는 시끄러운 소리에 눈을 떠 보니 기막힌 광경이 펼쳐져 있었다. 낯선 사람들이 이불과 냄비 같은 것들을 꺼내고 있었다. 내가 놀라 지금 뭐 하는 거냐고 소리치자 어머니가 막아 나서셨다. 교회 사람들과 함께 기도원에 들어갈 거라고, 함께 가자고 말이다. 나는 절대 안 간다고 딱 잘라 말했다. 잘 생각해보라고 간곡히 말씀하셨지만 나는 출근해야 한다며 나와버렸다. 어머니의 울음소리 뒤로 다른 교인들이 어머니를 다독이며 기도를 올리는 소리가 들렸다.

마을버스 정류장에는 운행을 중단한다는 안내문이 나부꼈고, 지하철역에는 단축 운행을 알리는 팻말이 덩그러니 서 있었다. 역 주변에 진을 치고 있던 노점상들도 안 보였고, 주변 가게들도 절반 넘게 문을 닫은 상태였다. 구정이나 추석 때나 볼 수 있었던 썰렁함을 뒤로하고 지하철을 탔다. 한 칸에 한두 명 정도 있을까? 유리창과 선반은 온통 휴거를 맞이하라는 전단지로 도배되어 있었다. 왠지 기운이 쫙 빠지고 어지러웠다.

아직 국내 어디서도 아칸소 독감 감염자가 나타났다는 얘기는 없었다. 계엄령도 선포되지 않았다. 다만 지방으로 빠져나가는 사람들 때문에 고속도로가 정체 중이란다. 돈 많은 사람들은 진작 해외로 날랐고, 스위스의 무슨 산꼭대기에는 그런 사람들만 받는 산장이 있다는 뉴스도 나왔다. 지하철 방송은 며칠째 아칸소 독감 예방법과 국내에서는 아직 발병 사례가 없다는 말만 되풀이했다.

역 안에는 여전히 마스크를 쓴 경찰들이 깔려 있었다. 계단을 오르는데 고참급 전경 몇 명이 고무탄 발사기를 메고 있는 것이 보였다. 조금씩 상황이 악화하고 있다는 두려움에 숨이 막혔다. 내 시선을 느꼈는지 전경들이 어깨에 메고 있던 고무탄 발사기를 방패 아래로 숨기고 나를 노려봤다. 나는 그

시선에 쫓기듯 지하철역을 나왔다.

며칠 전 프리덤 워치 한국 지부에서 뿌린 전단지들이 기다렸다는 듯 발목을 휘감았다. 이대역 주변은 동네 지하철역보다 더 한산했다. 휴업이라는 종이를 붙이고 셔터를 내린 가게들이 대부분이었다. 왓슨이라는 체인 스토어와 그 옆의 화장품 가게만 문을 열었다. 중간중간 세워진 바리케이드 뒤에서는 피곤한 표정의 경찰들이 무전을 주고받고 있었다.

터덜거리는 걸음으로 카페에 도착했는데 하마터면 기절할 뻔했다. 조태준과 자칭 도시파라 하는 패거리 몇 놈이 요새를 만든답시고 가게를 온통 헤집어놓았기 때문이다. 제일 어이 없었던 건 번개를 꽉 움켜쥔 주먹 로고가 박힌 프리덤 워치 깃발을 가게 기둥에 걸어놓은 것이다. 나는 성큼성큼 계단을 내려가 깃발을 뽑아서 바닥에 내팽개쳤다. 안에서 열심히 테이블을 나르던 도시파가 일제히 나를 쳐다봤다.

"남의 가게에서 뭐 하는 짓들이야!"

"요새로 만드는 중입니다. 허락하셨잖아요."

우물쭈물하는 패거리를 제치고 조태준이 나섰다.

"그래서 동네방네 소문내려고 깃발 꽂아놓고 요란을 떨고 계세요? 셔터 내리고 조용조용 일하라고 했잖아. 바깥에 경찰들 깔려 있는 거 못 봤어?"

덩치는 제법 컸지만 고시 공부만 했던 애들이라 그런지 세상 물정을 몰라도 너무 몰랐다. 나는 어제 적어서 테이블 위에 올려놓았던 종이를 펼쳐 들었다.

"일단 밖에서 여기에 뭐가 있는지 모르게 해야 해. 근데 너무 정확하게 쌓아놓으면 오히려 안에 누가 있다는 걸 보여주는 꼴이잖아. 앞쪽 테라스는 의자랑 테이블을 대충 어질러놓고 유리창에는 테이프를 붙여. 뒤쪽 정원 천장에 흙 뿌렸어? 그거 먼저 하라고 했잖아. 다들 빨리빨리 움직여."

웅성대던 그들이 사방으로 흩어졌다. 리더 격인 조태준보다 두 살 아래인 최홍철과 나동식은 고향 친구이자 신림동 소재의 같은 고시원 출신이었다. 조태준과 동갑인 이창래 역시 도시파였다. 하루 늦게 합류한 김정범은 IT 업체에서 대체 복무 중이라고 했다. 그들을 받아들이기 전 나는 조태준에게 몇 가지 조건을 걸었다. 나까지 여섯 명을 넘어서는 안 되고 모두 남자여야 하며, 내 지시에 절대 복종해야 하고 나보다 나이가 어려야 한다는 것이었다. 이에 동의하고 모인 사람들이

바로 이 도시파였다. 태준이 열심히 전화를 돌리자 그날 해가
떨어지기 전에 이들이 모였다. 긁어모을 수 있는 모든 돈과
먹을 것들을 가지고 말이다.

예전에 가게를 확장하기 위해 받아뒀던 평면도를 찾아냈
다. 그걸 바탕으로 이 체즈베를 요새화하기 위한 구상안을 짜
냈다. 가장 큰 취약점은 당연히 유리로 된 문과 테라스였다.
물론 테라스에는 단단한 접이식 창이 있었지만 그것만 가지
고는 어림도 없었다. 일단 쓸모가 없어진 의자와 테이블을 테
라스에 쌓아두고 접이식 창문을 닫은 다음 안쪽에 커피 생
두 포대를 쌓았다. 문은 아직 그대로 놔뒀지만 나중에 폐쇄
할 때는 특별 제작한 철판과 버팀대로 막을 생각이었다. 작은
창고에는 지난번 주문해둔 라면과 생수 외에 햇반과 통조림
등을 더 구입해서 가득 쌓아뒀다. 화장실 유리창은 페인트를
뿌려 어둡게 만들고 바깥쪽 쇠창살에 철조망을 감았다.

사장이 카페를 확장한답시고 매입하고는 잊어버린 옆 가게
는 숙소 겸 창고로 쓰기로 했다. 창래가 고시원을 나올 때 가
져온 라꾸라꾸 침대와 매트리스, 이불들이 한쪽을 차지했다.
컴퓨터를 능숙하게 다룰 수 있는 정범은 유무선 랜을 끌어오

고 컴퓨터를 설치했다. 이제 다음 문제는 물이었다. 물을 잔뜩 받아둬야 하는데 욕조가 없었다. 고심하던 차에 어제 문을 닫은 일식집에서 해결책을 찾았다. 고기를 넣어두던 큼지막한 고무통을 힘들게 옮겨다 놓고 물을 받았다. 창래는 페트병을 있는 대로 구해다가 수돗물을 받아놓고 인터넷에서 구매한 정수제를 뿌렸다. 이제 정말 든든해졌다.

어수선함을 피해 뒤쪽 정원으로 나왔다. 경사진 언덕에 계단식으로 집을 지으면서 생긴 자투리 공간이었다. 왜 여기까지 카페를 확장하지 않았는지 궁금했지만 어쨌든 지금으로서는 꽤 유용했다. 한쪽 구석에는 화장실도 있어서 화장실은 당분간 걱정하지 않아도 될 것 같았다. 문득 갇혀 있는 듯한 느낌에 고개를 들었다. 빗줄기가 들이치지 않게 만들어놓은 녹색 캐노피를 투과한 햇살이 보였다. 그곳을 뭔가로 가려버리면 더 이상 이 안에서는 햇빛을 볼 수 없을 것이다.

정원 한쪽 구석에 건물 위층으로 통하던 비상계단의 흔적이 보였다. 예전에 이 카페와 이 층 네일아트숍까지 모두 고깃집이었을 때 이 층으로 음식을 올리던 공간이었다. 계단은 예전에 철거되었지만 손잡이는 남아 있어서 잘만 하면 그냥 올라갈 수도 있을 것 같았다. 나중에 비상구로 쓰면 유용하겠다고 생각하던 찰나 정범의 목소리가 들렸다.

"다들 빨리 와 봐요!

우리가 큰 창고에 모이자 정범이 모니터를 가리켰다. 프리덤 워치 감시 요원들이 올린 영상이었다.

"뭐야? 어디야?"

"신촌에 있는 모텔 골목이요. 시간은 사십 분 전쯤이고요."

카메라는 길 모서리에서 출발하여 천천히 이동했다. 잠시 후 화면은 거의 알아볼 수 없을 정도로 흐려졌다가 이내 모텔 유리문 앞에 서 있는 사람의 형체를 잡았다.

"저게 뭐지?"

모텔에서 나눠주는 하얀 가운 차림의 남자가 펄쩍펄쩍 뛰면서 지나가는 사람들에게 덤벼들고 있었다. 이리저리 도망치는 사람들 속에서 영상을 촬영하는 카메라도 골목길을 빠져나갔다.

여러 차례 영상을 반복 재생했지만 아무도 입을 열지 않았다. 나와 태준은 서로를 쳐다보며 동시에 중얼거렸다.

"무기."

2월 21일

맥이 탁 풀린다. 고민 끝에 집에 돌아갔다가 냉장고에 붙은 쪽지를 보았다. 교회 사람들과 함께 파주에 있는 기도원으로 간다는 내용이었다. 쪽지 아래쪽에는 기도원 주소와 연락처와 함께 간단한 약도가 그려져 있었다. 말미에는 사랑한다는 말도 적혀 있었다. 어제 동영상이 공개된 이후 아수라장이 펼쳐졌다. 모든 뉴스가 중단된 가운데 대통령의 담화가 발표되었다. 대통령은 정부와 군대가 최선을 다해 사태를 수습할 것이니 믿어달라는 말을 힘겹게 뱉어냈다. 야당이 반대하지만 불가피하게 계엄령을 선포해야 할지 모른다며 국민의 이해와 협조를 구한다고도. 대통령 담화가 끝나자 육군 참모총장과 국방부 장관, 국무총리, 장관들로 이뤄진 비상대책위원회의 기자회견이 뒤따랐다. 별 네 개를 단 참모총장은 약탈 행위 시 즉각 사형에 처할 것이라고 경고하면서 군인들에게 협조를 요청했다. 경고, 처벌, 엄단, 즉각 조치 같은 말들이 얽히고설켰다.

어제 서울을 시작으로 부산과 인천, 온양에서 감염자들이 나타났다. 천안 KTX역에서는 감염자가 난동을 부리다가 경

찰의 총격을 받고 사망했다. 원주에서는 감염된 아들을 내놓
지 않으려던 아버지가 경찰들 앞에서 분신자살을 했다. 세상
이 미쳐 돌아가고 있었다. 부글거리는 마음을 안고 밖으로 나
왔다. 거리는 한적했고, 오직 슈퍼마켓과 편의점, 정육점같이
뭔가 먹을 것을 파는 곳만 북적거렸다. 동네 슈퍼는 진작 문
을 닫았지만, 마을버스 정류장 쪽 큰 슈퍼는 아직 영업 중이
었다. 아줌마 둘이서 라면 박스를 두고 머리채를 잡고 뒤엉킨
모습이 보였다.

지하철 운행이 중단되었다는 공고가 붙었다. 다시 집으로
돌아가는 게 정상이었지만 그러고 싶지 않았다. 무작정 큰길
로 나오자 택시가 몇 대 보였다. 아무 택시나 잡아타고 이대
앞으로 가자고 말했다. 늙은 택시 기사는 가까운 성당으로
가는 게 어떻겠느냐고 물었다. 나는 이대에 있는 성당으로 가
자고 대답하고는 그대로 눈을 감아버렸다.

얼마나 달렸을까? 이대역이 보이자 나는 그냥 내려달라고
말하며 지갑을 꺼냈다. 택시 기사는 돈은 필요 없으니 꼭 성
당에 가서 참회하라고 했다. 차에서 내려 묵묵히 카페로 걸어
갔다. 어디서 화재라도 났는지 소방차가 차들이 사라진 도로

를 가로지르고 있었다. 총소리도 들린 것 같았다.

카페 앞 골목길에 이르니 어제보다 좀 더 그럴싸해진 요새가 모습을 드러냈다. 밖에서 보았을 때 절대 안에 누가 있다는 것을 알 수 없도록 교묘하게 위장해놨다. 검은색 페인트로 칠해놓은 유리문을 가볍게 두드렸다. 짧게 세 번 두드리고 한 번 쉬고 다시 짧게 두 번. 문 위쪽에 뚫어놓은 창으로 바깥을 내다보는 기척이 느껴졌다. 문이 열리자 어두컴컴한 실내가 나를 맞이했다. 안으로 들어가기 전 나는 잠깐 주저했다. 이 어둠 속으로 들어가면 이전과는 전혀 다른 세상과 맞닥뜨려야 한다는 두려움, 다시는 가족과 만날 수 없을지도 모른다는 막막함 때문이었다. 태준이 어서 들어오라고 눈짓했고 나는 결국 카페 안으로 발을 들여놓았다.

"별일 없었어?"

"네. 아까 어떤 아저씨가 박스를 놓고 갔어요."

조근조근 얘기하는 태준을 따라 안으로 들어서니, 정범은 모니터를 들여다보고 있었고 다른 녀석들은 밤샘 작업에 지쳐 졸고 있었다. 박스를 뜯고 오늘 산 물품들을 풀어놓자 태준이 호기심 넘치는 눈으로 쳐다봤다.

"와, 이게 다 뭐예요?"

"이건 슈어파이어 랜턴, 저건 게리슨 텍티컬 부츠, 러쉬 24 블랙 백, GSG-9 전술 장갑, 독일제 26인치, 16인치 삼단봉, 삼단봉 홀스터, 순토 코어 시계…… 이 파란색 방풍 파카는 나눠 입어. 사장 돈으로 호사 좀 부려봤어."

"고맙긴 한데 이렇게 짐이 많아지면 여유 공간이 줄어드는 데요."

태준의 말에 나는 어이가 없어서 쏘아붙였다.

"지금 머릿수 늘어났다고 유세하는 거야? 내 개인 공간에 둘 테니까 신경 꺼."

태준이 머리를 긁적이며 사라졌다. 우리는 안 쓰는 파티션을 이용해 창고 구석에 개인 공간을 만들어놓았다. 그래봤자 매트리스나 라꾸라꾸 정도 들어가고 약간의 짐을 쌓아둘 수 있는 정도였지만. 다시 총소리가 들려왔다. 나는 정범이 앉아 있는 컴퓨터 앞으로 갔다. 녀석의 컴퓨터는 볼 때마다 뭐가 하나씩 더 붙는 것 같았다. 졸고 있던 다른 녀석들도 컴퓨터 앞에 모여들었다. 정범이 말했다.

"강남, 합정, 마포 쪽에서 환자가 발생했다는 연락입니다.

일산 암센터에 수용된 환자들도 일부 탈출했다고 하는데 확인이 되지 않고 있어요."

"좀 전 총소리는? 신촌 쪽인 것 같던데?"

"신촌 현대백화점이랑 아트레온에서 화재가 발생했답니다. 민간인들이 약탈하다가 불을 낸 것 같은데 경찰이 출동해서 총격을 가하는 중이래요."

정범이 내 질문에 답을 마치기 무섭게 다시 태준이 물었다.

"다른 프리덤 워치들은?"

"어디 보자. 제주도로 내려간 팀은 표선이랑 위미 쪽에 거처를 마련한 모양입니다. 텅 빈 리조트를 통째로 빌렸다고 방금 인증 게시물이 올라왔어요. 지리산 팀은 버려진 산장을 발견해서 점거 중이라고 오전에 확인했고, 하이원 리조트로 간 팀은 도로 사정 때문에 오늘 늦게 도착한답니다. 군산 공항에서 출발하려던 전세 비행기가 고장으로 활주로를 이탈하면서……."

"그건 됐고, 정부 동향은?"

"계엄령을 검토 중이지만 야당이 여전히 반대하고 있고, 동사무소에 근무하는 프리덤 워치가 곧 예비군 소집령이 발동

될 거라고 글을 올렸어요."

"폭풍전야군."

태준은 제법 노련한 티를 내며 팔짱을 꼈다. 홍철이 겁에 질린 표정으로 물었다.

"계엄령이 발동돼서 군인들이 깔리면 사태가 안정되지 않을까요?"

"지금이 무슨 팔십 년대야? 서울을 장악할 수 있는 수방사 병력이라고 해봤자 대부분 예비사단들이야. 소집이 안 되면 무용지물이라고. 너 행정법 공부하면서 통합방위법은 빼먹었어? 통합방위위원회 구성하고, 행정부처, 소방서, 경찰 쪽이랑 손발 맞추려면 혼란만 가중될걸."

태준의 말에 나머지 모두 고개를 끄덕거렸다.

"예비군 소집 거부한다고 잡으러 오는 건 아니겠지."

동식이 걱정스럽다는 듯 중얼거렸다. 대비를 철저히 한다고 하면 할수록 걱정거리는 오히려 더 쌓여만 갔다. 이럴 땐 오직 일뿐이었다.

"자자, 다들 걱정은 그만하고, 일하자. 화염병 만들어야지."

무기가 필요하다는 얘기가 나오자마자 대뜸 떠오른 건 화염병이었다. 바로 앞 일식집에서 버리고 간 빈 소주병들이 정원 한쪽에 줄지어 서 있었다. 그 곁에는 기름이 든 파란색 플라스틱통과 페인트 가게에서 사 온 시너와 페인트가 놓여 있었다. 못을 뽑을 때 쓰는 노루발장도리도 몇 개 놓여 있었다. 어디다 쓸지 대번에 눈치챘지만 차마 뭐라고 말할 수는 없었다. 애들이 구석에 주저앉아 시너와 페인트를 섞자 냄새가 코를 찔렀다. 하지만 이렇게라도 하지 않으면 정말 미쳐버릴 것만 같았다. 녀석들이 시킨 대로 위층으로 올라가는 계단이 있던 자리에 사다리를 걸쳐놓았다. 내일쯤 위쪽 가게를 한번 살펴봐야겠다.

한참 정신없이 읽어 내려가던 K-기준은 피곤해진 눈을 겨우 일기로부터 거두었다. 세월에 얼룩진 글을 읽는 데는 상당한 피로가 수반되었다. 그는 침침해진 눈을 비비며 침대에서 빠져나와 곧바로 통제 센터로 향했다. 아직 제자리를 찾지 못한 컴퓨터와 전선들이 정글처럼 어지럽게 널린 가운데 N-형식과 기술팀원들이 위성 송수신기 앞에 옹기종기 모여 있었다. N-형식이 그를 발견하고 밝게 웃으며 다가왔다.

"좀 더 누워 있지 그래."

"이제 괜찮아졌어. 사령관과 통신 연결할 수 있겠어?"

"망할 놈의 대기라는 게 전파를 멋대로 왜곡하나 봐. 아직 그리 안정적이진 않아."

"암호문 하나만 어떻게 좀 부탁할게. 대형 캡슐은 언제 투하되는지 연락 왔어?"

K-기준이 목소리 낮춰 물었다.

"응, 내일 오후 두 시. 원래 예정보다 딱 두 배 더 온대."

"다른 팀에게 할당되어 있던 몫까지 우리에게 오는 거구나."

N-형식이 무겁게 고개를 끄덕였다.

"일본 열도에 랜딩한 팀도 연락 두절되었다는 소식이야. 중국 남부 쪽은 내일 철수한다고 하고. 이제 아시아에 남은 팀은 베트남 메콩강에 내려간 팀과 우리뿐이야."

참담한 소식이었다. K-기준은 조용히 암호문을 N-형식에게 건넨 뒤 다시 응급구호실로 돌아왔다. 침대에 누워서 어떻게 든 눈을 붙여보려 했지만 마음이 착잡하여 좀처럼 잠들 수 없었다. 결국 다시 일기를 집어 들고 읽기 시작했다.

2월 23일

컵라면을 먹으며 뉴스를 보던 우리는 먹던 자세 그대로 굳어버렸다. 볼륨을 줄여놔서 제대로 들리진 않았지만 화면 아래로 지나가는 자막만으로 충분했다. '정부, 야당의 반대 속에서 계엄령 선포' '서울과 주요 도시에 군부대 투입' '예비군 소집령 발동'.

드디어 정부에서 아칸소 독감의 실체를 인정했다. 정부 측에서 제공한 자료 화면은 프리덤 워치에서 배포한 동영상과 유사했다. 방호복을 입은 의사가 인터뷰를 하고 있었다. 그로부터 몇 발짝쯤 떨어진 곳에서는 양들의 침묵에 나오는 것 같은 마스크와 구속복을 착용한 젊은 남자가 침대에 묶인 채 연신 몸부림쳐댔다.

"어제부터 심정지 상태였고, 체온은 20도 이하로 떨어져 있습니다. 의학적으로 사망이 분명합니다. 하지만 불규칙하게나마 호흡도 이어지고 있고 계속 활동하는 중입니다."

의사는 피곤한 표정으로 영문을 모르겠다는 듯 고개를 저었다. 다시 화면이 바뀌고 국방색 제복을 입고 양쪽 어깨에 빛나는 별을 세 개씩 얹은 장군이 카메라를 응시했다. 화면

아래 '이경수 수방사령관'이라는 자막이 떴다. 그는 한 차례 심호흡을 한 뒤 입을 열었다. 우리는 한마디라도 놓칠세라 귀를 쫑긋 세웠다. 카메라 아래 프롬프트라도 있는 듯 브리핑은 유창하게 이어졌다.

"서울시는 앞으로 통합방위법에 의거해 구성된 통합방위위원회의 통제하에 들어갑니다. 통합방위위원회에서는 다음과 같은 긴급조치를 발동합니다.

하나, 오후 여덟 시부터 다음 날 오전 아홉 시까지 통행금지령을 선포합니다. 특별통행증을 발급받지 않으면 통행과 이동이 금지됩니다.

둘, 5인 이상의 집회 및 시위를 전면 금지합니다.

셋, 식료품 매점매석 행위를 금지합니다.

넷, 피난을 이유로 지하철과 공공 기관을 무단 점거하는 행위를 금지합니다.

다섯, 아칸소 독감 징후를 보이는 사람을 은닉하는 것을 금지합니다. 주변 사람이 이상 징후를 보이는 경우 즉시 가까운 파출소나 군부대 혹은 소방서로 연락해주시기 바랍니다.

여섯, 현 시간부로 공공 운송 기관의 운행을 중단합니다.

개인 소유 차량은 특별허가장을 받았을 경우에만 운행할 수 있습니다. 모든 주유소는 즉각 유류 판매를 중단해주시기 바랍니다.

일곱, 청와대와 서울특별시청 일대에 비상경계망을 설치합니다. 이 지역에 접근하는 것을 금지합니다.

여덟, 현 시간부로 예비군 비상소집령을 발동합니다. 시민 여러분은 지정된 장소에서 소집에 응해주시기 바라며, 고의적으로 소집을 회피했을 시에는 군법에 따라 탈영에 해당하는 처벌을 받게 될 것입니다.

우리 민족은 지난 반만년의 역사 속에서 무수한 외침과 고난을 겪어왔습니다. 이번 일 역시……."

그때 휴대전화 문자 메시지 수신을 알리는 진동음이 일제히 울려 퍼졌다. 문자를 확인한 녀석들의 얼굴이 어두워졌다.

"형, 문자 왔어요. 오늘 저녁 아홉 시까지 입소하라는데요."

정범이 무덤덤하게 말했다. 홍철과 동식도 같은 내용의 문자를 받았는지 멍한 얼굴로 태준을 쳐다봤다.

"들어왔을 때 합의한 대로 해. 나가고 싶으면 지금이라도 나가. 대신 가지고 들어온 건 못 갖고 나간다."

딱 잘라 말한 태준이 반쯤 남은 컵라면을 들고 정원으로 나갔다. 홍철과 동식이 울상이 되어 나를 쳐다봤지만 차마 작년에 예비군이 끝났다는 말은 하지 못했다. 가라앉은 분위기는 하루 종일 다시 올라오지 않았다.

2월 26일

사흘 전 이대에 군대가 들어왔다. 헬리콥터 소리와 군용 트럭의 선무 방송 소리가 계속 들려왔다. 창래가 무슨 야채 파는 트럭 같다고 투덜댔다. 정부는 인구 밀집 지역을 비우기로 한 것 같다. 군용 트럭이 뿌린 전단지에는 도시를 벗어나서 지방이나 시골로 이주하고 여의치 않을 경우 정부가 지정하는 피난처로 이동하라는 권고가 적혀 있었다. 감염자는 모두 격리 이송될 것이며, 가족이라는 이유로 감염자를 은닉하면 처벌을 받게 될 것이라는 내용도 있었다.

이제 인터넷도 간간이 끊기기 시작했다. 오늘 올라온 영상에는 군인들이 무역센터 앞을 배회하는 감염자 무리에게 총격을 가하는 모습이 담겨 있었다. 미국이나 다른 나라도 사정은 비슷한 모양이었다. 바리케이드에 전차까지 동원한 미군들이 끝없이 쏟아져 나오는 감염자들에게 사격을 가하는 모습이 CNN에 그대로 방송되었다. 하루 종일 인기척을 내지 않고 있으려니 답답하기도 하고 무섭기도 했다.

2월 27일

오늘은 용기 내어 주변을 정찰해보기로 했다. 우리처럼 자기 가게나 집에 먹을 것을 쌓아두고 버티는 사람들이 적지 않은 눈치였다. 아직까지 전기나 물은 제대로 공급되고 있으니까. 곧 불통이 되리라는 예측과는 달리 인터넷도 좀 끊기긴 해도 잘 유지되고 있었다. 더 어이없었던 건 모텔촌 골목의 찜질방이 아직 운영 중인 데다가 온통 사람들로 북적거린다는 것이다. 물론 이대 주둔 군부대 장교나 부사관 들이 대부분이었지만 말이다.

남의 눈에 띄지 않게 한쪽 구석에 조용히 앉아서 땀을 빼고 나자 이 모든 게 다 바보짓은 아닐까 하는 후회가 되었다. 차라리 어머니를 따라서 기도원에 들어갈걸 그랬나 싶었다. 결국 녀석들이 자판기에서 음료수를 뽑아 먹는 사이 잠깐 어머니에게 전화를 걸었다. 하지만 돌아오는 것은 부재중을 알리는 기계음뿐이었다. 잠시 고민하다가 잘 지내고 있으니 걱정하지 마시라는 음성 메시지만 남겨놓았다.

모텔에 머무는 사람들도 적지 않은 모양이었다. 근처 식당들도 가격이 두 배쯤 오르긴 했지만 아직 영업 중이었다. 낙지볶음에 소주까지 한 잔 곁들이니 괜히 기분이 좋아졌다. 속으로 생각했다. 어쩌면 한바탕 해프닝으로 끝날 수도 있다고, 며칠 안에 정상으로 돌아오면 콧노래를 부르며 집으로 돌아가겠노라고.

저녁부터 피난민들이 이대로 들어가기 시작했다.

2월 28일

희망은 새벽녘에 들려온 총소리와 함께 산산조각 나버렸다. 우리는 이불을 젖히고 벌떡 일어나 컴퓨터 앞에 모여들었다. 머리에 까치집을 지은 정범은 아프리카에 들어가서 프리덤 워치들이 만들어놓은 방을 찾아다녔다. 잠시 후 찾았다는 말과 함께 정범이 화면을 확대해 보여주었다. 창백한 얼굴의 여성 아나운서가 짧게 상황 설명을 마치자 화면에는 곧장 항공 촬영 영상이 떠올랐다.

테헤란로를 따라 천천히 비행하는 헬기 양옆으로 늘어선 빌딩들이 하나같이 불길에 휩싸여 연기를 뿜어내고 있었다. 빌딩에서 떨어져 내리는 사람들의 모습도 언뜻 보인 것 같았다. 방송에서는 갑자기 상황이 악화되었다는 말만 되풀이했다. 며칠 전 발포가 있었던 코엑스 부근은 현재 감염자 무리가 배회하고 있으니 절대 접근하지 말라는 자막이 지나갔다.

초조한 듯 손톱을 물어뜯으며 태준이 정범에게 물었다.

"강남 쪽은 그렇다 쳐도 이쪽 동네는 대체 왜 총질이래?"

"아트레온 근방에서 순찰 중이던 군경이 감염자 무리를 발견하고 교전을 벌인 모양입니다."

"아트레온이면 바로 코앞이잖아."

울상이 된 창래가 코를 훌쩍이며 말했다. 다들 아무 말도 하지 못하고 있을 때 정범이 컴퓨터 책상 아래에 있던 파나소닉 육 밀리 카메라를 끄집어냈다. 태준이 놀라 물었다.

"뭐 하게?"

"프리덤 워치 행동 강령 잊었어요? 주변에 이상 상황 발생 시 최대한 정보를 찾아서 공개한다."

"총소리 안 들려 인마? 지금 나갔다가 눈먼총알에 맞기라도 하면 어쩌려고?"

"그게 걱정되는 게 아니라 은신처가 들킬까 봐 그러는 거잖아요."

비아냥대는 정범에 욱한 태준이 그의 멱살을 잡았다. 나는 잽싸게 끼어들어 그 둘을 중재했다.

"그러면 총소리가 좀 그친 다음에 나가보는 건 어때?"

둘은 내 협상안을 받아들이고 다시 조용해졌다. 총소리는 오후까지 계속 이어졌다. 헬리콥터까지 동원되었는지 시끄러운 로터 소리가 머리 위를 떠나지 않았다. 끊어질 듯 끊어지지 않던 총소리는 오후 네 시 무렵에야 완전히 그쳤다. 그때까지 컴퓨터 책상 주위를 빙 둘러싸고 묵묵히 앉아 있던 우리는 하나둘씩 몸을 일으켰다. 어느 누가 말하지 않았어도 하나같이 노루발장도리나 쇠파이프를 챙겼다. 나도 홀스터에 끼운 독일제 26인치 삼단봉을 허리에 찼다.

우리는 갑자기 용감해진 정범을 선두로 요새를 빠져나왔다. 계단식으로 된 옷가게 뒷골목을 빠져나와 새로 생긴 쇼핑몰 지하 주차장으로 숨어들었다. 생각했던 것만큼 군인들이 쫙 깔려 있지는 않아서 움직이기 수월했다. 모텔들이 늘어선 골목도 인적이 끊긴 듯 고요했다. 아마 다들 문 꼭 잠그고 숨어 있겠지.

그때 태준이 나를 끌고 구석으로 숨었다. 60트럭의 육중한 배기음이 스쳐 지나갔다. 방독면을 쓴 병사가 트럭의 보닛 위에 서서 호스로 바닥에 물을 뿌리는 중이었다. 물에 쓸려나가는 건…… 사람의 잔해였다. 사실은 저게 사지가 산산조각난 마네킹들은 아닐까 싶을 정도로 현실감이 느껴지지 않았다. 정범은 육 밀리 카메라로 그 모든 광경을 촬영했다. 물세례는 한동안 계속되었다. 신촌 사거리 쪽으로 감염자들의 것으로 추정되는 살점이 끝없이 떠내려갔다.

그때 말없이 촬영하던 정범이 갑자기 저편으로 달려갔다. 놀라서 발만 동동 구르는 나머지 녀석들을 놔두고 황급히 뒤를 쫓았다. 도로 위에 펼쳐진 광경은 상상 이상이었다. 철조망과 모래주머니로 만든 바리케이드가 아트레온 앞쪽부터 이대역 출구까지 쭉 이어져 있었고, 그 뒤쪽으로 헬멧을 쓴 군인들이 바쁘게 오갔다. 바리케이드 앞에 쳐둔 철조망에는 감염자들의 시신이 여러 구 매달려 있었다. 대체 얼마나 죽은 것일까? 정범이 내 어깨를 톡톡 쳤다. 이대 전철역 건너편 상가 건물 앞에 대여섯 명의 군인들이 줄지어 서 있었다. 다음 순간 K-15 경기관총이 불을 뿜었고, 그들은 모두 길바닥에 널브러졌다. 장교로 보이는 이가 권총을 뽑아 들고 시신들 사이를 걸어 다니면서 확인 사살을 했다.

"왜 같은 편을 쏘는 거지?"

"감염된 것 같아요. 변하기 전에 미리 화근을 제거하는 거죠."

정범이 중얼거렸다. 군인들은 삼삼오오 짝을 지어 도로와 인접한 건물을 수색했다. 하반신이 떨어져 나간 감염자가 길바닥으로 끌려 나오자 군인들이 소총을 발사했다. 피 대신 마른 먼지가 풀썩 일어났다. 정범은 입간판 뒤에 숨어 그 모든 장면을 열심히 촬영했고, 나는 갑자기 불안해져 이만 가자며 그의 팔목을 잡아끌었다.

그때 감염자들의 시신을 싣고 가던 군용 트럭이 우리 앞에 멈췄다. 운전석 옆에 타고 있던 군인이 우리 쪽을 가리키면서 뭐라고 소리쳤다. 나는 정범을 끌고 골목길 안으로 냅다 뛰었다. 잠시 후 총소리와 함께 우리가 숨어 있던 입간판이 산산조각 났다. 전봇대 뒤에 몸을 숨기면서도 믿기지 않았다. 기껏해야 쫓아와서 잡을 줄 알았는데, 대놓고 총질을 할 줄은 몰랐다.

트럭은 조금 후진하더니 우리가 숨어 있던 전봇대가 보이는 곳에 다시 멈춰 섰다. 운전석 바로 뒤쪽에 거치되어 있는 K-15 경기관총의 시커먼 총구를 발견하자마자 뒤도 돌아보지 않고 몸을 날렸다. 다시 총성. 거리가 가까워서 탄피가 도로에 굴러떨어지는 소리까지 똑똑히 들렸다. 전봇대에 매달려 있던 입시 학원 광고판이 갈가리 찢어졌다. 우리는 엉금엉금 기어가 담벼락에 붙어 있다가 냅다 골목 안쪽으로 뛰었다. 다행히 트럭에서 내려 쫓아오지는 않았다. 땀에 흠뻑 젖은 채 요새로 돌아온 우리는 약속이라도 한 듯 흐느껴 울었다. 사실대로 말하자면 나 역시 길어봤자 몇 달 정도일 것이라고 믿었다. 하지만 이제 영원히 이렇게 지내야 할지도 모른다는 두려움이 커졌다. 정범은 앞으로 다시는 밖으로 나가지 않겠다며 눈물을 펑펑 쏟았다.

3월 1일

하루 종일 요새 안에 틀어박혀 있었다. 왠지 모르게 불안해서 틈만 나면 요새를 둘러보게 되었다. 인터넷과 텔레비전에서 전하는 소식은 하나같이 상황이 악화하고 있다는 것뿐이었다. 이제 감염자들이 주체할 수 없을 정도로 늘어나서 피난민들을 큰 건물이나 운동장 같은 곳으로 대피시켜야 했다. 뉴스에 블랙호크 헬기가 상암 월드컵경기장에 구호물자를 내려놓는 모습이 나왔다.

일회용 숟가락으로 햇반 카레 덮밥을 퍼먹다 말고 창래에게 물었다.

"대체 왜 이렇게 갑자기 불어난 거지?"

"감염자들이요? 아마 감염 증상을 보이면 가족들이 집 안에 숨겼겠죠. 집 안에 사람이 있을 때는 어떻게든 밖으로 나오지 못하게 막았겠지만, 피난을 떠난 다음에는 막을 사람이 없었을 거예요."

"초기 대응에도 문제가 있었죠. 초기에 대피시킬 인원들을 대피시키고 도시를 비웠다면 통제할 수 있었겠지만 타이밍을 놓쳤잖아요."

모니터를 들여다보던 정범도 거들었다. 나는 다시 물었다.

"언제까지 계속될까?"

이번에는 아무도 대답하지 못했다. 답답해진 나는 정원으로 나와서 삼단봉 사용법을 연습했다. 삼단봉에 딸려온 스무

페이지짜리 교본에는 소리 없이 펴는 법을 비롯해서 급소를 단숨에 가격하는 법까지 나와 있었다. 뒷정리를 마치고 나온 녀석들이 화장실 앞에서 담배를 피웠다. 냄새가 나면 안 된다고 잔소리를 하려다 꾹 참았다.

이제 총소리는 일상적으로 들려왔다. 여기저기서 불이 나는 것 같았지만 화재를 진압하기 위해 달려가는 소방차 소리는 더 이상 들리지 않았다. 사색적으로 변한 창래는 의자에 걸터앉아 몇 시간이고 혼자서 중얼거렸다. 집으로 돌아가고 싶다고 징징거리던 겁쟁이 둘은 태준의 으름장에 기가 눌려 화염병을 만들었다. 정범은 말없이 모니터를 들여다보면서 남은 정보들을 긁어모았다. 가끔 끊기기는 했지만 전기는 무리 없이 들어왔다. 싱크대 수도꼭지로 물도 받을 수 있었다. 소리가 나지 않게 살살 틀어두어야 했지만.

3월 4일

종일 비가 내렸다. 충격과 두려움에 익숙해지자 이번에는 무료함이 찾아왔다. 테헤란로와 여의도 일대를 오가는 감염자들의 모습은 이제 일상적인 풍경처럼 느껴졌다. 얼마 전부터 TV에서 감염자들을 좀비라고 부르기 시작했다. 네티즌들이 사용하는 표현을 차용한 것이다. 좀비라니, 적절한 표현 같긴 하지만…….

간혹 용감한 인간들이 차를 몰고 좀비들 사이를 뚫고 지나갔다. 오토바이를 탄 폭주족들이 체인과 쇠파이프로 좀비들을 공격한다는 뉴스가 나왔다. 세상이 미쳐 돌아가는 걸까? 잊고 있던 어머니 생각이 났다. 기도원에서 무사하셔야 할 텐데…….

3월 5일

처음으로 좀비를 목격했다. 늦은 아침 식사를 하고 문 앞 의자에 걸터앉아 꾸벅꾸벅 졸고 있을 때였다. 쿵쿵 문 두드리는 소리가 들려왔다. 잠결에 무심코 일어나서 빗장을 풀려다가 그르렁거리는 소리에 반사적으로 뒤로 물러섰다. 그제야 현실감각이 돌아오기 시작했다. 연신 들려오는 크윽, 크으윽 소리. 의자를 밟고 올라가 문 위쪽에 달린 작은 감시창으로 바깥을 내다봤다. 그곳에는 잔뜩 충혈된 눈동자가 버티고 서 있었다. 하마터면 비명이 터져 나올 뻔했지만 두 손으로 입을 틀어막고 겨우 의자에서 내려와 스르르 무너져 내렸다. 핏기라고는 하나도 없이 온통 창백한 얼굴에 어디서 뒹굴다 왔는지 흙투성이에 군데군데 찢어진 옷. 분명 눈이 마주친 것 같은데 놈도 날 봤을까?

심상치 않은 낌새를 느꼈는지 태준이 곁으로 다가왔다. 입 모양으로 무슨 일이냐 물으며 어깨를 흔드는 그에게 문밖만 가리켰다. 나름 튼튼하게 막아놨다고 생각했지만 좀비가 마음먹고 들어오려고 하면 쉽게 부서져버릴지도 모른다. 피가 말랐다.

한참 문 앞을 어정거리던 좀비는 잠시 후 다른 흥밋거리를 찾았는지 다리를 질질 끌며 멀어져갔다. 시야에서 사라졌지만 이내 들려온 총성으로 좀비의 운명을 짐작할 수 있었다. 창피하지만 바지에 오줌을 조금 지린 것 같았다. 그날은 음식 냄새가 퍼질까 봐 생라면을 뜯어먹으며 배를 채웠다.

3월 6일

유튜브가 막혀버렸다. 프리덤 워치는 이제 영상 대신 문자로 소식을 전했다. 이젠 아예 전투기까지 동원해서 좀비들을 공습하는 모양이었다. 성남 시민들이 대피해 있던 냉동 창고

가 화재로 전소되었다. 시체를 수습하고 숫자를 셀 소방 인력
이 오지 않았기 때문에 얼마나 죽었는지 확인할 수 없었다.
어제 여의도 국회의사당이 좀비들 손에 떨어졌고, 대통령은
피신을 검토하고 있다는 소식이 전해졌다. 방송사는 계속 같
은 뉴스만 내보내다가 철 지난 영화나 오락 프로그램을 틀어
줬다. 해가 떨어질 무렵 다시 총소리가 들려왔다. 이번에는 군
인들이 밀리는 모양인지 총소리가 멀어져갔다. 군인들이 끝없
이 몰려오는 좀비를 피해 이대 안으로 철수했다고 했다. 이제
내가 있는 이곳은 좀비들의 영토가 된 것일까.

3월 7일

'특단의 조치'라는 말이 나오기 시작했다. 이제 방송은 조
금씩 지직거리고 그나마 전파도 잘 잡히지 않을 때가 많다.
이대 쪽에서 총성이 들려왔다. 큰마음 먹고 문을 살짝 열어
서 길 쪽을 내다봤다. 세상에, 벽돌 계단 위쪽으로 온통 좀비
들 천지였다. 간간이 군복을 입은 좀비들도 눈에 띄었다. 총성
이 왠지 절박하게 들리는 건 기분 탓일까?

3월 8일

이대 쪽은 하루 종일 전쟁터였다. 총성과 폭발음이 끊이지 않았고, 아파치 헬기가 상공을 선회하면서 기관포와 로켓탄을 퍼부어댔다. 이러다간 좀비들한테 당하기 전에 총이나 포탄에 맞아서 죽겠다고 이야기하는데, 요새 전체가 뒤흔들렸다. 혼이 빠져나간 것 같았다. 좀 더 가까운 곳에서 두 번째 폭음이 들렸다. 요새 앞쪽을 막아놓은 커피 포대 몇 개가 바닥으로 떨어졌다. 그 틈으로 바깥을 엿봤다. 헬기에서 쏜 로켓탄 하나가 근처에 떨어진 모양이었다. 종잇장처럼 구겨진 채 불길에 휩싸인 집들을 보고 있으니 단순히 좀비만 피해서 될 일이 아니라는 생각이 들었다. 불에 타거나 연기에 질식해서 죽게 될지도 모른다.

"일단 정원으로 가자. 여차하면 위쪽으로 탈출하면 되니까."

다행스럽게도 불은 우리 쪽으로 옮겨붙지 않았지만, 쿵쿵대는 소음과 매캐한 연기가 사람을 얼마나 공포에 질리게 하는지 똑똑히 느꼈다.

3월 9일

물과 먹을 것이 차츰 떨어져간다. 또 점점 쌓여가는 쓰레기와 제대로 씻지 못한 몸에서 나는 냄새에 화장실 냄새까지 코를 찔렀다. 상황은 우리 생각보다 나쁘고 좀처럼 호전될 기미가 보이지 않는다. 처음 품었던 여유가 사라지면서 다들 신경을 날카롭게 곤두세우고 있었다.

이제 좀비가 요새 앞을 지나다니는 것은 놀랄 만한 일에 속하지도 않았다. 이대 쪽에서는 여전히 군인들과 좀비의 전투가 벌어졌다. 군인들은 트럭이나 지프차를 타고 가끔 큰길까지 나오기도 했지만, 벌떼처럼 몰려드는 좀비들에 속수무책으로 도망치기 일쑤였다. 곧잘 날아오던 헬리콥터들도 하루 종일 보이지 않았다. 정원에서 삼단봉 사용법을 연습했다. 처음에는 어색했는데 이제는 제법 기술이 늘었다.

해가 떨어지면서 다시 좀비들이 몰려왔고, 군대는 조명탄을 터트리면서 사방으로 총을 쏴댔다. TV와 인터넷이 끊겨서 상황이 어떻게 돌아가는지 알 길이 없었다. 지직거리는 라디오만이 앵무새처럼 정부 발표와 음악을 들려줬다. 정범은 그럴 줄 알았다는 듯 준비해온 CD로 영화를 봤다. 태준에게 바깥을 정찰해보는 게 어떻겠냐고 물었다. 녀석은 처음엔 펄쩍 뛰었지만 먹을 것을 구해야 한다는 말에 생각해보겠다며 한 발 물러섰다.

3월 10일

새벽녘 군홧발 소리에 잠에서 깨었다. 감시창을 살짝 열고 내다보니 계단 아래 몸을 웅크리고 있는 군인들이 보였다. 그 중 한 명은 큼지막한 무전기를 등에 짊어지고 있었다. 아마 좀비들 동태를 살펴보기 위한 정찰대 같았다. 잠시 후 그들은 조심스럽게 계단을 올라갔는데, 곧 신경질적인 총소리가 울려 퍼졌다. 그리고 허겁지겁 계단을 뛰어 내려오는 소리. 다시 총소리. 급하게 내려오다가 넘어졌는지 우당탕거리는 소리와 짧은 욕설이 이어졌다. 군인들은 헉헉 가쁜 숨을 몰아쉬며 감시창 앞을 스쳐 지나갔다.

모두 재빠르게 달아나는데, 한 명만 자꾸 뒤처졌다. 아무래 도 아까 계단에서 넘어지며 다리를 다친 모양이었다. 절룩거 리며 도망치던 그를 계단에서 쏟아져 내려온 좀비들이 일제 히 덮쳤다. 살려달라는 처절한 비명에 심장이 빠르게 뛰었다.

하지만, 하지만…… 젠장, 내가 도대체 뭘 할 수 있었겠는가.
문 바깥의 풍경은 너무나 명백해서 더 현실 같지 않은 현실
이었다. 문 안에 있는 우리는 이 모든 상황의 한 가운데 있으
면서도 그것들로부터 완벽히 유리된 것 같았다. 적어도 지금
까지는.

하루 종일 총소리가 끊이지 않았다. 근처에 다시 불이 났
는지 재 냄새가 너울너울 넘어왔다. 우리는 숨도 쉬지 못하고
엎드려 있어야 했다. 코를 찌르는 피 냄새에 식욕은 사라진
지 오래였다. 해가 중천에 떠오르고 이대 쪽에서 총성이 들리
자 좀비들이 하나둘 자리를 떴다. 조용히 태준을 불렀다. 누
군가가 처참하게 죽어가는 모습을 목격하고 나니 살아야 한
다는 욕망이 더욱 강렬해졌다. 그러려면 더 강력한 무기가 필
요하다. 삼단봉은 말 그대로 호신용일 뿐이다. 죽은 병사가
가지고 있던 총이나 수류탄을 가져와야겠다고 말했더니, 태
준은 잠시 주저하더니 알겠다고 답했다.

빗장을 풀고 문을 연 다음 이십 미터 정도 떨어진 곳에 놓
인 물건을 주워 오면 된다. 물론 내가 그때까지 알고 있던 그
어떤 이십 미터보다 훨씬 더 긴 거리이겠지만. 게리슨 부츠를

신고 혹시 몰라 삼단봉도 찼다. 태준이 빗장을 열고 준비되었다는 신호를 보냈다. 주변에 아무도 없다는 걸 확인한 후 처참하게 물어뜯긴 군인의 시신을 향해 달렸다. 피가 흥건하게 고인 길 위에 갈가리 찢긴 전투용 베스트가 흩어져 있었다.

열두 발 남은 K-2C 소총부터 얼른 집어 들었다. 그리고 최대한 고개를 옆으로 돌리고 시신을 뒤져 허리띠의 탄띠에서 수류탄 두 개, 베스트에서 스물여덟 발짜리 탄창 세 개가 든 파우치를 찾아냈다. 베스트에 결합된 Y형 밴드에는 무거운 군용 플래시와 대검이 있었다. 모든 물건을 다 챙긴 뒤에는 뒤도 돌아보지 않고 잽싸게 요새로 돌아왔다. 그때 문득 이러고도 인간인가, 라는 의구심이 들었다. 죽은 이의 물건을 약탈하는 데만 정신이 팔려 시신은 그대로 놓아두지 않았나……. 마음이 무겁고 피곤했다.

3월 11일

부스럭거리는 소리에 눈을 떴다. 다른 녀석들이 소총을 만지작거리는 걸 보고 확 짜증을 내자 분위기가 어색해졌다. 녀석들이 툴툴대며 사라진 뒤 소총의 공이치기[*]를 빼서 주머니에 넣었다. 총을 손에 넣었지만 이상하게 안도감보다 불안감이 더 커졌다. 태준에게 늦어도 며칠 안에 나가서 먹을 것과 식수를 구해야 한다고 강조했다.

3월 12일

일기가 점점 짧아진다. 하루 종일 먹고 싸고, 낮잠 자는 일이 전부가 되었다. 내일 나가기로 했다. 비가 짧게 내렸다가 그쳤다.

3월 13일

오후 두 시 출발 직전 살짝 총에 공이치기를 끼워 넣었다. 막내 정범이 남아 요새를 지키기로 했다. 총을 든 내가 선두에 서고 배낭을 짊어지고 노루발장도리와 화염병을 든 녀석들이 뒤따랐다. 목표는 큰길 건너편에 있는 드러그스토어였다. 비상시 필요한 의약품을 확보할 수 있고 이동 거리가 짧다는

---

[*] 격발 장치의 하나. 방아쇠를 당기면 용수철이 늘어나 공이를 쳐서 뇌관을 폭발하게 하는 부분이다.

이점 때문이었다. 밤이나 새벽에 나가자는 의견도 있었지만, 아무것도 보이지 않는 상황에서 좀비와 마주치긴 싫었다.

이제 핏물이 다 빠진 군인의 시신에는 파리 떼가 들끓었다. 조심스럽게 계단을 올라가니 사방에 탄피와 탄창이 널려 있었고, 군데군데 좀비 시신이 보였다. 이대 쪽에서 검은 연기가 피어올랐다. 나는 주위를 한 차례 길게 쓱 훑어본 뒤 마치 전쟁터를 가로지르는 것처럼 허리를 굽히고 길 건너편으로 뛰어갔다. 약국 입간판 뒤에 숨어서 손짓하자 녀석들이 우르르 뛰어왔다.

건물들을 따라서 드럭스토어 매장 쪽으로 접근했다. 셔터 문에 붙은 당분간 휴업이라는 종잇조각이 용케도 살아남아서 펄럭거렸다. 홍철과 동식이 노루발장도리로 셔터를 들어올리려고 했지만 자물쇠 때문에 꼼짝도 하지 않았다.

"형, 총으로 쏴서 부수면 안 돼?"

태준이 물었지만 아무래도 소리가 나면 곤란할 것 같았다. 주변을 둘러보니 바로 옆 골목에 셔터가 내려져 있지 않은 공구점이 눈에 들어왔다. 두 녀석이 절단기를 가지러 허둥지둥 뛰어갔다. 나는 소총을 가만히 움켜쥐었다. 이대 쪽에서는 계속 연기가 피어오르고 있었다.

절단기로 자물쇠를 잘라내고 셔터를 들어 올렸다. 다행히 안쪽 유리문은 잠겨 있지 않았다. 문을 열자 검은 어둠을 뒤집어쓴 진열대들이 우리를 맞이했다. 썩는 냄새가 코를 찔렀다. 바깥에서 잠겨 있었으니 안에는 아무도 없는 게 정상이겠지만 혹시나 하는 두려움에 슈어파이어 랜턴으로 시야 앞쪽을 비추며 나아갔다. 우리는 곧 약속한 대로 흩어졌다. 태준과 창래가 바깥쪽을 살피면서 문 옆에 있는 냉장고에서 생수를 챙겼고, 홍철과 동식이 먹을 것을 찾았다. 난 슈어파이어로 안쪽을 한 번 훑어 아무도 없는 것을 확인한 후, 감기약에서부터 소염진통제, 뿌리는 파스에 아스피린 같은 해열제까지 약이란 약은 모두 닥치는 대로 배낭에 쑤셔 넣었다.

그러다 들고 있던 슈어파이어를 떨어뜨리고 말았다. 빛을 품은 채 어둠 속으로 굴러가는 슈어파이어를 주우려다가 구석에 숨어 있던 그림자와 맞닥뜨렸다. 나는 비명을 지르며 그 자리에 주저앉았다. 넘어질 때 발길에 차였는지 슈어파이어가 빙글빙글 돌며 사방에 빛을 비추었다. 그림자의 정체는 약국 직원들이 입는 하얀 가운이 걸린 옷걸이였다. 나는 한숨을 내쉬며 몸을 일으켰다. 녀석들은 이미 문가까지 도망가 있었다. 쓴웃음이 나왔다. 나머지 약들을 마저 챙긴 뒤 무사히 그곳을 빠져나왔다. 옷걸이에 걸려 있는 가운의 주인은 과연 무사할까?

3월 14일

어디서 이런 용기가 샘솟았을까? 정범을 끌고 드럭스토어 옆 공구점으로 숨어들었다. 어제 돌아오는 길 문득 떠오른 아이디어 때문이었다. 정범은 재료와 도구만 있으면 충분히 가능하다고 대답했다. 길가에 주차된 차량 바퀴 사이로 쓰레기들이 날리고 있었다. 주차 딱지를 뗄 사람도, 견인할 사람도 사라진 지금의 세상은 운전자들의 천국이 아닐까. 물론 운전할 수 있는 사람이 남아 있다면 말이다.

해 질 녘을 골라 나온 것은 잘한 선택이었다. 이대 정문 쪽에서 총성이 간헐적으로 들려오고 지하철역 인근에는 좀비들이 어슬렁거렸지만, 이쪽을 바라보는 놈은 없었다. 슈어파이어로 공구점 안쪽을 비추어 아무도 없는 걸 확인하고는 정범에게 손짓을 했다. 배낭을 짊어진 정범이 안으로 들어가고,

나는 K-2C 소총을 들고 공구점 구석에 쭈그리고 앉았다. 자동차부터 길고양이, 사람에 이르기까지 사방의 모든 것이 마치 거대한 진공청소기가 한바탕 빨아들이고 지나간 것처럼 증발해 있었다. 오르막길로 이어지는 골목길도 조용했다. 맞은편 커피숍의 차양이 어제 온 비에 젖어 당장이라도 주저앉을 듯 축 늘어져 있었다. 동력을 잃고 줄줄이 늘어서 있는 자동차들은 어딘가 처량해 보였다.

생각보다 시간이 걸렸지만 어제의 경험 탓인지 두려움이나 긴장감은 덜했다. 그래서 오르막길 끝에서 좀비들이 불쑥 튀어나왔을 때도 크게 놀라지 않았다. 한 놈, 두 놈, 세 놈, 뒤에 좀 떨어져 어슬렁거리며 오는 놈까지 모두 네 놈이었다. 우리가 있는 공구점 쪽으로 쭉 다가오는 걸 지켜보고 있으니 슬슬 걱정이 되었다. 총을 쓰는 건 아직 불안했다. 결국 허리에 찬 홀스터에서 삼단봉을 뽑아 든 건 호기심 반 용기 반에서 나온 행동이었다. 좀비들은 보행이 불편한 노인처럼 느릿하게 움직였다. 이 정도면 해볼 만하다고 생각했는지도 모르겠다.

행운이 따르는지 네 놈 중 셋이 감자탕집 앞에 서 있는 차들에 걸려 버둥거렸다. 이제 한 놈만 처리하면 된다. 머릿속으로 걸음 수를 계산하면서 옆으로 돌아갔다. 좀비가 되면서 시력이 떨어졌는지 놈은 불과 십 미터밖에 떨어져 있지 않은 나도 못 본 것 같았다. 시험 삼아 버려진 맥주병을 집어 들고 옆 골목으로 던졌다. 좀비는 맥주병 굴러가는 소리에 반응을 보이며 그쪽으로 몸을 돌렸다. 삼단봉을 옆구리에 붙이고 좁은 골목길에 바짝 붙은 자세로 조금씩 다가갔다. 지난번 감시창으로 내다본 이후 가장 가까이서 좀비를 보는 것이었다. 코를 찌르는 듯한 악취가 풍겼다. 썩는 냄새였다. 두 뺨에는 진물이 줄줄 흐르고, 눈동자 주위는 새까맣게 썩어들어가 있었다. 물어뜯긴 목덜미 사이로 검게 변색된 뼈가 보였다. 내 존재를 눈치챘는지 녀석이 내 쪽으로 몸을 돌렸다. 나는 있는 힘껏 삼단봉을 휘둘러 놈의 어깨를 내리쳤다. 퍽하고 어깨뼈가 부서지는 소리가 들렸지만 좀비는 아무렇지도 않게 팔을 휘둘렀다. 좀비의 팔에 얻어맞은 삼단봉이 저 멀리 굴러갔다.

놈은 썩어 문드러진 입안이 다 보이도록 입을 쩍 벌리고는 두 팔을 마구 휘두르며 나를 붙잡으려 했다. 맞대응해야 했으나 빈손이었다. 그저 뒷걸음쳐 물러나는 수밖에 없었다. 크게 소리쳐 정범에게 도움을 요청할 수도 있었겠으나, 그랬다가 다른 좀비들도 몰려올까 봐 엄두가 나지 않았다. 그때 발에 무언가 걸렸다. 아까 놓친 삼단봉이었다. 나는 잽싸게 몸을 숙여 그것을 집어 들고 있는 힘껏 휘둘렀다. 삼단봉은 좀비의 관자놀이 부근을 정통으로 때렸다. 나는 그 머리가 그토록 힘없이 부서져버리리라곤 상상도 못했다. 좀비는 잠시 버둥거리다가 힘없이 옆으로 넘어졌다.

자동차 틈바구니를 헤집고 나오려고 안간힘 쓰던 좀비들이 일순간 움직임을 멈추고 이쪽을 쳐다봤다. 그들의 눈에는 아무런 감정도 느껴지지 않았다. 그러자 이겼다는 통쾌함은 온데간데없이 사라졌다. 나는 그대로 공구점까지 달렸다. 마침 모든 물건을 챙겼는지 정범도 공구점을 나오는 중이었다. 조용히 속삭였다.

"천천히 움직여. 소리로 감지하는 모양이야."

정범은 크게 고개를 끄덕거리더니 뒤꿈치를 들고 천천히 움직였다. 땀줄기가 온몸에 거미줄처럼 들러붙었다.

요새로 돌아오자 온몸이 쑤시고 아파왔다. 좀비의 피나 침이 튀어서 감염된 것은 아닐지 덜컥 겁이 났지만 내색할 수 없었다. 정범은 곧바로 작업을 시작했다. 다른 녀석들이 뭐

하는 거냐고 물었지만 대충 둘러대고 말았다. 하긴 나도 그저 피상적으로 생각한 것뿐이니까 제대로 설명할 수 없는 게 당연하지.

끝으로 그동안 좀비에 대해 새롭게 알게 된 사실을 정리해둔다.

1. 좀비는 느리다. 하지만 좀 더 확인이 필요하다.

2. 냄새가 지독하다. 향수가 좀 필요할 것 같다.

3. 배고프면 좀비건 인간이건 먹어치운다.

4. 물리면 좀비, 먹히면 식량.

5. 시력은 떨어지는 게 분명하다. 청각과 후각에 대해서는
   확인이 필요하다.

3월 15일

새벽부터 비가 내렸다. 정원 지붕 캐노피 틈새로 떨어지는 물에 샤워를 했다. 비누나 샴푸는 없었지만 어쨌든 샤워였다.

다들 바깥소식에 굶주려 있다. 동식이 조심스럽게 이대에 있는 군대와 합류하는 게 어떻겠냐는 의견을 내놨다. 난 상관

없지만 다들 예비군 동원 소집을 거부했으니 총살당할지도 모른다고 말했더니 다시 입을 꾹 다물었다.

오후 들어서 비가 그치자 정범과 함께 밖으로 나갔다. 스피커를 연결하는 일은 생각보다 쉬웠다. 선을 연결하러 핸드백을 팔던 가게 이 층에 올라갔다가 주변을 살펴봤다. 텅 빈 도시에는 검은 연기뿐이었다. 여객기같이 생긴 것이 하늘을 날아가고 있었다. 길고 가느다란 비행운이 남았다.

스피커를 설치한 뒤 다시 요새로 돌아왔다. 한밤중부터 이대에서 총소리가 들렸다. 이젠 좀비들이 밤에도 습격해오나? 정말 피곤하겠군.

3월 16일

아침에 무시무시한 일을 목격했다. 전기와 가스가 끊기면서 산처럼 쌓아둔 라면은 오직 생으로 뜯는 수밖에 없었다. 다행히 지난번 드럭스토어에서 가져온 크래커와 초콜릿으로 급한 대로 허기를 채울 수 있었다. 조만간 한 번 더 갔다 오든지 전철역 옆 쇼핑몰 지하에 있는 마트를 털어야 할 것 같았다. 이런저런 생각을 하면서 더부룩한 배를 쓸어내리는데 이상한 소리를 들었다.

"너도 들었냐?"

내 물음에 태준은 눈동자를 굴리며 고개를 끄덕거렸다. 소리가 점점 가까워지면서 무시무시한 진동이 엄습해왔다. 의문은 곧 풀렸다. 탱크였다. 화보로 지겹게 봐왔던 K-1A1 전차. 위풍당당하게 큰길을 지나가는 모습을 보자 눈물이 핑 돌았다. 드디어 구원 부대가 도착했구나. 이제 상황이 나아져가고 있구나. 하지만 희망은 전차포의 굉음과 함께 날아가버렸다.

"좀비들에게 전차포는 좀 과한 거 아냐?"

호기심에 못 이겨 삼단봉만 챙겨 들고 밖으로 나왔다. 계단 아래 엎어져 있던 시신은 이제 뼈와 옷 조각만 남았다. 더 이상 나에게 그 어떠한 두려움이나 양심의 가책도 주지 못한다. 시신을 뛰어넘어서 미용실로 숨어들었다. 그런데 대체 이게 무슨 일인가? 대여섯 대쯤 되는 전차가 이대를 향해 포격을 가하고 있었다. 뒤따르던 K-21 장갑차와 군용 트럭에서 쏟아져 나온 병사들이 길가 벤치 옆에 박격포와 중기관총을 설치했다. 모두 이대 방면을 향하고 있었다. 쳐들어온 쪽은 어림

잡아서 전차와 장갑차로 증강된 2개 대대 정도인 것 같았다. 어안이 벙벙해서 쳐다보고 있는 와중에도 전차들은 신나게 이대를 두들겨댔다. 지난 한 달 동안 좀비들을 막아냈던 모래 주머니와 바리케이드 들이 굉음과 함께 허공으로 튕겨 나갔다. 이대에 주둔한 군인들도 반격하는지 꼬리에 연기를 매달고 날아간 로켓포들이 전차 옆 보도블록을 때렸다. 흙먼지와 보도블록 조각들이 불 꺼진 가로등 높이를 훌쩍 넘어갈 만큼 치솟았다. 그중 하나는 스타벅스에 명중했다. 산산이 부서진 유리 조각들 위로 간판이 힘없이 떨어졌다. 이대 앞에 있는 고층 빌딩으로 줄줄이 들어가는 병사들의 모습이 보였다.

"대체 무슨 일이죠? 왜 같은 국군들끼리 싸워요?"

어느 틈에 따라왔는지 옆에 바짝 붙은 정범이 물었다.

"나도 모르겠어."

다시 폭발음. 선두에 있던 전차가 불길에 휩싸였다. 그대로 파괴된 게 아닐까 생각했지만 불길이 가신 다음에도 전차는 멀쩡했다. 하지만 겁을 먹긴 했는지 검은 매연을 푸르륵거리며 후진했다가 옆으로 방향을 틀어 아까 로켓포를 맞아서 전면이 뻥 뚫린 스타벅스 안으로 들어갔다. 그리고는 포신만 밖으로 살짝 내민 채 다시 포격을 가했다.

"이러다가 좀비들이 죄다 몰려오겠어요."

정범이 걱정스럽다는 듯 말했고, 나도 같은 생각이었다. 우리는 서둘러 요새로 돌아왔다. 혹시나 하는 마음에 라디오를 켰지만 특별히 새로운 소식은 없었다. 포격과 총소리는 해가 질 때까지 계속되었다. 큰길가에서는 공격과 후퇴라는 말이 교차하며 들려왔다. 좀비들은 이 광경에 대해 어떻게 반응할까? 괜히 뒷골이 당겼다.

3월 17일

어젯밤부터 좀 잠잠해지면서 협상 국면에 접어드나 싶었는데, 이른 새벽부터 탱크의 포격을 시작으로 전투가 재개되었다. 서로 우회조를 보내는지 큰길 양쪽에 있는 골목길에서도 총성이 오갔다. 눈먼총알을 피해 정원 구석에 옹기종기 모여 있으면서 온갖 상상을 했다. 한쪽이 좀비에게 습격당했다고 오해한 것은 아닐까? 하지만 이대 쪽에서도 응사하고 있지 않나. 좀비들이 로켓포를 발사하고 소총을 쏴대지는 않을 테니까 그건 말이 안 된다. 설마 이 와중에 권력다툼은 아니겠지?

어이없는 상황은 오늘도 종일 계속될 기세였다. 그들이 끼어들어서 훼방을 놓지만 않았다면 말이다. 전열의 꼬리에 해당하는 전철역 쪽에서 들려오던 총성이 점점 가까워졌다. 좀비들이 총소리를 듣고 몰려와 군대를 덮친 것 같았다. 나는 어제처럼 살짝 빠져나가서 상황을 지켜봤다. 실제로 전철역 쪽에 좀비들이 우글거렸다. 커피빈 이 층 테라스에 거치되어 있던 K-15 경기관총이 방향을 틀어서 좀비들에게 총탄을 퍼부었다. 빈 탄피와 링크들이 바닥으로 비처럼 떨어졌다. 하지만 총알 숫자보다 좀비들이 더 많았다. 게다가 마냥 닥치는 대로 사격을 가하는 걸 보니 저들은 경험도 부족해 보였다. 며칠 전 격전을 통해 알게 되었다. 좀비의 약점은 머리이다. 무조건 머리를 노려야 한다. 팔다리가 떨어져 나가거나 가슴에 구멍이 뚫린 좀비들이 멀쩡한 좀비들 사이에 끼어 아무렇지도 않게 움직이고 있었다.

전철역 앞 나이키 매장에 자리 잡고 사격하던 병사들이 수류탄을 투척하고는 냅다 밖으로 도망쳤다. 병사 몇 명이 미처 도망치지 못하고 매장 안 깊숙이 숨었으나, 곧바로 좀비 수십

마리가 따라 들어갔으니 어떤 운명에 처하게 될지는 금방 짐작이 갔다. 전차 뒤쪽에 있던 K-21 장갑차 세 대가 방향을 틀어서 좀비 대열을 향해 뛰어들었다. 장갑차가 이리저리 회전하고 후진할 때마다 좀비들의 몸은 짓이겨지고 터져나갔다. 헬멧을 쓴 차장이 K-6 중기관총을 휘저어대며 탄환을 뿌렸다. 나도 모르게 두 주먹에 힘이 불끈 들어가던 찰나였다. 후진하던 장갑차 한 대가 지하철 입구로 굴러떨어지고 말았다. 완전히 떨어지지는 않았지만 앞쪽이 들리면서 꼼짝도 하지 못했다. 신나게 총질을 해대던 차장은 해치에 머리를 부딪치며 정신을 잃었다. 장갑차의 무한궤도가 헛도는 사이 좀비들이 벌레처럼 몰려들었다. 힘을 합쳐 밀자 그 큰 장갑차가 조금씩 지하철역 안으로 미끄러져 들어가는데, 마치 개미지옥에 빠진 개미를 보는 기분이었다.

나머지 두 대는 우습게도 그 넓은 곳에서 충돌하고 말았다. 한 대가 급정거하면서 옆에서 오던 장갑차에게 옆구리를 들이받힌 것이다. 들이받은 쪽은 곧바로 후진했지만 받힌 쪽은 무슨 문제가 생겼는지 좀처럼 움직이지 못했다. 좀비들이 멈춰 선 장갑차를 사방에서 포위해왔다. 차장이 열심히 중기관총을 쏴대며 저지하려 했지만 역부족이었다. 좀비 중 하나가 차장의 손목을 물어버렸다. 차장은 비명을 지르며 장갑차 안으로 들어갔다. 잠시 후, 폭음과 함께 장갑차가 한 차례 요동하고 이내 잠잠해졌다.

한 대 남은 장갑차는 속도를 높여 아트레온 쪽으로 사라졌다. 이대를 공격하던 군대는 남아 있는 장갑차와 트럭을 옆으로 돌려서 방벽을 치고, 길가에 있던 잡동사니들을 들고 와서 장갑차와 트럭 사이를 막아버렸다. 트럭 적재 칸에 올라간 병사가 어깨에 메고 있던 팬저 파우스트 3를 발사했다. 쉬익 하는 소리와 함께 날아간 로켓은 빽빽하게 밀집해 있던 좀비들 한복판에서 터졌다. 나도 후끈거리는 열기와 빛을 피해 고개를 숙였다. K-21 장갑차의 사십 밀리 기관포들이 남은 좀비들을 쓸어버리는 것으로 그날의 공격은 끝났다.

"막아내긴 했는데 피해가 막심할 것 같아요."

또 어느샌가 다가와 옆에서 지켜보던 정범이 얘기했다. 녀석 말대로 기세등등하던 공격군은 한풀 꺾였다. 장갑차 두 대를 잃었을 뿐만 아니라 적지 않은 병사들이 죽거나 다친 것 같았다. 더 큰 문제는 이대와 이대역 사이 좁은 공간에 갇혀버린 것이다. 일단 돌아가기로 했다. 내가 누굴 걱정하겠나. 그보다 훨씬 좁은 체즈베에 갇혀 있는 주제에.

3월 18일

사건의 진상은 쿠데타였다. 새벽에 헬리콥터가 날아다니면서 연신 선전물을 뿌려댔는데, 운 좋게 그중 몇 장이 요새 근처로 떨어지는 바람에 알게 되었다. 선전물은 호외 형식의 두 페이지짜리 신문이었다. 내용은 대략 이 와중에도 계속되는 정치인들의 권력투쟁에 염증을 느낀 군부의 개혁 세력이 한민족 비상대책위원회를 구성했다는 것이었다. 군부는 현 정권의 핵심 세력들이 막대한 국가 재산을 불법적으로 외국에 송출하고 해외 도피를 시도했다고 비난한 뒤 포고령이라는 걸 줄줄이 늘어놨다. 현역과 예비역으로 소집된 군인들은 즉각 위원회에 등록하고 충성을 맹세하라는 것, 민간인들 역시 위원회에 적극 협조해야만 하며, 비상 대피 지역의 관리자들은 즉각 인원과 물품 현황을 보고하라는 것 등이었다. 이미 청와대를 비롯해 국방부 등을 장악했으며 군부의 지지를 받고 있다고 했다. 제일 밑에는 장군들 이름이 빽빽하게 나열되었다.

"나 참, 이 와중에 싸움질이라니……."

태준이 이해가 안 된다는 듯 고개를 저었다.

"그런데 어째 총성과 포성이 어제보다 기세가 약해진 것 같네요."

동식이 말했다.

"당연하지. 언제 좀비들이 뒤에서 덮칠지 모르는데 힘이 나겠어?"

내 대답에 다들 수긍한다는 듯 고개를 끄덕였다. 정범은 배터리를 아끼고 아끼던 노트북을 켜고 다운 받았던 소리들을 들어보기 시작했다. 아, 이 어른스러운 놈, 이 어수선한 와중에도. 얼마 전 정범과 나는 공구점에서 가져온 물건들로 체즈베 앞 골목 입구에 스피커를 설치해두었다. 사람이나 좀비가 침입해올 때 주의를 돌릴 수 있을 것이다.

불안해하는 녀석들에게 다음 계획을 털어놓았다. 당연히 다들 펄쩍 뛰었다.

"바깥에 전투가 한창인데 쇼핑몰 지하 마트를 털자고요? 말도 안 돼요."

창래가 말하자 정범을 제외하고는 다들 고개를 끄덕거렸

다. 나는 군인들은 물론 좀비들까지 온통 싸움질에 정신이 팔려 있는 지금이 오히려 기회라고 설득했지만 실패하고 말았다. 그래서 대신 골목길 건너편에 있는 과일 가게와 마트를 털자고 제안했다. 그곳은 큰길가에서 떨어져 있는 데다가 혹시 추격자가 붙는다 해도 거미줄 같은 골목길을 이용하면 충분히 따돌릴 수 있을 것이라고. 잠시 주저하던 녀석들은 따로 한차례 쑥덕거리더니 알았다고 동의했다. 망할 자식들.

지난번처럼 정범이 요새를 지키고 나머지는 모두 밖으로 나왔다. 나란히 걸으면 어깨가 부딪힐 정도로 좁은 골목은 다른 세상처럼 조용했다. 목표로 찍은 과일 가게와 마트는 골목길이 끝나는 곳 맞은편에 있었다. 같은 사람이 운영하던 곳이었다. 마트라는 이름을 달긴 했지만 사실상 동네 구멍가게였다. 먼지투성이에 물건값도 비쌌지만 큰길가에 있는 편의점까지 가기 귀찮을 때 종종 이용했다.

박스를 층층이 쌓아 만든 과일 가게 앞 좌판에 먼지를 뒤집어쓴 귤이 몇 덩이 굴러다녔다. 빛바랜 맥주 광고 포스터로 도배된 유리문을 밀자 엄청난 소음이 울렸다. 이 마트는 평소에도 진열장에서 거미줄이나 먼지를 어렵지 않게 볼 수 있는 곳이었는데, 아칸소 독감이 터진 뒤 문을 닫으면서 더 심해진 것 같았다. 나는 지난번처럼 소총을 들고 주변을 경계했다.

"형, 냉장고에 있는 맥주 먹어도 될까요?"

"미지근하긴 하겠지만 먹을 순 있을걸. 빨리 챙겨."

내가 대답하자, 녀석들은 잔뜩 신이 나서 먼지투성이 진열대를 기웃거리며 먹을 만한 것들을 쓸어담았다. 특히 땅콩이나 김 따위의 마른안주를 발견했을 때는 환호성까지 질렀다. 재빨리 조용하게 챙길 것이지, 녀석들이 아무래도 너무 부스럭거린다. 신경 쓰여서 주변을 신중하게 살피는데 묵직한 군홧발 소리가 들렸다. 잽싸게 안으로 들어가서 몸을 웅크렸다. 다른 녀석들도 낌새를 채고 진열대 아래로 몸을 파묻었다. 서너 명의 군인들이 골목길을 내달려 멀어져갔다. 더 이상 발소리가 들리지 않게 된 다음에 태준이 물었다.

"근데 왜 피해요?"

글쎄, 왜 피했을까? 딱히 대답이 떠오르지 않았다. 요새로 돌아오면서 오랜만에 간판을 봤다. 체즈베라는 이름이 어느새 너무나 낯설어진 것 같았다. 요새에 도착할 즈음 펑펑대는 소리와 함께 다시 총격전이 시작되었다. 순간 퍼뜩 머리에 떠오르는 사실이 있었다.

"쌍안경, 내가 왜 그 생각을 못 했지?"

요새를 만들며 구비해뒀던 물품 중 접이식 군용 쌍안경이 있었다. 서둘러 짐 더미에서 쌍안경을 꺼내어 정원으로 나갔다. 위층에 올라가면 어느 정도 바깥 상황을 볼 수 있을 것이다. 창문을 깨고 안으로 들어갔다. 주인이 평소 깔끔한 성격이었는지 네일아트숍 안은 잘 정돈되어 있었다. 큰길가를 향해 난 창문에 달린 분홍색 꽃무늬 커튼을 젖혔다. 제법 떨어진 거리였지만 쌍안경을 눈에 갖다 대자 마치 손에 잡힐 듯 가까워졌다.

쿠데타군 측에서 좀비들을 막기 위해 바리케이드로 쳐놓은 군용 트럭과 K-21 장갑차들이 불길에 휩싸였다. 온몸에 불이 붙은 군인 두 명이 불타는 트럭의 적재 칸에서 뛰어내려 바닥을 뒹굴었다. 이미 불바다가 된 트럭의 운전석으로 화염병이 날아들었다. 아까 봤던 군인들이 스타벅스 4층에 있는 테라스에 큼지막한 고무줄 총을 걸어놓고 화염병을 쏘는 중이었다. 뒤늦게 사태를 눈치챈 쿠데타 세력 측 군인들이 사격을 가했다. 그나마 남아 있던 유리창이 깨져나가고 고무줄

총을 잡고 있던 병사가 어깨를 감싸쥐고 비명을 질렀다. 그
와중에 어슬렁대며 나타난 좀비 몇이 아직 몸에 붙은 불이
채 꺼지지도 않은 군인들에게 덤벼들었다.

잠시 후 화염병 공격을 가한 병사들이 부상당한 동료를 부
축하고 백기를 든 채 건물을 빠져나왔다. 하지만 그들을 기다
리고 있던 것은 총알 세례였다. 벌집이 된 대리석 기둥 앞에
겹겹이 포개진 시신들에서 피가 넘쳐흘렀다. 젠장, 이제 갈 데
까지 간 것 같다.

3월 19일

아침을 먹자마자 위층으로 올라와서 큰길가를 살폈다. 어
제 불길을 뒤집어썼던 군용 트럭은 검게 그을린 뼈대만 남긴
채 폭삭 주저앉았다. 진화에 실패했는지 장갑차 역시 완전히
불에 타버렸다. 이대 쪽에 전진 배치되어 있던 전차들 중 세
대가 뒤쪽으로 이동했다. 삼각형으로 배치된 전차의 포구가
전철역 쪽을 향했다. 곧 전투가 재개될 줄 알았는데 뜻밖에도
고요한 상태가 계속되었다.

앞쪽으로 쌍안경을 돌렸더니 백기를 든 중위 한 명이 이대

쪽으로 걸어가는 모습이 보였다. 돌무더기로 변해버린 정문 앞에서 뭐라고 소리치자 잠시 후 군인 몇 명이 밖으로 나와 그를 안으로 끌고 들어갔다. 항복하는 걸까? 우렁찬 전차포 소리가 잡념을 날려버렸다. 포탄을 얻어맞은 지하철역 입구의 잔해가 사방으로 날아갔다. 좀비들 역시 허공으로 날아갔다 가 바닥으로 고꾸라졌다.

좀비들은 잇새에 낀 찌꺼기처럼 세상 사이에 끼어 있었고, 협상은 별 진전이 없는지 백기를 든 사절단만 계속 왔다 갔 다 했다. 평화가 찾아올 수 있을까?

3월 20일

오늘도 어제처럼 아침을 먹자마자 위층으로 올라왔다. 오 기 전에 남은 식료품을 살펴봤는데 아직 한 달 정도는 문제 없을 것 같았다. 부족하면 마트를 털어 오면 된다. 조바심 낼 것 없다. 애써 마음 편히 먹기로 하고 쌍안경으로 동정을 살 폈다. 총구가 아래로 향하게 소총을 멘 군인들이 일렬로 나란 히 서서 이대 방향으로 이동하고 있었다. 장교로 보이는 이들 이 어깨에 하얀 천을 끼우고 그들과 동행했다. 항복하려는 것 같았다.

승무원들도 행렬에 가담했다. 전차는 이미 옆으로 물러나 있었다. 삼사백 명쯤 되는 이들이 이대 정문으로 걸어 들어갔다. 군인들은 정문을 통과하면서 소총과 탄띠를 벗어 차곡차곡 쌓아놓은 뒤 정문 안쪽의 모래주머니 앞에 줄지어 섰다. 그때였다. 그들을 맞이한 이대 주둔 세력의 병사와 장교 들이 일제히 모래주머니 뒤로 몸을 숨긴 것은. 설마. 불길한 예감이 머릿속을 스쳐 지나가던 찰나 총성이 울려 퍼졌다. 무방비 상태로 공격을 당한 이들은 힘없이 쓰러졌다. 간신히 총탄 세례를 피한 몇몇이 허겁지겁 정문 밖으로 달아나려 했지만, 정문 앞에 매복하고 있던 군인들의 사격을 받고 이내 철조망 위에 널브러졌다.

영원히 계속될 것처럼 이어지는 총성에 정신이 아득해졌다. 쌍안경을 내동댕이치고 두 손으로 귀를 막았다. 그제야 나는 내가 울고 있다는 걸 깨달았다. 사실 나는 이 난리통 속에서도 결국은 모든 게 원상 복구될 것이라고 믿었다. 나 사장은 스포츠카에 새 애인을 태우고 나타날 것이고, 어머니는 기도원에서 돌아와 환하게 웃으며 반겨줄 것이다. 동생들은 뒤통수를 긁으며 겸연쩍게 재미있었다고 말한 뒤 집으로 돌아가겠지. 그럼 나는 다시 카페를 정리하고 손님을 기다릴 것이다. 그 희망 하나로 생라면을 뜯고 불편한 잠자리를 견뎠다. 하지만 이제는 확실해졌다. 인간들이 항복을 받아주는 척하며 다른 인간들을 조직적으로 죽였다. 절대 있을 수 없고, 있어서도 안 되는 일이 벌어진 것이다. 그것만 봐도 알 수 있다. 우리는 절대 다시 예전으로 돌아갈 수 없을 것이다.

뒷마당으로 나온 녀석들이 울고 있는 나를 발견하고 하나둘씩 기어 올라왔다. 나는 그저 말없이 쌍안경을 건네주었다. 헉, 하는 탄식과 함께 정적이 흘렀다. 녀석들이 보고 있는 광경은 안 봐도 훤했다. 수백 구의 시신들 사이로 핏물이 강을 이루고 있겠지.

"형, 이제 어떡해요?"

정적을 깬 것은 창래였다. 나는 모호하게 고개를 저었다.

"일단 먹을 걸 최대한 확보하고 상황을 지켜보는 수밖에 없겠어."

일단 지켜보자는 말에는 다들 동의했다. 하지만 녀석들에게는 여전히 풀리지 않는 의문이 남아 있었던 모양이다.

"근데 왜 죽인 거죠? 아무리 그래도 같은 국군인데……."

어깨를 잔뜩 웅크린 홍철이 물었고, 내가 답했다.

"며칠 동안 싸우느라 열 받았겠지. 거기다 입이 늘어나면 식량이 부족해질 수 있다는 것을 염려한 게 아닐까."

마음을 다잡고 다시 쌍안경을 들여다보니 방독면을 쓴 병사들이 시신을 처리하기 시작한 모양이었다. 사실 '시신 처리'라고 할 만한 것도 없었다. 시신들을 밖으로 질질 끌고 나와 길바닥에 아무렇게나 내팽개쳐버리는 것이 전부였으니. 시신 처리 조를 호위하기 위해 함께 나온 병사들은 바로 옆에 뒹구는 시신들을 무심한 듯 내려다보고 있었다. 군복을 입지 않은 민간인들이 쿠데타군이 남긴 소총과 탄약 들을 수거하는 모습도 확인할 수 있었다. 다른 한 무리의 병사들은 큰길가로 진출하여 빈 트럭과 전차들을 살핀 뒤, 앞쪽에 있던 전차들은 연료가 남아 있었는지 이대 앞까지 몰고 가서 바리케이드로 삼았고, 트럭들에는 불을 질러버렸다. 뒤쪽에 있던 전차들은 뭔가 문제가 있었는지 끌고 가는 대신 해치를 열고 포탄과 탄약만 끄집어냈다.

좀비들이 몰려들기 시작한 건 그때쯤이었다. 피 냄새를 맡은 것일까? 다가오는 좀비들을 발견한 병사들은 전차를 버리고 이대 쪽으로 물러났다. 방어하던 쪽도 노하우가 생겼는지, 이대 정문을 가로막은 전차들로 좀비들을 최대한 가까이 끌어들인 다음 지근거리 사격을 가했다. 앞서가던 좀비들은 산산조각 나 뒤따르던 동료들의 머리 위에 비처럼 쏟아졌다. 개중 어찌저찌 포화를 뚫고 들어온 좀비들이 있어 정문을 가로막은 전차에 기어오르려고 했지만, 미리 쳐놓은 철조망에 걸리고 말았다. 거미줄에 걸린 벌레처럼 몸부림치는 좀비들에게 화염병이 날아갔다. 좀비들은 불길에 휩싸여 버둥거리다가 녹아내렸다. 화염병이라니? 이제 슬슬 탄약이 떨어져가는 건가? 아닌 게 아니라 총성의 대부분이 단발 사격음이었다. 총알을 아끼는 것 같았다.

좀비들은 탄환에 몸이 부서지고 불에 타들어가면서도 여전히 계속 몰려들고 있었다. 쌍안경으로 그 광경을 지켜보던 나는 이내 그 이유를 알아차렸다. 그들의 목적은 정문 안에 있는 산 자들이 아니라 앞쪽 광장에 쌓여 있는 시신들에 있었다.

3월 21일

어젯밤, 우리는 자리에 누웠지만 총알을 뒤집어쓰면서도 악착같이 시신의 살점을 뜯어먹던 좀비들의 모습이 떠올라 좀처럼 잠들지 못했다. 지난번 골목길 마트에서 가져온 김빠진 맥주를 한 모금씩 마시고 잠을 청했다.

아침에 일어났을 때는 모든 상황이 종료된 뒤였다. 이대 주둔군은 좀비들의 목적이 자신들에게 있지 않다는 것을 알고는 더 이상 사격을 가하지 않았다. 좀비들은 반쯤 불타버린 시신들까지 모두 집어삼켜버렸다. 사격이 멎은 지금은 우리에게 기회였다. 내가 신호를 보내자 정범과 창래, 홍철과 동식이 골목길로 줄줄이 나왔다. 쇼핑몰 지하 마트를 털러 가자는 말에 다들 동조한 이유는 맥주와 소주가 더 있을 것이라는 얘기 때문이었다.

나는 선두에서 좀 더 조심스럽게 골목길을 살펴보며 걸어 나갔다. 중국제 싸구려 신발을 팔던 가게 앞에 좀비 세 놈이 어슬렁거리는 게 보였다. 내가 왜 그랬는지 모르겠다. 평소 같았으면 멀찌감치 돌아가든가 숨어서 기다렸을 텐데 오늘은 왠지 모를 복수심과 분노에 불타 참을 수가 없었다. 소총을 어깨에 메고 삼단봉을 펼쳐서 제일 가까이 있던 좀비의 옆머리를 후려쳤다. 퍽 하고 두개골 빠개지는 소리가 들려옴과 동시에 바로 그 곁에 있던 다른 좀비의 눈을 노렸다. 삼단봉의 볼트 모양 첨단부가 놈의 눈구멍을 파고들었다. 마구 버둥거리는 놈을 있는 힘껏 걷어차고 마지막 남은 좀비를 향해 삼단봉을 휘둘렀다.

하지만 너무 흥분한 탓일까? 있는 대로 엉켜 있던 신발 가게 네온사인 전선에 삼단봉이 걸려버렸다. 황급히 두 손으로 삼단봉을 잡아 뽑았지만, 그만 놓치고 말았다. 저 멀리 굴러가는 삼단봉을 허망히 바라보고 있을 때 좀비가 덤벼들었다. 나는 당황하여 등 뒤에 총이 있다는 사실도 잊고 뒷걸음질 쳤다. 그제서야 왜 사람들이 그토록 무기력하게 좀비들에게 당했는지 이해할 수 있었다. 그들에게는 죽음의 냄새가 났다. 그들은 살이 썩어 문드러져 진물을 줄줄 흘리면서도 목표를 향해 달려들었다. 갈비뼈가 드러나고 눈알이 빠져도 포기하는 법이 없었다. 희생자들은 공포와 충격에·얼어붙었을 것이다. 악에 받쳐 단단히 준비한 나조차도 이 모양이었으니.

이제 좀비는 바로 내 눈앞에 있었다. 다 끝났다고 생각하는 찰나 퍽 하는 소리와 함께 좀비의 머리통이 날아갔다. 놀라 쳐다보니 노루발장도리로 장작 패듯 좀비의 머리를 내리찍은 정범이 두려움과 흥분감에 헐떡거리고 있었다. 수박처럼 쪼개진 좀비의 두개골에는 뇌 대신 누런 진물이 넘쳐흘렀다.

"괜찮아요, 형?"

당연히 괜찮을 리 없었지만, 걱정스러워하는 정범에게 애써 아무렇지 않은 척 엄지를 치켜들어주고는 다시 걸음을 재촉했다. 쇼핑몰 지하에 대형 마트가 들어온 것은 작년 겨울이었다. 주변 상인들이 시위를 하며 반기를 들고 나섰지만 마트는 대대적인 판촉 이벤트와 함께 보란 듯이 문을 열었다. 하지만 지금 마트는 을씨년스러움 그 자체였다. 늘 사람들이 오가느라 쉴 틈이 없던 회전 유리문에는 누군가 반쯤 잡아 뜯은 바겐세일 포스터만 외롭게 펄럭이고 있었다. 불빛 한 점 없는 안쪽에서는 아무런 기척도 느껴지지 않았다. 조심스럽게 문을 열고 슈어파이어로 안쪽을 비추자 어둠이 몇 발짝 뒤로 물러났다. 대리석 바닥에 행사 매대에서 흘러넘친 아이들 바지가 잔뜩 널려 있었다. 그리고 그 옆으로는…… 길게 이어진 핏자국이 보였다. 매대에서 일하다가 습격을 당한 것일까?

그렇다면 안에 남아 있을 수도 있다는 뜻이다. 좀비로 변한 채…… 머리카락이 곤두섰다.

어깨에 메고 있던 소총에 손을 가져다 댔지만, 소총과 슈어파이어를 한꺼번에 들고 움직일 수는 없을 것 같았다. 잠시 고민하다가 슈어파이어를 쥔 손등 위에 소총을 올려보았다. 정확하게 사격할 수는 없었지만 일단 보고 쏠 수는 있을 것 같았다. 하지만 총은 어디까지나 최후의 수단이어야 한다. 총성이 오히려 좀비들을 더 끌어들일 수도 있으니까. 다른 무기가 필요했다. 우리는 손재주 좋은 정범이 내놓은 아이디어대로 창을 만들기로 했다. 다른 녀석들이 공구 코너로 들어가 필요한 도구를 챙기는 동안 난 바로 옆 청소 도구 코너를 뒤졌다. 줄지어 늘어선 대걸레 중 쓸 만한 걸 몇 개 챙겨서 옆구리에 끼었다. 녀석들에게 쓸 만한 타카 건이 있었냐고 물었으나 고개를 저었다. 실망스러웠지만 시간이 없었다. 나는 청소 도구 코너 바로 옆에 있는 생활 도구 코너에서 케이블 타이 한 뭉치를 찾아 슈어파이어와 총열을 하나로 묶고, 나머지는 주머니에 쑤셔 넣었다.

애완동물 코너를 지났다. 물고기들은 하얗게 배를 드러낸 채 물 위에 둥둥 떠 있었다. 햄스터와 토끼 들도 굶어 죽었는지 구석에 처박혀 미동도 하지 않았다. 환하게 웃는 개 사진이 박힌 사료 포대 더미를 지나자 부엌 용품들이 쭉 걸려 있는 진열대가 보였다. 통로 한가운데에서 한쪽 무릎을 꿇고 소총을 들었다. 케이블 타이로 총열에 결합된 슈어파이어가 빛을 뿜어냈다. 빛이 닿는 곳 어디에도 다른 존재의 기척은 없었다. 고개를 끄덕여 보이자 뒤따르던 녀석들이 우르르 몰려들어갔다.

녀석들이 긴 칼들을 배낭에 챙겨 넣는 모습을 지켜보고 있을 때, 부스럭거리는 소리가 들렸다. 곧바로 소총을 끌어당겨 뒤쪽을 겨누었지만 아무 소리도 들려오지 않았다. 잘못 들었나, 싶어 총을 내리려던 순간 다시 매끄러운 바닥을 긁는 듯한 소리가 들려왔다. 조종간이 단발에 맞춰져 있는 걸 확인하고는 소리가 난 쪽에 집중했다. 각오하긴 했지만 막상 마주친다고 생각하자 긴장감에 턱이 떨려왔다. 소리의 주인공은 진열대 바닥에서 천천히 등장했다. 햄스터였다. 햄스터는 갑작스럽게 뒤집어쓴 빛이 어지럽다는 듯 머리를 털어대더니 이내 떠나버렸다. 이윽고 필요한 물품을 모두 챙긴 녀석들이 코너 밖으로 나왔다. 스스로 한심스럽고 어이없기 짝이 없었지만, 녀석들에게는 아무 일도 없었다는 듯 태연히 굴었다.

무기를 구했으니 이제 이곳에 온 본목적, 먹을 것을 구할 차례였다. 신선 식품들은 전기가 나가면서 다 상했겠지만 통조림이나 실온 보관 식품 들은 괜찮을 것이다. 정육 코너와 생선 코너의 불 꺼진 쇼 케이스 안에는 어떻게 들어갔는지 모를 파리들이 붙어서 앵앵거렸다. 식품 코너 제일 끝에 캔과 팩으로 포장된 음식 박스들이 보였다. 녀석들은 나지막한 환호성을 지르며 박스를 뜯고 음식들을 챙겼다. 주변을 돌면서 꼼꼼하게 살펴봤지만 좀비는 없었다. 아마 묵직한 회전 유리문을 열고 들어오는 법을 몰랐던 것 같다. 하지만 아무리 생각해도 이렇게 큰 마트에 한 사람도 남아 있지 않다는 게 영이상했다. 여기에 자리를 잡는다면 족히 몇 달 동안 먹을 것과 마실 것 걱정은 하지 않아도 되었을 텐데.

정육 코너에서 좀비가 나타난 것은 그때였다. 헝클어진 파마머리에 치아 교정기같이 생긴 턱받이를 한 아줌마 좀비였다. 좀비는 정육 쇼케이스 위에 쌓인 불고기 양념통들을 마구 쓰러뜨리며 이리로 넘어오려고 아우성쳤지만, 내 어깨 높이밖에 오지 않는 작은 체구에서는 그 어떤 위압감도 느껴지지 않았다. 방심하던 찰나 나머지 녀석들이 합창하듯 일제히 외쳤다.

"으아악! 좀비다!"

잽싸게 총열을 돌렸을 때 슈어파이어의 빛이 닿는 곳에 양복 차림의 키 큰 남자 좀비가 서 있었다. 눈동자가 있어야 할 곳에는 핏자국과 뻥 뚫린 어둠뿐이었다. 주광성 벌레처럼 빛을 거슬러오는 좀비를 보며 외쳤다.

"다들 피해!"

방아쇠야 군 시절 숱하게 당겨봤지만 살아 움직이는 것을 향해 발사하기는 처음이었다. 총성이 생각보다 어마어마해서 고막이 터진 것은 아닌지 의심스러울 지경이었다. 녀석들 역시 총을 쏠 거라고는 생각도 안 했는지 어안이 벙벙한 표정이었다. 동식이 머리를 털면서 투덜거렸다.

"아니, 쏠 거면 쏜다고 얘기라도 하든가……."

그래, 미안하게 됐다 이 자식아. 하지만 정중하게 예의 차릴 경황이 없었다. 급작스럽게 발사하긴 했지만, 총의 위력은 가히 극적이었다. 총알은 좀비의 아래턱과 갈고리처럼 휘어진 혀만 남기고 머리 윗부분을 완전히 날려버렸다. 대리석 바닥에 그대로 뻗어버린 좀비의 몸뚱이에서 끈적한 뇌수와 체액이 흘러나왔다. 어둠 속을 메아리치던 총성이 잦아들 즈음 또 다른 좀비가 쇼케이스를 거의 넘어온 것이 보였다. 이번엔 좀 침착하게 쏠 수 있었다. 좀비의 머리꼭지에 명중한 총알은 두개골을 완전히 갈아버렸다. 하지만 안심할 수는 없다. 총성을 듣고 좀비들이 떼로 몰려들지 모른다는 생각에 나머지 녀석들에게 어서 여길 나가자고 소리쳤다. 그런데 창래 녀석이 꾸물거리는 것이 아닌가.

"먹을 거, 먹을 거 다 못 담았어."

확 치밀어 오르는 짜증을 애써 억누르며 다음에 와서 가져가기로 하고 일단 빨리 나가자고 설득했다. 그제야 달리기 시작한 녀석들을 엄호하느라 조금 뒤에서 움직였다. 슈어파이어가 달린 총열로 진열대 위를 훑었다. 행사 중이었는지 집 모양으로 예쁘게 쌓아 올린 초코볼 상자들이 보였다.

"저쪽!"

정범이 오른쪽을 가리켰다. 좀비 서너 마리가 진열대에 마구 부딪히면서 다가오고 있었다. 총을 쏠까 하다가 아무래도 소리 때문에 몰려드는 것 같다는 생각이 들어 접었다. 대신 놈들이 오는 길목에 쌓여 있던 분유통 진열대를 걷어찼다. 좀비들은 나뒹구는 분유통을 밟고 바닥에 널브러졌다. 마침내 회전문 앞에 도착했을 때, 나는 소리쳤다.

"내가 먼저 나간다. 대기해!"

밖으로 나가자마자 거리 양쪽을 살펴봤다. 도로와 연결된 오르막길 위쪽에서 다가오는 좀비들이 보였다. 거리는 오십 미터 정도 떨어져 있을까? 다른 녀석들에게 빨리 나와서 반대쪽으로 뛰라고 외치고는 나도 달리기 시작했다. 앞에서 헐레벌떡 뛰는 홍철의 배낭에서 쩔렁거리는 소리가 났다. 그 와중에도 술은 챙긴 것 같았다.

3월 22일

이제 이성이 사라지고 야만이 세상을 지배하기 시작했다. 오늘 아침 위층에 올라가 쌍안경으로 주변 상황을 확인하다가 이대에서 한 무리의 군인들이 쏟아져 나오는 것을 보았다. 이전처럼 주변 정찰이라도 하려나 보다, 하고 넘기려는 순간 군인들 사이에서 오들오들 떨고 있는 사람들의 모습이 눈에 들어왔다. 알록달록한 옷을 입은 민간인들은 대부분 여자와 아이, 노약자 들이었다. 처음에는 무슨 일인지 영문을 알 수 없었지만, 이내 불쾌한 진실이 고개를 쳐들었다. 쫓아내는 것이다. 이유는 뻔하다. 식량과 식수가 바닥을 드러내기 시작한 거겠지.

군인들이 응당 보호해야 마땅한 민간인들을 밀어내고 있었다. 사람들은 쫓겨나지 않으려고 필사적으로 버텼다. 계속 버티자 군인들은 허공에 대고 공포를 쏴댔다. 민간인들이 놀라 주춤하는 틈을 타 몽둥이를 든 군인들이 그들을 정문 밖으로 밀어냈다.

마지막 사람까지 모두 밀어내고 나자 군인들은 전차를 움직여 이대 입구를 봉쇄해버렸다. 떠밀려 나온 민간인들은 울부짖었지만, 전차 주변을 둘러친 철조망 때문에 앞으로 나아갈 수 없었다. 검정색 치마를 입은 여인 하나가 포대에 싸인 아기로 보이는 것을 번쩍 들어 올렸다. 자비를 애원하는 것 같았다. 총성이 울려 퍼졌다. 앞장서서 전차의 궤도에 주먹질을 하던 노인이 풀썩 쓰러졌다. 사람들은 놀라 개미 떼처럼 흩어졌다. 전차 앞에는 피를 흘리며 죽어가는 노인만 동그마니 남았다.

투항해오는 군인들을 학살하는 광경을 목격했을 때보다
더 착잡한 심정이었다. 무방비 상태로 좀비 천지가 되어버린
세상에 방치된 이들이 얼마나 버틸 수 있을까? 군인들은 분
명 죽을 것을 알고서도 사람들을 내보낸 것이다. 그러고도 인
간이라고 말할 수 있을까? 인간이기를 포기하고 살아남는다
해도 과연 무엇이 남을까? 이제 좀비와 인간이 다를 게 무엇
이란 말인가. 우울한 마음에 요새로 내려와서 소주를 땄다.
시름은 잊혔지만 가슴속 희망의 불꽃도 하나 꺼져버렸다.

3월 23일

무기 제작과 은신처 보강. 오늘의 과제였다. 태준과 홍범,
동식, 창래는 무기를 만들었다. 지난번 마트에서 가져온 대걸
레 자루에 케이블 타이로 부엌칼을 단단히 고정하자 그럴듯
한 창이 되었다. 나와 정범은 눈에 띄지 않게 요새를 위장하
는 일을 맡았다. 이제는 좀비뿐 아니라 이대에서 쫓겨난 사람
들의 눈도 피해야 했다. 그들 역시 은신처를 찾으러 돌아다닐
게 뻔하기 때문이다. 정범은 테라스에 쌓아둔 테이블에 시너

를 살짝 부어 불을 지른 뒤 조금 기다렸다가 껐다. 이 층 네일아트숍에도 똑같이 했다. 그러는 동안 나는 쌍안경으로 주변을 살폈다. 큰길가를 오가는 좀비들의 모습이 보였지만, 쫓겨난 사람들은 보이지 않았다. 아무래도 어딘가 깊숙한 곳에 숨어든 것 같았다. 그래도 다행이라고 생각했다.

우리는 일을 마친 뒤 다시 쇼핑몰 지하 마트로 먹을 것을 구하러 갔다. 햇반을 데우고 라면을 끓여 먹을 소형 가스레인지와 가스도 필요했다. 지난번처럼 태준이 요새에 남았다. 민간인들을 쫓아낸 걸 보면 군인들은 분명 식량이 떨어진 것 같았다. 그들이 움직이기 전에 식량을 충분히 확보해두어야만 했다. 흩어진 피난민들이 쇼핑몰 지하 마트에서 먹을 것을 구하거나 은신처로 삼을 가능성도 충분했다.

우리는 이번에는 아예 카트를 끌어다가 옮기기로 했다. 창래가 농담을 했다.

"누구 오백 원짜리 가지고 있는 사람?"

다들 오랜만에 마음을 놓고 웃었다.

나는 총으로, 다른 녀석들은 창으로 무장하고 조심스럽게 마트 안으로 진입했다. 내가 앞서 나가며 안전하다는 것을 확인하면 나머지 녀석들이 카트를 끌고 뒤따르는 식이었다. 지난번 죽인 좀비들은 그 자리에 그대로 나자빠져 있었다. 하지만 안심할 순 없었다. 좀비들이 아직 안에 남아 있다는 것을 확인했기 때문이다. 내가 소총으로 빈틈없이 경계하는 사이 녀석들이 햇반과 라면을 닥치는 대로 챙겼다. 만일에 대비해서 이십 킬로그램짜리 쌀 한 포대도 챙겼다. 어쩌면 곧 햇반도 구하기 어려워질 수 있으니. 강렬한 빛을 발하는 만큼 엄청난 전력을 소비하는 슈어파이어를 위해 건전지도 충분히 챙겼고, 코펠과 생수도 카트에 그득히 실었다. 이만하면 성공적이다. 좀비도 아직 나타나지 않았다. 녀석들에게 빠져나가자고 손짓하고는 입구 쪽으로 향했다. 경험상 서두르면 오히려 더 위험하다는 사실을 알고 있었기 때문에 천천히 움직였다.

카트를 끌고 가던 중 지난번 넘어뜨린 분유통이 발에 차였다. 뚜껑이 열려 있었는지 하얀 가루들이 바닥에 먼지처럼 흩뿌려져 있었다. 그때 젖먹이 아기의 옹알이 같은 소리가 들려왔다. 소총으로 경계하며 조심스럽게 소리의 진원지를 향해 다가갔다. 옹알이는 여자 좀비가 죽어 널브러진 쇼케이스 뒤편에서 들려왔다. 조심스럽게 안쪽으로 슈어파이어를 향하자 아기를 안고 웅크리고 있는 젊은 여자가 보였다. 공포에 질려 눈물범벅이 된 아기 엄마는 아기를 바짝 끌어안은 채 나를 올려다봤다.

"군인 아저씨. 쏘지 말아요. 제발 쏘지 말아요."

나를 군인으로 착각했는지 벌벌 떨며 애원하는 아기 엄마의 모습에 순식간에 마음이 복잡해졌다. 어제 쌍안경으로 보았던 아기 엄마가 떠올랐다. 제발 아기만이라도 받아달라며 애원하던 절박한 그 모습. 나는 간신히 입을 열어 말했다.

"여긴 좀비들이 남아 있어서 위험해요."

"난 괜찮으니까 제발 우리 아기만이라도 데려가주세요. 아기만이라도 살려주세요, 네?"

아기 엄마는 흐느껴 울었고, 영문을 알 리 없는 아기는 그저 슈어파이어의 강렬한 불빛이 거슬린다는 듯 연신 고개를 비틀어댔다. 돌이나 지났을까? 괴로웠지만 어쩔 수 없었다. 살아남기 위해선 규칙을 지켜야 했다. 나는 천천히 총을 거두고 물러났다. 돌아서 가다가 주변을 구르던 통조림 캔 몇 개를 집어서 쇼케이스 위에 올려놓았다. 미안해요, 라는 무의미한 말과 함께.

가슴이 터질 것 같았다. 지난 몇 달간 소설 속에서나 있을 법한 일들이 현실이 되어버렸다. 어떤 인간은 좀비가 되었고, 어떤 인간은 짐승이 되었다. 좀비들이 창궐한 가운데 총으로 다른 군인들을 무참히 죽여버리고 힘없는 민간인들을 매몰차게 사지로 내모는 모습을 보면서 나는 경악을 금치 못했다. 사람이 사람에게 어떻게 저럴 수 있단 말인가. 하지만 오늘 나는 나 역시도 별다를 바 없다는 것을 깨달았다. 생사의 기로 앞에서 인간다움은 통조림 캔 하나만큼의 가치도 되지 못했다.

유리문 밖에서 기다리고 있던 녀석들이 의아한 눈으로 쳐다봤다. 정범이 조심스럽게 왜 우느냐고 물었다. 난 묵묵히 카트를 끌고 오르막길을 올랐다. 체즈베 앞 골목길 끝에 카트를 세워두고 물건을 날랐다. 빈 카트는 남의 눈에 띄지 않게 건물 틈새에 쑤셔 넣었다. 요새로 돌아와서는 말없이 소주를 꺼내 들고 한 잔씩 돌렸다. 앞으로 더 힘들어지겠지만 지금처럼만 하면 견딜 수 있을 것이라고 말했다. 그리고 이불을 뒤집어쓰고 잠들었다. 인간들이 사라져가는 세상에서 잠깐이나마 벗어나고 싶었다.

3월 25일

지난 이틀간 좀비들의 공세가 계속되었다. 좀비들은 어디서 나왔는지 모르게 나타나 부서진 지하철역과 불탄 트럭, 장갑차의 잔해를 따라 이대를 향해 갔다. 전차 몇 대가 하루 종일 포탄을 쏘면서 정문 앞을 막아섰다. 모래주머니와 철조망으로 보강된 바리케이드 너머에서는 화염병과 돌이 날아왔다. 이제 탄약도 거의 떨어져가는 모양이었다. 숫자 앞에 장사 없다고 좀비를 막기 위해 전차에 둘러둔 철조망은 떼로 몰려드는 좀비들에 의해 거의 다 뜯겨 나가 있었다. 이대로는 안 되겠다 싶었는지 군인들이 직접 방어에 나섰다. 하지만 화생방 보호의를 입고 총 대신 대검과 천막용 지지대로 만든 창을 든 군인들의 모습은 실로 처참하기 짝이 없었다. 못이 박힌 각목을 든 사람들도 있었다. 죽기 살기로 전차를 타고 넘어오려는 좀비들을 찔러낸 끝에 일 차 전은 군인들의 승리로 끝났다. 열 명이 넘는 병사들이 좀비들에게 끌려가긴 했지만.

녀석들이 다시 지하 마트를 털자고 말했지만 완강히 거절했다. 마주치고 싶지 않은 사람이 있었다. 하지만 녀석들이 의아해하며 자기네끼리 창을 들고 나가는 모습을 보자 마음이 놓이지 않아 결국 뒤늦게 준비를 마치고 녀석들을 따랐다.

이제 마트의 어둠은 낯설지 않았다. 어두운 마트 안을 누비는 동안 왠지 조금 마음이 가라앉았다. 어둠 속에서 도리어 편안함을 느낄 수도 있다는 것을 알았다. 이제 아주 전문 털이범이 된 녀석들이 카트에 차곡차곡 빈틈없이 물건을 쌓아 올리는 동안, 나는 조마조마한 마음으로 정육 코너 쪽으로 향했다.

아기의 옹알이 대신 뭔가를 뜯어 먹는 소리가 들렸다. 불길한 예감은 적중했다. 소리의 근원은 사흘 전 만난 아기 엄마였다. 슈어파이어로 빛을 비추자 아기 엄마는 나를 홱 돌아보았다. 사흘 전 나를 보고 울며 매달리던 그 자리에서 그토록 소중히 여겼던 아기를 게걸스럽게 뜯어먹으며. 분노가 치밀어 올랐다. 마구 울고 욕하고 싶었다. 그러나 누구에게? 무엇에 대하여? 눈에 핏발이 잔뜩 선 아기 엄마가 쇼케이스를 타 넘어왔다. 몇 발짝 뒤로 물러나 그 머리에 총탄을 발사했다. 매캐한 화약 연기와 함께 그녀의 머리가 사방으로 터져나갔다.

나는 일부러 아기 엄마의 시신 앞에서 잠시 기다렸다. 잠시 후 어둠 속에서 발을 질질 끄는 소리와 함께 좀비들이 모습을 나타냈다. 여자 셋, 남자 둘, 모두 다섯 놈이었다. 뒷걸음질로 거리를 두면서 천천히 놈들을 유인했다. 소총이 불을 뿜자 놈들은 하나하나 차례차례 부서져 나갔다. 나는 그들의 잔해 위에 구역질을 했다.

이미 필요한 것을 모두 챙긴 녀석들은 마트 밖에서 기다리고 있었다. 녀석들은 연신 들려오는 총성에 불안해진 기색을 감추지 못한 채 내게 괜찮으냐고 물었다.

물론 괜찮지. 나는 아직 좀비가 아니고 인간이니까.

3월 26일

아침부터 여러 대의 군용 트럭이 이대 정문을 빠져나왔다. 그중 두 대가 쇼핑몰 앞에 멈춰 섰다. 트럭의 기관총이 큰길가를 삼엄히 경계하는 가운데, 적재 칸에서 내린 군인들이 안으로 쏟아져 들어갔다. 잠시 후 군인들은 식료품으로 보이는 박스를 잔뜩 들고 나왔다.

군인들의 작업은 좀비들이 출몰하면서 중단되었다. 군용 트럭의 운전석 위에 거치된 K-15 경기관총이 짧게 끊어서 사격을 가했다. 좀비들은 맥없이 픽픽 쓰러졌지만, 곧 다른 녀석들이 밀려와 그 자리를 메우는 인해전술에는 당해낼 재간이 없었다. 탄약을 아끼기 위해 단발로 사격하는 듯했지만 곧 기관총 소리도 멎었다. 군인들은 서둘러 적재 칸에 올랐고 트럭은 후진으로 좀비들과 멀어져갔다. 이제 보니 물건을 나르던 군인들 중 소총을 휴대하고 있는 사람은 한 명도 없었다.

트럭이 한참 멀어졌을 무렵 그제야 허둥지둥 쇼핑몰을 빠져나오는 군인 한 명이 있었다. 먹을 것이 든 박스를 품에 안고 서 있던 그는 트럭이 사라진 자리를 망연히 바라보았다. 그러다 다가오는 좀비 무리를 발견하고 도망치기 시작했으나, 골목에서 튀어나온 좀비와 부딪혀 쓰러지고 말았다. 겨우 몸을 일으키던 찰나 뒤쫓아온 좀비가 등에 올라탔다. 그는 단말마의 비명을 지르며 몸부림쳤다. 하나를 털어내면 다른 하나가 붙잡았고, 다시 털어내면 다른 놈이 매달렸다. 간신히 놈들에게서 벗어난 군인이 물어뜯긴 어깨를 손으로 누르며 골목길을 질주하는 모습을 쌍안경으로 지켜보았다. 아마 며칠 안에 이대 주둔군을 공격하는 좀비들 틈에서 저 군인을 볼 수 있을 것이다.

3월 27일

탄약이 다 떨어져간다는 사실을 눈치챘는지 좀비들의 공격이 거세졌다. 전차의 포탄도 거의 떨어졌는지 대포도 하루 종일 잠잠했다. 그 대신 더 많은 창과 못 박힌 각목들이 등장했다. 중세시대를 연상케 하는 이 기묘한 공성전에는 총성 대신 희미하게 들려오는 고함과 비명이 자리했다. 군인들에게는 지치고 절망한 기색이 역력했다. 오후에서 저녁으로 넘어갈 무렵 한 무리의 민간인이 더 쫓겨났다. 그중에는 무장 해제된 군인들의 모습도 보였다. 안에 있는 군인들은 나가지 않으려고 버티는 민간인들을 향해 창을 휘두르고 돌을 던졌다.

3월 28일

군인들이 다시 트럭을 타고 나타나 상점을 약탈했다. 간헐적으로 들리는 총소리 사이로 불길이 치솟는 것이 보였다. 미처 가져가지 못한 것들을 불태우는 것일까?

3월 29일

좀비들이 드문드문 나타나서 이대를 공격했다. 방어군은 최대한 총알을 아끼면서 싸웠다. 오후 무렵 이대 상공에 나타난 낡은 휴이 헬리콥터 한 대가 뭔가를 떨어뜨리고 사라졌다.

4월 1일

조용히 있던 창래가 별안간 꽥 소리를 질렀다. 답답함에 미쳐가고 있는 것인지도 모르겠다. 가만히 따져보니 이곳에서 지낸 지도 벌써 두 달 가까이 되었다. 처음엔 제대로 씻지 못한 몸이 근질거려 견딜 수가 없었지만, 이제는 몸에서 나는 악취조차 더 이상 느껴지지 않을 정도로 모든 것이 무감각해져버렸다.

위층에 올라가 쌍안경으로 주변을 정찰하는 것은 이제 일상이 되었다. 오늘도 군인들을 태운 트럭들이 다시 쇼핑몰 앞에 멈춰 섰다. 여느 때처럼 안으로 들어갈 줄 알았는데 군인들은 바깥에서 안을 들여다보다가 이내 뒤로 물러났다. 잠시 후 트럭이 후진하며 꽁무니로 유리문을 박살 냈다. 무슨 일일까? 고개를 갸우뚱하며 중얼거리는데 권총을 든 장교가 박살 난 유리문 안쪽에 대고 방아쇠를 당기는 것이 보였다. 금세 탄창 하나를 다 비운 장교가 새것으로 갈아 끼우는 사이 군인들이 우르르 몰려 들어갔다. 그리고 민간인 몇 명이 밖으로 질질 끌려 나왔다. 며칠 전 두 번째로 쫓겨난 이들이 마트에 은거지를 마련한 모양이었다. 군인 한 무리가 창과 못 박힌 각목으로 그들을 위협하는 사이 다른 군인들이 식료품이 든 상자를 부지런히 날랐다. 트럭 가득히 식료품과 식수를 실은 군인들이 트럭에 올라타자 장교가 권총을 든 손을 휘휘 저으며 민간인들에게 멀리 떠나라는 손짓을 했다. 푸른색 셔츠를 입은 중년 남자가 거칠게 항의했지만, 권총을 들이대자 잠잠해졌다. 트럭이 떠나고 남은 이들은 다시 터덜터덜 지하 마트 안으로 들어갔다.

4월 2일

오전 아홉 시 무렵 열 대 가까운 트럭들이 매연을 내뿜으며 지하 마트 앞에 멈춰 섰다.

"아예 뿌리를 뽑는데요."

함께 올라온 정범이 중얼거렸다.

"그러게."

며칠 전 지하 마트에서 털어온 죠리퐁을 입안에 털어 넣으면서 동조했다.

거리를 앞뒤로 막은 트럭에서 소총과 창을 든 군인들이 뛰어내렸다. 몇 명은 철조망을 두른 목책같은 것으로 차량 사이를 막았다. 랜턴과 소총을 든 군인들이 먼저 안으로 들어가고, 일부 군인들이 그 뒤를 따랐다. 한동안 아무 소리도 들리지 않아서 민간인들이 다 떠나버렸구나 생각하고 있을 때, 유리 조각이 가득한 마트 입구를 지키던 군인들이 움찔한 표정으로 안쪽을 쳐다봤다. 대기하고 있던 다른 군인들이 다급하게 안으로 투입되었다.

"어제보다 더 격렬하게 저항하는 모양인데요."

정범의 말이 채 끝나기도 전에 지하 마트 안에서 불길이 확 뻗쳐왔다. 문 앞을 지키던 군인들이 불길을 피해 뒷걸음질 쳤다. 잠시 후 온몸에 불이 붙은 몇 명이 밖으로 튕겨 나왔다. 검은 연기가 꾸역꾸역 밖으로 밀려 나왔고, 얼마 안 있어 폭발이 일어났다. 지휘관으로 보이는 장교가 잔뜩 화가 난 듯 뭐라 떠들어대고, 소화기가 불길을 향해 소화 가스를 뿜어댔지만 어림도 없었다.

결국 군인들은 떠났고, 검게 타버린 시신만 남았다. 잠시 후 마트 밖으로 나온 민간인들이 멀어져가는 트럭을 향해 화염병을 던지며 욕설을 퍼부었다. 군인들에게서 탈취한 소총도 보였다. 박수를 보내야 했지만 경쟁자가 생겼다는 사실에 마음이 찜찜해졌다. 마트를 사수한 민간인들은 군인들이 버리고 간 바리케이드로 거리 양쪽을 막았다. 좀비 몇 마리가 어슬렁거리며 다가오다가 머리가 날아갔다.

저녁 무렵 정범이 라디오 전파가 잡히는 것 같다며 배터리를 써도 되냐고 물었다. 여분을 확인하고는 그러라고 했다. 바깥소식은 먹는 것만큼이나 신경 쓰인다. 어머니는? 다른 가족은?

4월 3일

아무래도 이대에 주둔하는 군대의 최후가 다가오는 느낌이다. 대체 좀비들은 왜 그들에게 집착하는 것일까? 군집해 있는 인간들에게서 나는 특유의 체취 때문일까? 좀비들은 집요하게 이대를 공격하고 또 공격했다. 탄약이 거의 다 떨어졌는지 전투의 수준은 거의 처참할 지경이었다. 모래주머니와 잡동사니, 심지어는 자동차까지 끌고 와서 높이 바리케이드를 쌓아 올렸다. 무기도 화염병과 창, 돌에 이어 활까지 등장했다. 가슴팍에 화살이 꽂힌 좀비를 보면서 왜 그렇게 웃었는지 모르겠다. 나무판자랑 자동차 보닛으로 만든 방패가 등장하는 것을 보고는 금방 서글퍼졌지만.

"절대 포기하지 않네요. 우리도 들키면 저렇게 되겠죠?"

곁에서 말없이 지켜보던 정범이 한마디 했다. 그 말을 듣고 문득 이곳 요새가 들키면 어떻게 될까 하는 생각이 들었다. 세상에 영원한 건 없다. 저곳이 무너진다면 여기도 곧 좀비들 눈에 띄지 말라는 법이 없다. 한숨을 쉬는 사이, 좀비들의 공세에 마침내 이대 입구를 막고 있던 전차들이 함락되었다. 좀비들은 전차의 외부를 겹겹이 둘러친 철조망을 뜯고 그 위에 버티고 선 군인들을 끌어내서 찢어버렸다. 좀비들은 질리도록 끈질기게 바리케이드로 기어 올라갔다. 전차를 발판으로 삼고 서로를 짓밟으며.

어둠이 내릴 무렵 결국 대학교 담장을 중심으로 이뤄진 바리케이드는 좀비들에게 넘어갔다. 군인들은 불을 지르고 후퇴했다. 이제 끝장이다. 밑으로 내려와서 좀비나 다른 인간들이 이곳을 발견하게 될 경우에 대비하자고 이야기했다. 정범을 빼고는 다들 설마 하는 반응이었다. 바보 같은 녀석들.

4월 4일

죽음이 두 번 겹친 날이라, 최후와 잘 어울리는 것 같다. 이대 부근은 온통 불길에 휩싸였다. 신촌 기차역과 나란히 붙어 있는 밀리오레 건물까지 불이 옮겨붙었다. 인간들은 광기에 사로잡힌 것처럼 뛰어다녔지만, 좀비들은 불을 짊어지고도 느긋하게 그들을 추격했다. 불붙은 좀비들을 피해 신촌역 계단을 미끄러지듯 내려가는 이들의 모습을 보며 서글픈 웃음을 지었다. 사람들이 처참하게 죽어나가는 모습을 보고도 눈물이 나지 않은 지 오래되었다. 죽음을 너무 많이 본 탓인지 이제는 슬픔도 느껴지지 않고 감정이 마비된 것 같다.

보이는 것이라곤 온통 불과 연기뿐이었다. DMZ에 근무한 적 있었다는 동식은 북한군이 봄에 지뢰를 제거하기 위해 불을 놓았을 때 며칠 동안 꼭 이런 광경이었다고 했다. 불이 옮겨붙는 게 아닌가 걱정하기도 했지만 다행히 중간에 놓인 4차선 도로를 넘어오진 못했다. 좀비들은 꾸역꾸역 대학교 안으로 밀고 들어갔다. 이들에게 먹잇감이 떨어지면 다음은 누구 차례일까?

4월 5일

밤새 계속 타오르던 불길은 새벽이 되면서 사그라졌다. 잿더미가 된 이대에서 걸어 나오는 좀비들의 모습이 보였다. 정범이 몇 가지 아이디어가 있다면서 스피커 선을 챙겨왔다. 나는 녀석의 계획에 한 가지 아이디어를 더 추가했다. 내 설명을 들은 녀석이 의아한 표정을 지었다. 난 우리가 도망쳐야 할 상황이 발생했을 때 놈들을 유인하기 위해서라고 둘러댔다.

정범이 라디오를 듣는답시고 배터리를 잔뜩 써버린 바람에 여분이 부족했다. 쇼핑몰 지하 마트가 떠올랐지만, 생존자들과 부딪힐지 모른다는 생각이 들어 접었다. 다른 녀석들이 밖에 나가보고 싶다고 해서 차라리 큰길 쪽으로 가라고 얘기했다. 등잔 밑이 어두운 법이니까.

나와 정범은 나란히 붙은 건물 지붕들을 뛰어 건너면서 일전에 설치해둔 스피커에 다가갔다. 정범이 스피커와 선을 연결하는 동안 주변을 살펴보는데 갑자기 총소리가 날아들어 바짝 엎드렸다. 깜짝 놀라서 주변을 두리번거리는데 다시 총소리가 들리고 지붕 위로 삐죽 솟은 보일러 연통에 작은 구멍이 뚫렸다. 총알은 쇼핑몰 쪽에서 날아온 듯했다. 벌레처럼 바닥을 기어 건물 모서리까지 가서 살짝 몸을 일으켰다. 다시 쨍 소리와 함께 총탄이 주변을 휘젓고 갔다.

화가 치밀어 소총의 장전 상태를 확인하는데 다시 총성이 울리고 시멘트 벽이 부서지는 소리가 들렸다. 총알이 날아온 곳은 쇼핑몰 옥상이었다. 아차 싶었다. 소총을 들고 있는 걸 보고 군인인 줄 알았는지도 모른다. 정범에게 손짓하고 잽싸게 골목길 쪽으로 뛰어내렸다. 눈치 빠른 정범은 내 뒤를 따라 풀쩍 뛰어 골목길로 내려왔다. 그러자 더 이상 총성은 들려오지 않았다.

우리는 잔뜩 풀이 죽은 채 요새로 돌아왔다. 예전에는 좀비들만 피하고 두려워하면 그만이었다. 하지만 이제는 같은 사람들까지 피해야만 했다. 아무리 좋게 생각해도 저들이 두 팔 벌려 우리를 반겨줄 것 같지는 않았다. 목숨을 살려준다면 천만다행이고, 총과 음식을 빼앗고 쫓아낼 게 뻔했다. 정범이 내 슈어파이어를 빌려서 무언가 작업을 하고 오더니 리모컨으로 조종이 가능하게 했다는 둥 어쨌다는 둥 떠들어댔다.

4월 6일

무섭고 끔찍하다. 하마터면 다 망할 뻔했다. 점점 더워지는 날씨에 문 위에 달린 감시창을 열어놓은 것이 화근이었다. 파티션으로 공간을 나눈 창고 겸 침실에서 나왔을 때가 아침나절이었다. 불을 켜놓을 수가 없어서 우리는 어두워지면 잠에 들었다가 해가 뜨면 자리에서 일어났다. 오늘도 잠에서 깨어나 소변을 보고 별생각 없이 의자에 걸터앉는데 발소리가 들렸다. 그리고 소곤거리는 소리가 이어졌다. 뭐 보여? 글쎄, 어두워서 안 보이는데? 문을 부술까? 비켜봐. 그리고는 발로 문을 걷어차기 시작했다.

얼른 의자에서 내려와 바짝 엎드렸다. 맨 처음 머릿속에 든 생각은 '빌어먹을 소총이 어디 있지'였다. 나름 튼튼하다고 믿었던 문은 발길질이 이어질 때마다 당장이라도 부서질 것처럼 요동쳤다. 그때 문득 머릿속을 스치는 생각에 바짝 엎드린 채 조심스럽게 손을 위로 뻗어서 테이블 위를 더듬거렸다. 차가운 플라스틱의 감촉이 느껴지자마자 냉큼 움켜쥐고 끌어내렸다. 어떤 걸 눌러야 하는지 헷갈려서 고민하는 사이 문짝을 걷어차는 소리는 더 거세어졌다.

간신히 번호를 기억해내고 힘껏 눌렀다. 제발! 기도가 통했는지 골목길 끝에 설치해둔 스피커에서 총소리가 울려 퍼졌다. 한 번 누르고 잠시 후에 한 번 더. 리모컨 버튼을 누를 때마다 총소리가 터져 나왔다. 깜짝 놀라 황급히 달아나는 발소리가 들리고, 문을 걷어차는 소리가 그쳤다. 뒤늦게 깨어난 녀석들이 어리둥절한 눈으로 나를 쳐다봤다. 바보 같은 놈들. 녀석들이 뭐라고 하건 말건 제쳐두고 비상 탈출 계획을 짰다. 만약 테라스나 문이 뚫리면 곧장 정원으로 나가서 이 층 네일아트숍으로 이동한다. 거기서 준비해둔 배낭을 가지고 탈출한다. 어디로? 나도 모르겠다. 여길 나가서 제대로 살 수 있을까? 좀비들과 미쳐버린 인간들이 득실거리는 세상에서?

4월 7일

아침나절에 라디오를 만지작거리던 정범이 갑자기 소리를 질렀다. 조용히 해야 한다고 몇 번이고 주의를 줬건만. 화가 머리끝까지 나서 달려가자 녀석은 떨리는 손가락으로 라디오를 가리켰다. 지직거리기는 했지만 분명 사람 말소리가 들렸다. 모두 얼음처럼 굳어 있는 동안에도 그 소리는 계속 이어졌다.

"······여긴 대한민국 임시 수도 평택입니다. 지금 이 방송을 듣고 있는 국민 여러분께 알려드립니다. 현재 진정 국면에 접어들고 있지만 아직까진 사태의 추이를 지켜봐야 합니다. 국민 여러분께서는 안전하다고 생각되는 피난처에서 정부의 지시를 따라주시기 바랍니다. 현재 정부는 좀비들과의 전쟁을 성공적으로 수행 중입니다. 만약 이동이 가능하시다면 지금 즉시 평택으로 와주시기 바랍니다. 안전한 보금자리와 따뜻한 음식, 그리고 헤어진 가족들이 있습······."

전파가 안 잡히는지 목소리는 더 이상 들리지 않았다. 조용히 듣던 홍철과 태준이 한마디씩 했다.

"진정 국면? 개소리하네!"

"어쩜 이놈의 나라는 이 지경이 되어서도 변한 게 없어. 바깥에서는 쿠데타가 일어나는데 진정하라니?"

다들 투덜대며 흩어지는 듯했지만 어딘가 들떠 보였다. 실제로 가슴속에 일말의 희망이 자리하게 된 건 사실이었다. 최소 이 땅 어딘가에는 사람들이 사람답게 지내고 있다는 뜻이니까. 정범이 라디오를 위층에 올려놓으면 더 잘 들릴 거라고 말했다. 하지만 들킬 위험이 있으니 밤에 움직여서 안테나만 밖으로 내놓자고 했다. 급히 남은 여분 배터리를 모두 챙겨서 건네줬다. 지난번 마트에 갔을 때 먹을 것만 챙기느라 배터리를 생각하지 못했다. 다음에 여유가 생긴다면 배터리 먼저 챙겨놔야겠다.

날이 어두워지자마자 정범과 안테나를 들고 위층으로 올라갔다. 깨진 창문 안으로 들어서는 순간 낯선 인기척이 느껴졌다. 정범에게 일단 멈춰보라고 손짓하고 조용히 소총을 고쳐잡았다. 조심스럽게 소총의 조종간을 안전에서 단발로 돌렸다. 케이블 타이로 총열에 묶어둔 슈어파이어를 켜자 눈부신 빛이 뿜어져 나왔다.

"형! 그걸 켜면 어떡해?"

깜짝 놀라 속삭이는 정범을 무시하고 지난번에 불태운 테이블 옆으로 돌아갔다. 카운터 안쪽 빈 공간의 어둠 속에 무언가 있었다. 그대로 방아쇠를 당겨버릴까 고민하고 있을 때 그 존재가 옆으로 스르르 움직였다. 소총으로 재빨리 움직임을 쫓자 슈어파이어가 발하는 빛이 어둠을 몰아내며 그 모습을 드러내 보였다. 꾀죄죄한 몰골에 겁을 덕지덕지 달고 있었지만, 난 한눈에 그녀를 알아봤다.

"진희 씨? 박진희? 너야?"

그녀는 빛 앞에 풀썩 쓰러져버렸다.

4월 8일

진희는 아침 내내 헛소리를 하면서 끙끙 앓았다. 나는 급한 대로 뜨겁게 데운 햇반에 물을 넣어 만든 죽을 그녀에게 떠먹였다. 오후가 되면서 부쩍 기운을 차린 그녀는 먹을 것을 건네는 족족 다 먹어치우며 요새 곳곳을 들쑤시고 다녔다.

"우와, 여기가 정말 체즈베라고? 무슨 비밀 아지트 같은데?"

생기발랄한 그녀의 목소리를 들으니 온몸의 긴장이 풀어졌다. 궁금한 게 산더미 같았지만, 그녀는 무언가 물어봐도 그저 웃어넘기려고만 했다. 정처 없이 떠돌다가 내가 있던 가게를 떠올리고는 이쪽으로 왔단다. 그런데 안에 아무도 없는 것 같아서 위층에 올라와 있다가 누가 오는 소리를 듣고 숨었다고 했다. 더 이상 캐묻기는 곤란했다. 일단 기다려보기로 했다. 문밖에 우리를 산 채로 잡아먹으려는 좀비들과 우리가 가진 것을 노리는 그보다 더 흉악한 인간들이 있었지만, 잠시 그 사실을 까맣게 잊고 그녀와 농담 따먹기를 하면서 시간을 보냈다.

뭐가 불만인지 다른 녀석들이 내내 구석에서 소곤거렸지만 개의치 않았다. 얼마쯤 지난 뒤 태준이 잠깐 할 말이 있다며 나를 정원으로 불러냈다. 정원에는 나머지 녀석들이 모두 모여 있었다.

"무슨 일이야?"

"형, 저 여자도 받아들이게요?"

"그럼 내쫓을 수는 없잖아, 이렇게 위험한데."

"형이 우리한테 내건 조건 기억하세요? 모두 남자여야 한다고 했잖아요. 여섯 명을 넘기면 안 된다고도 했구요. 근데 쟤는 뭐예요? 여기 여자가 있어봤자 대체 무슨 도움이 되는데요? 우린 자원 봉사단도 아니고, 형이랑 저 여자랑 무슨 관계인지도 알 바 아녜요. 그러니까 형이 알아서 얼른 내보내세요. 쓸데없는 동정은 버리시라구요."

태준이 폭포수 같은 불만을 쏟아냈다. 마트에서 아기만이라도 살려달라고 애원하던 아기 엄마를 끝끝내 외면하던 날이 떠올랐다. 태준의 말이 옳았다. 냉정해져야 살아남을 수 있다.

하지만…… 상대는 진희였다. 나는 부러 목소리를 높였다.

"알아. 하지만 다른 규칙은 기억 안 나? 내 말에 절대 복종
하라고 했잖아! 여긴 내 가게고 너희가 먹고 마시는 것도 대
부분 내가 준비했어. 그러니까 마음에 안 들면 당장 나가!"

유치하기 짝이 없는 악다구니였지만 효과는 즉각 나타났
다. 녀석들은 잔뜩 시무룩해져서 고개를 푹 숙이거나 시선을
돌렸다. 돌아서는 내 등 뒤에 대고 태준이 "그래도 그건 아니
에요"라고 조그맣게 중얼거리는 게 들렸다.

4월 9일

밖에서 들려오는 요란한 총소리에 다들 새벽부터 눈을 떴
다. 라디오 앞으로 모여든 우리는 불안에 떨면서 애꿎은 한
숨만 쉬어댔다. 총소리가 뜸해질 무렵 정범과 위층으로 올라
갔다. 쇼핑몰이 불길에 휩싸여 있었다. 타워 링처럼 빙빙 돌
아가는 불길과 연기에 갇힌 쇼핑몰 사이로 깨진 유리창들이
눈처럼 떨어졌다. 불길을 본 좀비들은 불나방처럼 쇼핑몰로
몰려갔다.

불길은 점차 거세져서 결국은 꼭대기까지 집어삼켰다. 깨

진 유리 조각들 사이로 비명을 지르며 떨어지는 사람들이 보였다. 좀비와 불길을 피해서 뛰어내렸겠지만 결과는 마찬가지일 것이다. 잘 버틸 것이라고 생각했고 또 그래주길 바랐던 생존자들은 왜 불길 속에 갇혀버린 것일까? 불은 밤새 타올랐고 좀비들은 무슨 집단 자살하는 레밍처럼 꾸역꾸역 불타는 쇼핑몰 안으로 밀려 들어갔다. 고층에서는 자기들끼리 밀리고 밀린 나머지 쇼핑몰 밖으로 떨어지는 녀석들도 있었다. 우린 아침 해가 밝아올 때까지 좀비들 시체가 부서지고 터지며 타들어가는 소리를 들어야 했다.

4월 10일

일어나자마자 비상 회의를 소집했다. 대충 계산해보니까 하루 세 끼를 두 끼로 줄이고, 생수도 아껴 마시면 한 달 보름까지는 별 문제 없을 것 같았다. 다들 투덜거렸지만 못 들은 척했다. 이제 어디서 식량과 생수를 조달해야 할까? 쇼핑몰 지하 마트는 이미 군인들이 쓸고 간 데다 불타버리기까지 해서 건질 게 없을 것 같았고, 큰길가는 진작에 털렸을 게 뻔했다.

"대학교 안에 들어가볼까? 거기 있는 구내식당이랑 큰 슈퍼에 군인들이 식료품을 쌓아두고 지키는 걸 봤어."

진희가 말했지만 나는 고개를 저었다. 그곳에 있던 군인들이 지금쯤 좀비로 변해서 캠퍼스를 활보하고 있을 것이다. 우리가 지금까지 살아남은 건 유달리 용감해서나 선견지명이 있어서가 아니었다. 그저 누구의 눈에도 띄지 않았고, 운이 좋았을 뿐이다.

갑론을박 끝에 결국 이대 정문 옆 신촌역 근처를 뒤져보기로 했다. 이곳에서 걸어서 십 분밖에 안 걸리는 거리지만 지금은 거기까지 가는 데 대단한 용기와 준비가 필요하게 되었다. 지난번처럼 태준이 요새에 남고 나머지 사람들이 나가기로 했다. 진희도 남겨두고 싶었지만 끝끝내 따라온다고 고집을 부리는 바람에 어쩔 수 없었다. 총을 든 내가 선두에 서고, 창을 든 나머지 녀석들과 진희가 뒤따랐다. 혹시 몰라서 수류탄도 하나 챙겼다.

신촌 기차역으로 가로질러가는 지름길에는 모텔이 몇 군데 있었다. 맨 처음 좀비들이 나타난 게 신촌 모텔촌이라는 사실이 떠올라서 좀 더 돌아서 가기로 했다. 눈앞에 보이는 것은 쓰레기투성이의 4차선 도로와 불타버린 신촌역, 밀리오레였다. 종말이나 지옥의 문턱에 선 느낌이었다. 도로 앞에 방벽처럼 선 삼사 층짜리 상가 건물들 역시 연기에 그을리거나 창문이 깨져 나간 상태였다. 하지만 이 많은 음식점들이 모두 약탈을 당했거나 잿더미가 되었을 것 같지는 않았다. 우선 도로 주변을 살펴보았다. 길가에 주차된 자동차 유리에 붙은 전단지들이 비와 햇빛에 시달린 탓인지 잔뜩 빛바랜 채 힘없이 나풀거렸다. 밀리오레 앞 광장은 불에 그슬려서 좀비인지 사람인지 분간이 되지 않는 시신 몇 구 외에는 아무것도 없었다. 멀리 신촌 현대백화점 쪽에서 어른거리는 그림자가 몇몇 보였지만 무시하기로 했다. 양옆으로 총을 겨누면서 도로를 가로지른 뒤 건너편에 있던 푸른색 승용차 뒤에 숨어서 건너오라고 손짓했다. 와닥닥 뛰어온 녀석들이 숨을 헐떡거렸다.

"어디부터 시작할까요?"

"커피숍은 건질 게 없을 것 같고, 일단 저기 모퉁이에 있는 구멍가게부터……."

신촌역과 밀리오레 사이에 위치한 좁은 구멍가게는 누가 먼저 다녀갔는지 엉망이었다. 하지만 그쪽도 여유가 없었는지 온통 어질러놓기만 했지 제대로 건드린 건 없었다. 몇 번의 약탈로 능숙해진 녀석들이 식량이 될 만한 통조림 캔과 마른 오징어를 챙기는 사이, 나는 계산대 앞에서 먼지를 잔뜩 뒤집어쓴 초콜릿과 약과 따위를 차곡차곡 배낭에 집어넣었다. 그러다 문득 건전지를 챙겨야 한다는 것이 생각나서 뒤를 돌아보았다.

아마추어같이 먼저 안쪽을 살펴봐야 한다는 것을 잊고 있었다. 옛날 스타일의 구멍가게가 다 그렇듯 우리가 들어간 가게 안쪽에는 불투명 유리로 된 미닫이문이 있었다. 주인은 그곳에 기거하다가 인기척이 나면 밖으로 나와서 손님을 응대했을 것이다. 먼지로 얼룩진 문 너머에 뭔가가 어른거리는 걸 확인한 순간 문이 폭발하듯 부서져 내렸다. 몸뻬바지와 곱슬한 파마머리, 시커멓게 썩어들어간 눈자위. 가게 쪽방에 기거하다가 인기척이 나면 밖으로 나와 손님을 응대했을 아줌마는 좀비로 변해서도 계속 이곳에 있었던 모양이다. 어쩌면 좀비로 변하더라도 이전의 습성이 그대로 남아 있는지도 모르겠다.

다들 얼어붙어 있을 때 좀비는 뛰쳐나와 제일 가까이에 있던 홍철의 목을 잡았다. 생각할 겨를도 없이 소총의 개머리판으로 냅다 후려쳤다. 어깨를 맞은 좀비는 홍철을 잡았던 손을 풀고 나에게 덤볐다. 아까는 경황이 없어 그러지 못했지만 이번에는 잽싸게 안전장치를 풀고 총알을 먹이려 했다. 하지만 방금 좀비에게 붙잡혔을 때만 해도 얼이 빠져 있던 홍철이 뒤늦게 자신이 골로 갈 뻔했다는 사실을 알아채고 난리를 치면서 과자로 가득 채운 진열대를 걷어차는 바람에 계획이 틀어졌다. 무너져 내리는 진열대를 피한다고 피했지만, 한쪽 다리가 깔려버리고 말았다. 소총을 떨어뜨린 것은 물론이다.

나머지 녀석들은 비명을 지르며 밖으로 나가버렸다. 덕분에 좀비와 팔자에도 없는 힘 싸움을 하게 되었다. 좀비는 생각보다 완력이 셌지만, 어떻게든 버틸 수는 있었다. 하지만 언제까지 이럴 수는 없는 노릇이었다. 과자 박스와 진열대 사이에 낀 다리를 어떻게든 빼내보려 안간힘을 썼지만 덫에 걸리기라도 한 것처럼 꼼짝도 하지 않았다.

자포자기하고 있을 무렵 옆에서 창 하나가 날아들었다. 좀비의 한쪽 귀를 비스듬하게 뚫고 들어간 창은 반대쪽 뺨으로 빠져나왔다. 하지만 여전히 좀비는 아귀힘을 풀지 않았다. 창이 쑥 뽑혀나가더니 이번에는 머리를 뚫고 지나갔다. 이번에는 효과가 있었는지 좀비는 그 자리에 주저앉았다. 그러면서도 꽉 붙잡은 내 팔은 놓지 않았다. 나는 자유로운 한쪽 발로 있는 힘껏 놈의 머리를 걷어찼다. 게리슨 워커에 정통으로 맞은 좀비의 턱은 산산조각 났다. 앞으로 푹 쓰러진 좀비의 뒤통수를 힘껏 짓밟은 다음에야 겨우 한숨을 돌릴 수 있었다.

날 구해준 사람은 진희였다. 역겹다는 듯 창끝에 묻은 좀비 부스러기를 털어내며 그녀가 물었다.

"괜찮아?"

안 물렸으니 염려 말라고 짐짓 아무렇지 않은 척 대답하고 밖으로 나가니 길 건너편 전봇대 뒤에 숨어 있던 녀석들이 달려 나왔다.

"형! 괜찮아요?"

괜찮으니까 걸어 나왔지, 이 의리 없는 녀석들아. 자기들만 살겠다고 도망친 녀석들이 미웠다. 진희가 아니었다면 지금쯤 어떻게 되었을지 모른다는 생각에 뒷골이 당겼지만, 애써 별것 아니라는 듯 손을 저어 보였다.

"그냥 돌아갈까요?"

정범이 조심스럽게 물었다. 나도 그럴까 생각해봤지만 여기까지 나와서 빈손으로 돌아갈 수는 없었다.

"괜찮아. 이번에는 조심하면 돼."

다음 목표는 큰길가에 있는 세븐일레븐이었다. 영업 중에
습격을 받았는지 자동문은 물론 광고지가 덕지덕지 붙은 유
리창까지 몽땅 부서져 나간 상태였다.

"건질 게 별로 없을 것 같은데요."

홍철이 말했다.

"하다못해 생수라도 있겠지. 내가 먼저 들어갈게."

짧게 대꾸하고 안으로 들어갔다. 이번에는 소총으로 주변
을 철저히 경계하는 것을 잊지 않았다. 좁은 입구에 비해서
내부는 생각보다 넓었다. 카운터부터 제일 안쪽에 있는 사무
실까지 샅샅이 뒤져 확인했지만, 아무도 없었다. 안심하고 녀
석들에게 들어오라고 손짓했다. 우르르 몰려 들어와 냉장고
안에 있던 생수와 청량음료 따위를 신나게 가방에 챙겨 넣던
녀석들이 소리쳤다.

"형, 저기 있는 핸드카를 쓰면 더 많이 나를 수 있을 것 같
은데요."

카운터 안쪽에 접이식 손잡이가 달린 핸드카가 있었다. 지난번처럼 카트에 물건을 실어 골목길까지 끌고 가면 될 것 같았다. 녀석들이 카트를 통로로 끌고 나와서 비닐 포장된 생수들을 차곡차곡 쌓았다. 물티슈도 틈새에 구겨 넣었다.

"형, 이쪽 통로에 꽤 많은데요. 아예 몇 번 왔다 갔다 하면서 싹 가져가요. 물 거의 다 떨어졌잖아요."

동식이 흥분한 목소리로 말했다.

"일단 이것부터 옮겨놓고 생각해보자. 방금 좀비랑 씨름한 거 잊어버렸어?"

좀비뿐이 아니다. 사람들도 남아 있을지 모른다. 동식이 아쉬워하며 말했다.

"형, 카스 한 박스만 가져갈게요."

"그래라."

캔맥주 박스는 제일 안쪽 벽에 붙은 음료 냉장고 옆 좁은 통로에 쌓여 있었다. 그중 한 박스를 의기양양하게 치켜든 동식의 얼굴이 사색이 되었다. 녀석은 외마디 비명과 함께 박스를 내동댕이치고는 뒷걸음질 쳤다. 나는 홍철과 정범에게 소리쳤다.

"빨리 핸드카 끌고 밖으로 나가!"

급하게 핸드카를 끄는 소리와 함께 냉장고 옆 통로에서 쏴아 하는 바람 소리가 들려왔다. 그리고 어둠 속에서 너덜너덜해진 스니커즈 발끝이 툭 하고 비어져 나왔다. 바로 소총을 겨눴다. 좀비였다. 줄무늬 앞치마를 입고 있는 것을 보니 편의점 아르바이트생이었던 것 같았다. 진열대를 지나쳐 다가오는 놈의 이마를 향해 주저 없이 총탄을 발사했다. 뒤따라 나오던 좀비의 얼굴에 회백색 점액질이 튀었다. 나는 두 번째, 세 번째 좀비에게도 주저없이 총알을 발사했다. 총알에 맞고 쓰러진 놈들로 인해 통로가 막혀버렸지만 그 뒤쪽에서 들려오는 울부짖음이 만만치 않았다. 다 같이 이곳에 숨어 있다가 좀비가 되기라도 한 걸까.

다급한 마음으로 나머지 녀석들이 잘 빠져나갔는지 확인하는데 속이 터지는 줄 알았다. 핸드카를 옆으로 넘어뜨린 것이다. 녀석들은 발을 동동 구르고, 좀비들은 당장이라도 터져 나올 기세였다. 어찌할 바를 모르고 있을 때, 수류탄이 떠올랐다. 파우치에 넣어서 허리띠에 걸어두었던 수류탄을 꺼내 안전클립과 안전핀을 제거했다. 신관이 충분히 타들어간 뒤에 던져야겠지만 좀비들이 그럴 여유를 줄 것 같지 않았다.

"다들 피해!"

소리 지르고 카운터 옆으로 가서 몸을 웅크렸다. 하나, 둘, 셋, 넷, 다섯. 폭발은 속으로 다섯을 서너 번쯤 세고 난 뒤에야 일어났다. 생각보다 강한 폭풍과 열기가 공간을 뒤흔들고 지나간 뒤 비틀거리며 자리에서 일어났다. 손가락으로 귀를 막았지만 마치 술에 진탕 취한 듯 어지러웠다. 폭발의 충격으로 쓰러진 진열대 위로 석고보드 가루가 눈처럼 떨어졌다. 방금까지 아우성을 치던 좀비들은 뜨거운 열기에 녹아 곤죽이 된 채 통로와 벽에 널브러져 있었다. 소총을 집어 들고 밖으로 나올 때까지 웅웅 대는 이명은 사라지지 않았다. 기운이 하나도 없었다.

"어서 피하자. 소리를 듣고 몰려올지도 몰라."

"형, 말이 씨가 됐어요. 다 어디서 기어 나온 거죠?"

창래가 당황한 목소리로 말했다. 아닌 게 아니라 상당한 수의 좀비가 우리를 에워싸며 다가오고 있었다. 줄지어 있던 커피숍과 옷가게에서 하나둘씩 기어 나오니 그 수가 제법 상당했다.

"골목길로 들어가!"

녀석들이 핸드카를 밀고 골목길로 들어가는 동안 나는 제일 가까이 있던 좀비를 향해 총을 쐈다. 대충 겨누고 쏜 탓에 총알은 좀비의 어깨만 가볍게 스치고 지나갔다. 다시 목덜미에 한 방 먹여서 쓰러뜨렸지만 좀비들의 수는 점점 더 많아졌다. 결국 사격을 포기하고 녀석들을 따라서 골목길로 뛰어들어갔다. 하지만 골목 안쪽에서도 만만치 않은 숫자의 좀비들이 몰려오고 있었다. 한마디로 우린 포위된 거였다.

"형! 어떡해요?"

홍철이 비명을 질렀다. 단단히 꼬일 운수였는지 그 많던 샛길조차 보이지 않았다. 시커먼 좀비 떼가 역류하는 강물처럼 밀려왔다. 절박한 마음으로 앞을 가로막는 좀비들을 향해 소총을 발사했지만 역부족이었다. 좀비들은 한 놈이 쓰러지면 뒤에 있던 놈이 그 자리를 채우며 끈질기게 포위망을 좁혀왔다. 마침내 총알도 다 떨어졌다.

"화염병! 화염병 챙겼어?"

벽에 붙은 채 벌벌 떨고 있던 녀석들이 고개를 저었다. 이제 우리에게 남은 무기는 창 몇 자루와 나이프뿐이었다.

그때 좀비들을 향해 생수병을 집어 던지며 진희가 소리쳤다.

"이쪽으로! 물통 밟고 지붕으로 올라가자!"

정말 핸드카에 실린 생수들을 디딤대로 삼으면 슬레이트 지붕 위로 올라갈 수 있을 것 같았다. 홍철, 동식, 창래, 정범, 진희 순으로 지붕 위로 올라갔다. 나는 아슬아슬하게 놈들을 피하며 마지막으로 올라갔다. 함석으로 만든 빗물받이가 요란한 소리를 내면서 찌그러졌다. 이제 좀비들은 골목길 하나를 가득 메울 만큼 잔뜩 몰려들어 있었다. 옷차림이 비교적 깨끗하고 군복 차림의 좀비들도 섞여 있는 걸로 봐서는 최초 감염자들이 아니라 이대가 함락되면서 생긴 좀비들 같았다. 어쩐지 서글퍼졌다.

피로 물든 듯 벌겋게 달아오른 좀비의 눈동자가 미친 듯이 요동쳤다. 먹잇감을 눈앞에 두고도 구경만 해야 한다는 사실에 분을 이기지 못하는 것 같았다. 그때 뒤엉킨 다른 좀비들을 짓밟고 올라온 군인 좀비 하나가 찌그러진 빗물받이를 움켜잡는 데 성공했다. 소총을 거꾸로 쥐고 개머리판으로 놈의 머리를 후려치자 놈은 짐승 같은 비명과 함께 좀비 무리 속으로 떨어져 내렸지만, 이제 다른 녀석들까지 하나둘씩 지붕으로 올라올 기세였다.

"일단 요새에서 최대한 먼 곳으로 유인하자! 들키면 끝장이야!"

지붕으로 기어오르는 좀비를 발로 걷어차면서 소리쳤다. 다행히 이 골목의 주택들은 촘촘히 붙어 있어서 뛰어넘기에 수월했다. 골목길의 좀비들도 우리를 따라 움직이기 시작했다. 속도야 우리가 월등히 앞서지만 경사 진 지붕 위였고, 좀비들이 워낙 넓게 퍼져 있어서 아무 데로나 뛸 수는 없었다. 하지만 다행스럽게도 달릴수록 좀비들과의 거리는 조금씩 벌어졌다. 조금만 더 멀리 유인한 다음에 적당한 곳에서 뛰어내려 요새로 돌아가면 대충 상황이 정리될 것 같았다.

그때 바로 앞에서 달려가던 정범이 갑자기 사라졌다. 지붕과 지붕 틈새로 쑥 빠져버린 것이다. 메고 있던 배낭이 틈에 걸린 덕분에 다행히 완전히 떨어지는 것은 면했다. 정범은 머쓱한 듯 웃으며 다시 올라오려 했다. 하지만 이내 녀석의 얼굴에서 웃음기가 사라졌다. 뭔가에 걸렸는지 몸을 빼낼 수 없었던 것이다. 코앞에서 좀비들이 몰려오고 있었다. 우리는 당황하여 정범을 끌어올리려고 했지만 꼼짝도 하지 않았다. 바로 발밑으로 좀비들이 악다구니를 치면서 밀려 들어왔다. 얼마나 거센지 집 전체가 흔들릴 지경이었다. 정범이 소리쳤다.

"형, 살려줘! 엄마!!!"

우리는 마구 뒤엉키는 단어들이 비명으로 변해가는 것을 무력하게 지켜볼 수밖에 없었다. 정범의 눈동자가 피로 물들고, 전신은 부들부들 떨었다. 놈들은 정범을 산 채로 뜯어 먹고 있었다. 이 모든 게 그저 지독히 나쁜 꿈이었으면 좋겠다고 생각했다. 정범이 울부짖었다.

"형, 너무 아파. 차라리 빨리 죽여줘."

하지만, 그건······. 나는 왈칵 눈물을 쏟고 말았다. 몇 달 동안 수없이 많은 죽음을 목격해왔다. 앞으로도 더 봐야 할 것이다. 하지만······ 눈앞의 죽음만큼은 받아들이고 싶지 않았다. 그때 정범이 절규했다.

"형, 제발!!! 너무 아프단 말이야."

결국 나는 곁에 있던 창을 들었다. 요새에서 생활하는 동안 누구보다 착실하게 나를 따라주었던 정범이다. 힘든 일이라고 해서 외면할 수는 없다. 끝까지 내가 책임져야 한다. 정범과 마지막으로 눈을 맞추었다. 정범은 지독한 고통 속에서도 고개를 끄덕여주었다. 목과 가슴 사이에 창을 겨눈 후 눈을 질끈 감고 찔러 넣었다. 고장 난 수도꼭지처럼 피가 콸콸 쏟아져 나왔다.

정범의 핏줄과 살을 자르던 칼날의 서걱대는 감촉이 죄책감처럼 영원히 떠나지 않을 것 같았다. 나는 오열하듯 울음을 터뜨렸다. 그때 누군가 내 어깨를 두드리며 빨리 이곳을 떠나야 한다고 말했다. 눈물로 시야가 흐려져 누구인지 확인하지는 못했으나 그 목소리에도 울음이 잔뜩 배어 있었다는 것만은 선명히 기억난다. 피에 젖은 정범의 시신이 차츰차츰 아래로 사라져갔다. 우리는 놈들에게 정범을 내주고 그 대가로 삶을 얻은 것이다.

4월 11일

하루 종일 아무도 말하는 사람이 없었다. 누구를 탓하지도, 화를 내지도 않았다. 때가 되면 햇반이나 과자 부스러기로 배를 채웠고, 그러고 나면 서로를 피해 각자의 공간으로 기어들었다.

4월 16일

오랜만에 진희와 대화를 나누었다. 정원으로 나가면서 보니 태준은 여느 때처럼 문 앞을 지키고 있었고, 창래는 정범이 늘 앉아 있던 컴퓨터 앞에 물끄러미 서 있었다. 홍철과 동식은 침실에 처박혀 있을 것이다. 일부러 흙과 오물을 덮어씌운 캐노피 틈새로 멀건 햇빛이 스며들어왔다. 나는 구원을 바라는 죄인처럼 하늘을 올려다봤다. 그제야 짧은 한숨을 토해낼 수 있었다. 며칠간 그 누구의 눈도 똑바로 쳐다보지 못했다. 그녀는 말없이 내 등을 쓰다듬어주었다. 문득 어머니가 생각났다.

"어머니도 돌아가셨겠지?"

알고 있다. 파주의 기도원이라는 곳이 무사할 가능성은 로또 복권 1등에 당첨될 확률보다 낮다는 것을. 맥락 없는 물음에 그녀는 차분하게 "아마도"라고 짧게 답했다.

"나 사장은 어떻게 됐을까?"

"아직 살아 있겠지. 바다라면 좀비들도 없을 거 아냐."

"그러다 배 안에서 누구 하나라도 감염되면 오도 가도 못하고 큰일 나는 거잖아."

"그러게. 정말 이제 안전한 곳은 어디에도 없는 것 같아. 이 대에 있을 때도 군인들이 자기네가 지키고 있으니까 안심하라고 했거든."

치렁치렁한 머리를 쓸어내리며 그녀가 내 어깨에 머리를 기댔다.

"처음에는 다 좋았어. 왜 그런 거 있잖아. 위기에 처하면 서로 똘똘 뭉쳐서 챙겨주는 거. 군인들은 친절하고 용감했지. 피난민들도 자발적으로 나서서 부상자들을 돌보고 학교를 뒤져서 식량을 찾아냈어."

다 좋았다고 말하는 그녀의 목소리가 이야기가 계속될수록 미세하게 떨리기 시작하는 것이 느껴졌다.

"하지만 좀비들과의 싸움이 계속되고, 사상자가 늘어나니까 분위기가 조금씩 험악해졌어. 잔뜩 취한 군인들이 피난민들이 자리 잡은 중앙도서관에 들이닥쳐서 너희 때문에 다 죽게 생겼다고 욕을 하고 닥치는 대로 때려 부수다가 돌아가는 날이 많아졌어. 식량이 점점 떨어져가면서 나눠 먹는 것도 옛말이 되어버렸지. 그때 쿠데타군이 쳐들어온 거야."

"한 달 전이었지. 대체 어떻게 된 거야?"

"한밤중에 정신없이 총성이 들려오고 사람들이 군인들끼리 총질을 하고 있다고 수군거리더라고. 아침에 보니까 본관 건물 주변이 온통 시체투성이더라. 보통 일이 아니구나, 짐작했는데 가깝게 지내던 중사 한 명이 살짝 얘기해줬어. 내부의 젊은 장교들이 쿠데타에 동조하여 사령부를 장악하려 했다가 실패하고 모두 총살당했다고 말이야. 그다음 날 쿠데타군이 나타난 거야."

"사령부를 장악하고 외부와 호응하려고 했던 거구나."

"그런 것 같아. 아무튼 쿠데타군이랑 싸우느라 탄약을 엄청 많이 썼대."

"그것 때문에 투항해 오는 군인들을 학살한 거야?"

잠잠해진 줄 알았던 불씨가 확 타오르며 속에서 열기가 치밀어올랐다.

"분위기 정말 안 좋았어. 좀비를 막을 때보다 훨씬 더 많이 죽었거든. 그다음부터 우린 정말 천덕꾸러기가 되었어. 대표단을 구성해서 관계를 개선해보려고 했지만 들은 척도 안 했지. 오히려 식량이 부족하다면서 피난민 중 절반을 밖으로 내보내겠다고 통보했어."

이후로 무슨 일이 벌어졌을지는 어렵지 않게 짐작할 수 있었다.

"화해를 위해 구성했던 대표단은 이제 심판관이 되었어. 누굴 내보내고 누굴 남길지 토론을 벌인 거야. 사람들은 한 명씩 나와서 자기가 남으면 어떤 도움이 될 수 있는지 열변을 토했어. 그러고 나면 대표단이 거수로 그 사람의 운명을 결정했어."

나는 말없이 듣고만 있었다.

"어떻게든 군인들에게 줄을 대려고 난리였지. 뇌물을 바치기도 하고, 피난민들 동정을 알려주면서 점수를 따려는 사람도 있었어."

나는 일부러 그녀를 쳐다보지 않았다. 그녀는 내 어깨에 머리를 기댄 채 이야기를 계속했다.

"며칠 안 있다가 절반이 쫓겨났어. 그 잘난 대표단인가 뭔가 하는 늙은이들도 말이야."

"그래 봤자 결국 좀비들한테 당하고 말았잖아."

울분을 씹어 뱉듯 말을 가로막았지만, 그녀는 침착하게 말을 이어갔다.

"정문이 뚫린 뒤에는 본관이랑 도서관으로 나뉘어서 버텼어. 물론 본관은 다음 날, 내가 있던 도서관은 그 다음다음 날 끝장났지만. 하지만 좀비 때문은 아니야. 웬 얼간이들이 현관에 기름을 뿌리고 불을 질러서 좀비를 막는다고 설치다가 불이 건물을 타고 올라오는 바람에 망했지 뭐."

"어떻게 빠져나올 수 있었던 거야?"

"불길을 피해 건물 꼭대기 층까지 올라갔어. 주변엔 나 혼자였어. 화장실에 들어가 문을 닫았는데 완강기가 있었어. 운이 따랐는지 슬쩍 내려다보니까 쓰레기 분리수거 트럭이 있더라고. 밤새 그 안에서 버티다가 틈을 봐서 빠져나왔어. 정말이지, 쓰레기 더미를 뒹굴더라도 살고 싶더라니까."

허망하게 웃는 그녀의 얼굴이 어딘가 쓸쓸해 보였다.

"다른 사람들은?"

"불타 죽거나 좀비에게 당했을 거야. 아니면 다른 사람들 손에 죽었을지도……."

"사실 난 좀비보다 사람이 더 무서워. 지금 다른 사람들을 마주친다면 일단 경계부터 해야 할 거야."

"웃기지. 괴물을 앞에 두고 사람들끼리 더 무서워하다니 말이야."

하품이라도 하는지 그녀의 머리가 들썩거렸다. 제대로 감지 못해서 지저분해진 머리카락 사이로 그녀의 냄새가 났다.

"어울리지 않게 철학적이네."

"너야말로 어울리지 않게 골목대장 놀이 하고 있는 거 아냐?"

"솔직히 얘기하면 길어봤자 한 달이라고 믿었어. 나라가 아무리 삽질을 해도 분명히 어딘가에서는 백신이 개발될 테니까, 그때까지만 버티자 생각했지."

"이제 우린 어떻게 될까?"

그녀가 무심히 말했다. 늘 마음속을 떠나지 않았지만 단 한 번도 깊게 생각해보지 못했던 물음이었다.

"음, 아마 지구 최후의 남녀가 되지 않을까? 인류를 보전하는 거룩하고 엄중한 사명을 띠고……"

"진짜 이 세상에 너랑 둘만 남았으면 좋겠다. 예전에도 그랬지만 이제 남자라면 정말 지긋지긋해."

그녀가 크게 웃으며 답했다. 솔직히 고백하자면 그땐 정말로 우리 둘만 남고 싶었다.

2. 정착

Z.A. 102년 5월 7일.

　작업용 로봇이 정교하게 다져놓은 랜딩존 주변에는 실리콘 펜스를 쳐두었다. 자세 제어 로켓의 엄청난 역추진력에 대비하기 위함이다. 거주 모듈과 함께 설치한 발광 장치에서 눈부신 빛이 뿜어져 나와 흐린 하늘 위로 뻗어 올랐다. 외곽 경계를 위한 인원만 빼고 모두 밖으로 나와 하늘을 올려다보고 있었다. N-형식이 길게 하품을 하며 눈꼬리에 묻어나온 눈물을 손끝으로 닦아냈다.

　"캡슐 하강 궤도에 진입했습니다. 현재 고도 육만육천 미터 상공."

기술팀 대원이 파라볼라 안테나 옆에 설치한 콘솔의 레이더 스크린을 확인하며 말했다. 잠시 뒤 하늘 한쪽에 발광체가 나타났다. 정식 명칭은 대형 컨테이너 로켓이지만 편의상 대형 캡슐이라고 부르는 운반체는 스페이스 콜로니의 원심력을 생산하는 중심체를 닮았다. 짧고 뚱뚱한 원통형 몸체에 자세 제어용 노즐이 붙어 있는 모습 때문에 '손잡이 달린 쓰레기통'이라는 별명도 붙었다.

이윽고 발광체는 불꽃에 휩싸였다. 대기권을 통과하면서 생긴 거대한 마찰열 때문인 것 같았다. 저대로 낙하 궤도 산출에 실패해서 소멸하는 게 아닌가 했지만 고도 변화를 알리는 기술팀 대원의 목소리는 차분했다.

"이거 역사적인 순간인데 예식용 레이저라도 쏴줘야 하는 거 아니야?"

N-형식이 농담을 던지자 동료들 사이에 파문처럼 잔잔한 웃음이 일었다. 그사이 마냥 거대한 빛의 덩어리로만 보이던 캡슐은 육안으로 그 형체를 확인할 수 있을 만큼 내려왔다. 대원들은 하나같이 넋을 놓고 그 광경을 바라보고 있었다.

"고도 사천 미터! 삼천 미터! 자세 제어 로켓 가동!"

기술팀 대원이 외치자 이미 불덩어리처럼 보이는 캡슐에서 다시금 불꽃이 터졌다. 우주에서는 한 방향으로 짧은 폭발을 일으키는 자세 제어 로켓만으로도 무리 없이 착륙할 수 있다. 하지만 대기가 존재하는 지구에서는 어림도 없는 일이다. 캡슐 하단부에 설치한 거대한 자세 제어 노즐이 연료를 분사해 댔다. 그 충격에 실리콘 펜스들이 뽑혀 나갔다. 충분히 거리를 두었다고 생각했건만 파라볼라 안테나와 콘솔들도 먼지를 잔뜩 뒤집어썼다. 미처 연소되지 못한 고체 연료들이 만들어낸 불 구름이 캡슐 외부를 한 층 더 감쌌다.

그래도 대형 캡슐은 지정된 장소에 정확히 착륙했다. 외피 곳곳에 프레임을 둘러치는 등 대기권 진입을 위해 보강한 흔적이 보였다. 자세 제어 노즐에 남은 연료들이 타들어가는 동안 캡슐 양측에서 대형 슬라이딩 도어가 내려왔다. 날아드는 실리콘 펜스와 흙먼지를 피해 엎드려 있던 원정대원들이 하나둘 일어섰다. N-형식이 말했다.

"드디어 노아의 후예들이 돌아왔군."

노아 프로젝트는 단일한 계획이 아니다. Z.A. 직후 인류가 지구에서 좀비와 공존할 수 없다는 사실이 명백해지자 각국은 독자적인 이주 및 탈출 정책을 발표했다. 대표적인 것이 미 항공 우주국(National Aero-nautics and Space Administration, 약칭 NASA)과 유럽 우주국(European Space Agency, 약칭 ESA)이 공동으로 추진한 우주 이민 계획(스페이스 콜로니 프로젝트), 러시아 우주 개발국 로스코스모스(Roscosmos)가 독자적으로 추진한 대이주 계획, 중국 정부가 추진한 화북 인민 소비에트 설립 계획과 톈산산맥에 설치하려고 했던 반고 계획이 있다. 이외에도 미국 정부는 제럴드 포드급 원자력 항공모함 엔터프라이즈호를 이용해 해양 대피 계획을 추진하기도 했다. 물자 수송을 위해 시울프급 원자력 잠수함을 동원한 것 때문에 한때 심해 해저 기지 계획 아틀란티스 프로젝트가 존재했다는 오해를 받기도 했다. 다른 국가들도 독자적인 이주나 탈출 계획을 모색했다는 기록이 있지만 실행 여부는 확인되지 않고 있다. 우주나 해양, 접근이 어려운 고산 지대나 지하 깊숙한 곳으로 자국민을 대피 혹은 이주시킨다는 것이 탈출 계획의 주류를 이뤘다.

대부호나 기술자 집단도 독자적인 탈출 계획을 추진하였던 것으로 알려져 있다. 러시아의 부호는 슬라바급 원자력 순양함을 개조하였으며, 미국 실리콘밸리 출신의 대부호 역시 뉴멕시코에 대규모 피난지를 조성했다. 유럽에서는 주로 스위스의 고산 지대에 피난하는 경향이 있었으며 남극에도 대규모 거주 단지가 구축되었다고 한다.

이런 계획들을 모두 노아 프로젝트라고 부르게 된 계기는 명확하지 않다.

다만 당시 지구의 헤게모니를 장악했던 앵글로색슨인의 종교 크리스트교에서 유사한 사례를 인용했다는 것이 정설이다. 노아 프로젝트라는 명칭을 최초로 사용한 주체에 대해서는 미국의 유력한 신문인 《뉴욕타임스》라는 주장부터 대한민국의 누리꾼들이라는 주장, 트위터에서 처음 나왔다는 주장 등이 팽팽하게 맞서고 있다.

노아 프로젝트 중 성공적이었던 것은 우주 이민 계획과 대이주 계획뿐이며, 지상과 지하, 해양에 세운 탈출 기지들은 식료품과 에너지의 고갈, 구성원 간의 갈등, 기술적 한계, 휴거 작전 등으로 인해 소멸해갔다. 최후까지 지구상에 존재했던 피난처는 원자력 항공모함 엔터프라이즈호를 개조한 메이플라워호였다. 약 삼천 명의 인간이 탑승하고 있던 메이플라워호는 우주로 전파를 보내는 방식으로 스페이스 콜로니와 접촉을 유지했으나, Z.A. 31년 태평양 하와이 제도 근처에서 태풍을 만났다는 연락을 끝으로 접촉이 단절되었다. 지구학 연구자들은 이외에도 개별적으로 도피한 인류가 상당수 존재했을 것으로 추정한다. 하지만 이들 잔류자 역시 휴거 작전으로 인한 기후변화로 메이플라워호가 침몰했을 즈음 소멸했을 것으로 추정된다.

— 『Z WAR : 인간은 왜 패배했는가?』에서 발췌

대형 캡슐에서 지상으로 첫발을 내디딘 사람은 S-유스케 지구 재정착 계획 총사령관이었다. 짧게 줄여 사령관, 혹은 대머리라고도 불리는 그는 인류 연방의 깃발을 들고 있었다. 깃발에는 푸른 지구 주변을 맴도는 스페이스 콜로니의 모습이 그려져 있었다. K-기준은 서둘러 경례를 하고 깃발을 넘겨받았다.

"어디다 세우는 게 좋겠는가?"

"바리케이드 정문이 좋겠습니다. 현재로서 우리 영토는 거기까지니까요."

"좋을 대로 하게. 수고했네."

사령관의 뒤로 어마어마한 물자가 하역되었다. K-기준은 깜짝 놀라 말했다.

"도박은 금지라고 하지 않으셨습니까? 이 많은 물자들을 다 쏟아부었다가 실패하기라도 하면 우린 설 곳이 없어집니다."

"희망 7호 쪽도 철수했네. 인도에 착륙한 11호는 별문제 없었지만 대원들의 강력한 요청으로 철수를 결정한 상태야. 아마 우주파 스파이들이 선동한 것 같아."

대수롭지 않은 일이라는 듯 말을 마친 사령관은 옆구리에 끼고 있던 세라믹 패널을 손에 들었다.

"아, 그리고 인수인계를 해야지. 자네와 나 사이에 우습긴 하지만, 어쨌든 절차는 절차니까. 코드명은?"

"K-KQ00115입니다."

"좋아, 이제부터 구 한반도 재이주 집단에 대한 명령권은 내가 인수하겠다. 선발대를 지휘하느라 수고했네, 경비대장."

"네? 경비대장은……"

"어제부로 사퇴했네. 우주파 놈들의 감언이설에 넘어간 거지. 일단 터릿과 센서부터 설치해주겠나."

사령관은 그렇게 말하며 캡슐 쪽을 향해 눈을 돌렸다. 제2차 원정단 사백칠십팔 명이 막 캡슐에서 내리는 참이었다. 2차 원정단에는 여자와 아이 들도 다수 포함되어 있었다. 각종 로봇 사십육 대와 팔십구 톤에 달하는 물자도 하역되었다. 거주용 모듈과 외부 방어용 펜스를 보강하기 위한 경계용 벙커 들을 설치할 장소가 지정되었다. 1차 원정대의 스페이스 셔틀처럼 이들이 타고 온 대형 캡슐 역시 해체되어 다른 구조물의 재료가 될 것이다. K-기준은 부모의 손을 잡고 내려오는 아이들과 중무장한 우주군 보병들을 바라보다가 조용히 돌아섰다.

정착지는 해가 떨어진 이후에도 환하게 빛났다. 스페이스 셔틀의 몇 배나 되는 출력을 자랑하는 대형 캡슐의 엔진을 이용해 사방에 라이트를 켜놓았기 때문이다. 이제는 어둠 속에서 들려오는 총성에도 무심해졌다. 공격 모드로 설정해놓은 정찰 로봇들이 좀비를 사냥하고 있을 것이다. 헤드셋에서 유인 정찰조가 각자의 상황을 공유하는 무전이 들려왔다.

"전방 이백사십 미터에 좀비 출현. 수는 최소 열 이상이다. 제거하겠다. 귀를 막아라. 이상!"

잠시 후 전기톱을 연상케 하는 소리가 들려왔다. K-기준은 가볍게 귀를 막았다가 희미하게 들려오는 '클리어'라는 음성에 손을 뗐다. 과학기술부 산하에서 군사 훈련을 받고 플라스마 라이플을 지급받은 1차 원정대와는 달리 2차 원정대의 우주군 보병들은 최신형 G-309 플라스마 건과 열 영상 감지 센서, 레이저 거리 측정기가 부착된 사격 통제 헬멧으로 무장하고 있었다. 이들이 호위로 붙자 어둠은 그리 큰 제약이 되지 못했다.

"그나저나 캡틴, 혼자 낙오돼서 좀비들과 미팅했다면서요. 밤도 길고 심심한데 얘기나 좀 들려주시죠."

헤드셋을 통해 2차 원정대의 유인 정찰조가 키득대는 소리가 들려왔다. K-기준을 캡틴이라는 애매한 호칭으로 부르며 가볍게 놀려먹는 것은 서열을 정리하기 위함이었다. 상관인 건 알겠지만 함부로 이래라저래라 명령하며 까불지는 말라는 것이다.

"자네가 U-구즈먼 분대장인가? 내일 다시 그곳에 갈 건데 동행하겠나?"

"명령만 내리십시오. 우주 최강의 보병이 호위해드리죠."

거들먹거리는 끝에 또다시 낄낄대는 목소리가 따라붙었다. K-기준은 앞서 설치한 센서가 정상적으로 작동하는 걸 확인한 뒤 차분히 지시했다.

"V-104 센서 정상 작동 확인, 체크포인트로 이동하라."

"들었지? 얼른 움직여라, 이것들아."

통신망은 이내 서로 안전을 확인하는 소리로 떠들썩해졌다. K-기준도 기술팀과 함께 체크포인트로 철수했다. 다른 팀에서도 별문제 없이 설치를 마쳤다는 보고가 들어왔다. 이제 정착지는 조금 더 안전해졌다.

휴거 작전

보통 '휴거 작전' '종말 계획' '아마겟돈' 등으로 불린다. 좀비의 탄생과 더불어 지구학 연구자들 사이에서 가장 뜨거운 화제가 되는 사건이다. 휴거 작전은 Z.A. 4년 11월 1일 유타의 미 공군 미사일 기지에서 발사된 미니트맨3 전술 핵미사일이 샌프란시스코에 떨어지면서 시작되었다. 그 후 이 주일간(이 시기를 암흑의 이 주일이라고 부른다) 오하이오급 전략원잠 세 척에서 발사된 약 팔십 발의 지상 발사 전술 핵미사일과 타이푼급 한 척에서 발사된 약 육십 발의 수중 발사 전술 핵미사일이 지구상에서 폭발했다. 소규모 전술 핵미사일과 핵배낭이나 핵지뢰 폭발에 관한 증언도 뒤따랐다. 확인된 규모만도 이백 메가톤급을 상회하는 핵폭발로 인해 약 삼십 년간 핵겨울이 지속되었으며 뒤따른 사막화로 인해 지구상의 동식물 98퍼센트가량이 멸종되었다. 좀비들을 피해 건설한 피난 기지와 소수의 잔류자들 역시 막대한 피해를 입었을 것으로 추정된다.

핵미사일이 발사된 이유에 대해서는 밝혀진 바가 없다. 가장 유력한 가설은 강대국인 미국과 러시아의 보복 전쟁 프로그램이 오작동하여 발생한 사고였다는 것이고(G-정은, N-켄드릭, T-유리모프), 그다음으로 인정받는 가설은 재이주와 재정착 계획에서 소외된 미 공군의 핵미사일 통제 장교가 우발적으로 발사 지령을 내렸고, 감시 시스템을 가동 중이던 러시아 방공군에서 대응했다는 것이다(Y-리치). 타국의 이주 정책을 방해하기 위함이었다는 주장도 제기되었다(M-모랄레스). 좀 더 포괄적인 음모론으로는 우주로 탈출한 이주자들이 지구상에 남은 잔류자들을 제거하기 위한 계획이었다는 설도 있고(G-엥거, T-웨이펑), 우주로 떠난 이주자들의 계획이었다는 점은 같지만 잔류자들이 아니라 좀비를 소멸하기 위해서였다는 주장도 있다(K-준식, H-바르텐).

휴거 작전은 지구의 생태계를 완전히 파괴했으며, 원상태로 복원되기까지는 백만 년 이상이 걸릴 것으로 예측된다. 삼십 년간 지속된 핵겨울과 급속한 사막화 이후에도 인류가 지구에서 생존할 수 있는가는 지구파와 우주파의 가장 큰 논쟁거리이다.

— 『Z WAR: 인간은 왜 패배했는가?』에서 발췌

대구경 플라스마포를 상단에 설치한 강행 정찰용 로봇이 전진했다. 우주군 보병들은 목청껏 군가를 불렀다. 랜딩존에서는 2차 계획에 필요한 작업들이 한창이었다. 물과 식량 문제만 해결되면 자급자족할 수 있다. 사령관은 지금쯤 음파 측정기로 수맥을 찾는 작업에 열을 올리고 있을 것이다.

"전방에 좀비 한 놈, 쏠까? 뭉갤까?"

"뭉개!"

동료들이 일제히 대답하자 U-구즈먼은 알았다는 듯 강행 정찰용 로봇의 속도를 높였다. 온 얼굴이 썩어 문드러진 좀비가 고개를 돌렸다. 남자였는지 여자였는지조차 분간할 수 없었다. 이 녀석들은 어떻게 그 오랜 시간 동안 살아남을 수 있었던 것일까?

정찰용 로봇의 큼지막한 바퀴가 좀비를 덮쳤다. 바스러진 좀비의 잔해를 뒤따르던 로봇이 다시 짓밟았다. 기세등등한 웃음소리는 K-기준이 떨어졌던 구멍 앞에 이를 때까지 끊어지지 않았다. 어깨에 로프 더미를 짊어진 U-구즈먼이 광학 라이트로 구멍 안을 들여다보았다.

"으, 꽤 깊어 보이는데 여기서 떨어지고도 다리가 멀쩡했습니까?"

그렇게 말하며 은근슬쩍 K-기준의 다리를 내려다본다.

"그럭저럭."

"어쨌든 여기에서 뭘 찾으면 됩니까?"

"종이. 침대 아래 있을 거야."

"종이? 뭐 하시려고? 우주선 비상 통신에라도 쓰시게?"

U-구즈먼이 희한하게 말끝을 올리며 익살을 떨자 다시 왁자지껄한 웃음이 터졌다. 지금이야 굳이 필요 없다지만 통신망 고장이 일상이었던 이주 초창기에는 셔틀 관측 창을 통해 라이트로 모스 부호를 보내거나 종이에 글씨를 쓰는 방식으

로 의사소통했다. 때문에 종이는 초창기 셔틀의 필수 품목이었다.

"과거 인류에 대해서 생생하게 알려줄 기록들이야. 어쩌면 지구 미스터리의 해답이 있을지도 모르지. 하나도 남기지 말고 가져다줘."

"오호, 흥미로운데. 알겠습니다."

U-구즈먼은 정찰 로봇에 고정한 로프에 의지해 천천히 구멍 속으로 내려갔다. 다른 보병 하나가 납작 엎드려서 구멍을 내려다봤다. 잠시 후 U-구즈먼이 도착했으며 아무 이상 없다고 외치자 다른 보병 두 명이 추가로 내려갔다. 나머지는 플라스마포를 외곽으로 돌린 채 경계 태세를 늦추지 않았다. K-기준은 구멍 옆에 한쪽 무릎을 꿇고 앉아 잠잠히 기다리고 있었다. 잠시 후 U-구즈먼과 그 일행이 지상으로 올라왔다. 로프를 잡지 않은 손에는 종이 뭉치가 들려 있었다. U-구즈먼은 의기양양한 표정으로 K-기준을 향해 웃어 보이며 말했다.

"찾았수. 이제 나도 학자의 반열에 드는 건가?"

　지구 미스터리

Z.A. 직전의 대혼란 속에서 많은 기록들이 분실되었다. 남아 있는 기록들은 주로 독일 외무부 문서 보관소, 미국 국립 문서 기록 관리청(약칭 NARA), 대한민국 국립 중앙도서관 디지털 도서관(약칭 디브러리)에서 마이크로필름 형식으로 반출한 것이 거의 전부다. 그 외에도 탈출 1세대들의 기억을 정리한 연대기가 남아 있지만 대부분 Z.A. 당시에 관한 이야기들이다. 이주 직후에는 기억을 보존하는 것이 우선순위가 아니었기 때문에 1세대의 사망 이후 기록이 단절되며 의문점들이 생겨났다. 제2차 세계대전 이후 발생한 냉전을 제3차 세계대전으로 봐야 하는지, 아니면 긴장감 넘치는 대치 상태를 이를 뿐인지 밝혀내는 작업이 삼십년째 정체되어 있다. 아울러 20세기 초반에 빈번하게 쓰인 포스트모더니즘이라는 용어의 정의와 9·11이라는 용어가 미국에서만 자주 언급된 이유는 무엇인지도 밝혀지지 않았다. 창조론과 진화론이 수 세기에 걸쳐 대립해온 이유도 알 수 없다. 그리고 전 세계적으로 권력이 가장 강했다는 미국의 대통령이 왜 그렇게 연달아 암살을 당했는지도 밝혀내야 할 과제다. 상황이 이러하니 A.D. 20세기 이전의 역사는 손을 댈 수조차 없을 지경이다. 1세대 이주민 사만 명 가운데 역사학자는 고작 세명뿐이었다. 따라서 지구학자들은 이런 의문들을 풀기 위해 여러 차례 지구 탐사를 주장했다.

— 『Z WAR: 인간은 왜 패배했는가?』에서 발췌

야간 정찰을 마치고 돌아오니 몰라볼 정도로 거대해진 랜딩존은 사람들로 북적거렸다. 창고와 파워 전지용 블록이 딸린 여섯 개의 거주용 모듈과 두 개의 물품 창고용 모듈, 로봇 격납고까지 완성되자 순식간에 소행성 거주 구역이 하나 탄생했다. 태양열로 전력을 얻는 솔라 트리도 촘촘이 세워져 있었다. 외벽은 길이를 삼 킬로미터까지 확장하고 높이를 보강하였으며, 개폐식 출입문 양쪽에는 터릿도 설치했다. 팔각형 조립 벙커들이 외벽 바깥에 드문드문 자리를 잡았다. 기지 근처의 고지대에서는 우주군 보병들이 태양 전지판을 부착한 소형 정찰 로봇을 앞세워 수색 작전을 펼쳤다. 기지에 남은 보병들은 팔목에 설치된 소형 홀로그램을 띄워놓고 지형 정찰 로봇이 보내온 정보를 토대로 지형 오차를 수정하느라 여념이 없었다.

"역시 지구가 좋긴 좋구먼. 소행성에서 이 정도 거주 구역 하나 만들려면 반년은 족히 걸릴 텐데 말이야."

U-구즈먼이 이죽거렸다. K-기준은 양손에 종이 뭉치를 들고 곧장 연구 모듈로 향했다. 모듈 출입구 앞에서 정찰 로봇을 손보고 있던 N-미라이가 그를 보고 활짝 웃었다.

"잔류자가 쓴 나머지 기록인가요?"

"그래요. 우선 이걸 좀 살펴봐야겠어요."

"지구 미스터리에 대한 해답이라도 있나요?"

"그럴지도 모르죠."

"의료실을 쓰세요. 에어컨디셔너로 미세 먼지를 빨아내고 LEX 라이트를 비추면 잘 살펴볼 수 있을 거예요."

"고마워요. 누가 나 찾으면······."

"그렇지 않아도 뒤에 사령관님이 오셨네요."

당연히 장난이리라 생각하고 무심히 뒤를 돌아본 K-기준은 근엄한 표정의 사령관과 눈이 마주치고 말았다.

"잠깐 얘기 좀 하지. 조용히."

"의료실로 가시죠. 마침 이걸 살펴봐야 해서요."

둘은 의료실로 들어갔다. K-기준은 시트 위에 종이들을 조심스럽게 펼친 뒤 구석에 있던 에어컨디셔너를 끌어왔다.

"귀중한 공기를 쓰는 의료기기라, 우주에서는 최상류층만 쓸 수 있는데 여기서는 종이 쪼가리도 혜택을 받을 수 있군."

뒷짐 지고 그 모습을 지켜보던 사령관이 말했다. 비꼬는 듯했지만 어쩐지 기분은 좋아 보였다.

"여기서 공기는 생성되는 게 아니라 존재하는 거니까요. 그건 그렇고 가능하다면 경비대장직은 사퇴하고 싶습니다."

"당장은 곤란해. 안 그래도 다들 우리 계획을 헤집어놓을 궁리만 하고 있는데 내 오른팔이 물러난다고 하면 안 되지."

"전 사령관님 오른팔이 아닙니다."

"기분 나쁘다면 지구파의 미래라고 정정하지. 이게 지난번에 낙오되었을 때 발견했다는 잔류자의 기록인가?"

"네, 어쩌면 지구 미스터리의 일부를 풀 실마리를 얻을 수도 있을 것 같습니다."

"좋아. 우주파 놈들의 코가 납작해지겠구만. 그것도 방법이라면 방법이겠지. 하지만 명심하게. 연구보다 더 중요한 건 생존이야. 음파 탐지기로 수맥을 찾았다네. 정수해야겠지만 일단 샤워는 할 수 있을 정도야. 수경 재배도 가능하지."

"축하드립니다. 위대한 개척자로 프리덤 게이트에 이름이 새겨지겠네요. 그 말씀 하시려고 저를 보자고 하신 겁니까?"

"이걸 보여주려고. 우주파에 심어놓은 우리 쪽 스파이가 보내준 명단일세."

세라믹 패널에 암호를 입력하자 패널에 지구파가 L-K라고 부르는 암호가 떴다. K-기준이 말했다.

"내부 암약자 명단은 출발하기 전에도 봤습니다만……."

"확실한 정보원이야. 머릿속에 잘 넣어둬. 삼십 초 뒤에 패널의 회로가 파기될 거니까. 확실한 증거가 나오기 전까지는 어쩔 수 없지만 일단 지켜볼 수는 있겠지."

"설마 이 명단을 믿는 건 아니시죠?"

"지구파와 우주파의 갈등은 Z.A. 원년부터 시작되어 내내 팽팽한 긴장 상태를 유지해왔지. 이제 그 균형이 깨지려는 시점이야. 그걸 가만히 지켜보려고만 하지는 않을 거야. 긴장하라고."

말을 마친 사령관은 의료실을 나갔다. K-기준은 스파이들의 이름이 적힌 세라믹 패널을 무심히 한 켠에 내려놓았다. 잠시 후 회로가 타는 냄새와 함께 패널의 화면이 검게 변했다. K-기준은 아까 가지고 온 종이를 날짜별로 분류하다가 비상벨 소리에 고개를 들었다. 종이를 그대로 놓아두고 복도로 뛰쳐나갔다. 붉은빛이 점멸하면서 시끄러운 사이렌 소리가 울려 퍼지고 있었다. 붉은색은 최상위 비상사태를 의미한다.

통제실에는 방금 보았던 사령관이 이미 도착해 있었다. 오퍼레이터의 심각한 목소리가 들렸다.

— N-213 센서 좀비 다수 발견, 시속 4.6킬로미터, 오십팔 분 후 접촉 예정.

"아직도 보고할 때는 다수나 소수, 적지 않음이 아니라 확실한 숫자로 말해야 한다는 것을 모르나!"

사령관이 호통치자 오퍼레이터는 곧바로 정정했다.

— N-213 센서 좀비 발견, 숫자는 약 삼에서 사만, 십구 분 후 접촉 예정.

"좋아. 다른 방향은?"

— S-33 센서도 좀비를 감지했습니다. 숫자는 약 사천에서 육천, 삼십구 분 후 접촉 예정입니다.

"펜스의 터릿을 공격 모드로 가동해. 이동 가능한 공격용 로봇은 얼마나 되지?"

"모두 세 기입니다."

K-기준이 바로 말을 받아 대답했다.

"터릿 발사 각도를 좌측 27도로 조정하고, 우측으로 배치해. 살상 지역은 펜스에서 이천칠백 미터부터다. 도달하는 즉시 발포하도록. 우선 방어 대상은 거주 모듈과 캡슐 착륙장이다."

"우주군 보병은 외벽에 배치할까요?"

"그건 안 돼. 거기가 돌파당하면 바로 거주 구역이야. 외벽은 1차 원정대가 맡고 우주군 보병은 벙커에 대기하라고 해. 이봐, 자네 어디 가나?"

"명색이 경비대장인데 통제실에 있어서야 되겠습니까?"

K-기준은 짤막하게 대답하고 연구 모듈 밖으로 나왔다. 강렬한 빛이 그를 맞았다. 솔라 트리 위로 뻗은 감시 센서들에 부착된 감시등이 최대 출력으로 빛을 발산하고 있었다. 멀리서 마치 북을 치는 것 같은 총소리가 들려왔다. 어둠 저편에서 작은 불빛들이 명멸하다가 꺼져갔다. K-기준은 우주군 보병이 주둔하고 있는 모듈로 향했다.

"빨리 움직여! 꾸물거리다가 시체가 되어야 정신을 차릴 거냐?"

어둠 속에서 U-구즈먼의 거친 목소리가 들려왔다. K-기준의 등장을 알아챈 그가 물었다.

"여긴 어쩐 일입니까?"

"도와주려고."

"꼴에 캡틴이라 이겁니까? 미안하지만 사양하겠습니다."

"아직도 입만 살았군. 긴말할 시간 없으니 빨리 플라스마 라이플이나 하나 내주고 벙커를 배정해줘."

강하게 나가자 U-구즈먼은 의외라는 표정을 짓더니 지나가던 우주군 보병에게 휘파람을 불었다.

"케인, 예비 라이플 하나랑 탄창 두어 개 챙겨드려. 너네 벙커로 손님 들어가신다. 어서 서둘러!"

플라스마 라이플을 넘겨받은 K-기준은 외벽 바깥에 있는 팔각형 벙커 중 하나에 들어갔다. 좁은 벙커 안은 긴장감으로 터져나갈 것 같았다. 보병들은 총안구에 플라스마 머신건을 설치해놓고 외부 상황을 송출하는 모니터를 뚫어지게 들여다보고 있었다. 통신 담당 병사가 천장에 붙은 콘솔을 조작하면서 헤드셋 마이크에 대고 말했다.

"N-2 벙커, 방어 준비 완료."

"카피, 귀관들이 제2 방어선이다. 한 놈도 안으로 들여보내서는 안 된다."

사령관의 말이 채 끝나기도 전에 전면의 플라스마 머신건이 발포됐다. 육중한 발사음 너머로 욕지거리가 오갔다.

"이 새끼야! 발사 명령도 안 떨어졌는데 어디다 대고 쏘는 거야?"

"좀비! 좀비가 나타났어!"

머신건 사수가 괴성을 지르며 연달아 방아쇠를 당겼다. 빛이 퉁퉁거리며 날아가 어둠 속으로 사라졌다. K-기준은 묵묵히 걸어가 라이플의 개머리판으로 그의 뒤통수를 가격했다. 보병들은 경악하더니 적대감 가득한 눈으로 그를 노려봤다.

"좀 쉬게 해주는 것뿐이야. 지구 충격이라는 것도 못 들어봤나? 이러다 탄약을 다 낭비하고 말 거야. 다른 사람이 머신건을 잡아."

그러자 다들 제자리로 돌아가고 케인이 기절한 보병의 자리를 대신했다. K-기준은 통신병의 콘솔 옆에 자리 잡고 천장에 붙은 모니터를 계속 들여다봤다. 사령관이 설정한 살상 구역에서 터릿과 공격용 로봇의 사격이 계속되었다. 하지만 상대는 팔다리가 떨어져 나가도 아랑곳하지 않고 그저 뇌리에 박힌 본능대로 움직이는 좀비들이었다. 산 자들을 향한 증오, 삶에 대한 탐욕. 그는 잔류자의 일기에 쓰여 있던 내용을 나직하게 속삭여보았다.

"제1 방어선 돌파. 후방에 좀비들이 추가로 나타났다."

"젠장, 도대체 백 년 동안 뭘 먹고 살아남았느냔 말이지."

케인이 나지막하게 욕설을 뱉었다. 모니터상에는 좀비 무리를 가리키는 수많은 녹색 점들이 꿈틀거리며 기지 쪽으로 접근해오고 있었다. 검은색 점 주위로 붉은빛들이 깜빡거리는 것도 보였다. 벙커들이 사격을 가하고 있다는 뜻이다.

"전방에 좀비 출현, 사격 개시!"

머신건이 일제히 불을 뿜었다. 육중한 발사음이 채 가시기도 전에 좀비들이 그르렁거리는 소리가 들려왔다. 좁아터진 벙커 안에서 울리는 총성 때문에 귀가 먹먹했다. 다행히 첫 번째 무리는 벙커를 둘러싼 방어용 펜스를 돌파하기 직전 소멸되었다. 하지만 숨 돌릴 틈도 없이 두 번째 무리가 나타났다. 벙커 안은 탄창을 교환하는 소리와 좀비의 접근을 알리는 목소리 들로 가득 찼다. 다들 점점 다급해지고 있다는 걸 느낄 수 있었다.

어디선가 폭발음이 들려왔다. 놀란 K-기준은 헤드셋을 벗고 모니터를 올려다봤다. 벙커 중 하나가 폭발한 것 같았다.

"내부에서 유폭되었어. 멍청한 놈들이 벙커 안에서 수류탄을 던진답시고 까불었겠지. 그리고 제발 탄약 좀 아껴, 이 새끼들아!"

아수라장 속에서 U-구즈먼의 거칠지만 냉철한 목소리가 또렷이 들려왔다. 그는 아무리 쏴 죽여도 좀비들의 수가 조금도 줄지 않자 아예 한 손으로 모니터를 가려버리고 남은 손으로 연신 방아쇠를 당겨댔다.

"이대로는 안 돼. 다른 방법을 찾아야 해."

귓전을 울리는 총성들 속에서 K-기준은 절박한 심정으로 중얼거렸다. 그때 잔류자의 일기에 묘사된 이대 전투가 떠올랐다. 그때도 좀비들이 총알 따위 아랑곳하지 않고 어디선가 끊임없이 몰려왔다고 했다. 결국 탄환을 모두 소진한 군인들은 화염병을 던지고 창까지 휘둘렀다고 했었지. 그때 좀비들이 몰려들었던 것은…….

한 줄기 예리한 생각이 머릿속을 꿰뚫고 지나갔다. K-기준은 절망감에 내팽개쳤던 헤드셋을 집어 들고 통제실을 호출했다.

"통제실! K-기준이다. 사령관님을 바꿔주기 바란다."

"듣고 있다. 벙커에 있는 건가?"

"지금 정착지 주변에 조명이 켜져 있습니까?"

243

"그렇다. 사격 거리를 늘리기 위해 최대 출력으로 켜놓고 있다."

"당장 조명을 끄고, 보병들을 외벽 뒤로 이동시켜야 합니다!"

"뭐라고? 거기까지 뚫리면 바로 거주 모듈이야. 그렇게 빨리 포기할 순 없어."

"안 그러면 다 끝장입니다! 제발 제 말을 들으세요."

"기각한다. 자네가 아무리 경비대장이라지만 최종 지휘권은 나한테 있어."

"좀비들은 빛에 반응합니다. 조명을 켜고 불을 환하게 밝히는 건 좀비들을 불러모으는 행위란 말입니다!"

"그럼 사격을 멈추고 얌전히 당하란 말인가?"

"제발 고집 좀 그만 부리세요!"

"통신 끝."

냉정한 대답과 함께 연결이 끊어지자 K-기준은 악을 썼다.

"망할! N-형식! 방벽 출입구 개방해. 보병들과 함께 퇴각한다. U-구즈먼! 듣고 있나? 빨리 퇴각 명령을 내려."

"글쎄, 지금 벙커에서 나가면 놈들 한 끼 식사감 되기 딱 좋은 것 같던데."

"여기 있다가 다 죽느니 시도라도 해보는 게 낫잖아. 내가 먼저 나가서 길을 열겠다!"

K-기준은 벙커의 개폐 장치를 열고 밖으로 나갔다. 빛의 제국을 향해 몰려오는 좀비들의 무리가 보였다. 그는 두 팔을 휘두르며 방벽을 향해 뛰어갔다.

"불 꺼! 제발 그 빌어먹을 불 좀 끄란 말이야!"

미친 듯이 소리쳤지만 아무 반응도 돌아오지 않았다. 절망에 빠진 그의 등 뒤로 좀비들이 발을 질질 끌며 다가오는 소리가 들렸다. 그때 야트막한 먼지를 일으키며 플라스마 라이플이 떨어졌다.

"게이트를 곧 개방할 테니까 그걸로 잠깐만 버티세요."

N-미라이였다. 좀비를 피해 한 바퀴 구르며 라이플을 집어든 그는 코앞까지 다가온 좀비들을 향해 방아쇠를 당겼다. 그사이 N-미라이는 방벽 위에 서서 조명탑을 향해 탄환을 발사했다. 하나둘씩 조명이 꺼지자 어둠이 몰려왔다. 게이트가 열리고 1차 원정대원들이 몰려나와 반원형으로 대열을 짰다. N-형식이 손을 흔들었다.

"좀 늦었지?"

K-기준은 한걸음에 그에게 다가가 헤드셋을 낚아채서 마이크에 대고 소리쳤다.

"구즈먼, 외벽 게이트를 개방했다! 어서 탈출해!"

"아이고, 친절하기도 하셔라. 안타깝지만 늦었습니다. 최대한 버텨볼 테니 방벽이나 잘 지키슈."

"이봐! 바보같이 굴지 말고……"

통신을 끊었는지 아무 대답도 들리지 않았다. 점차 희미해지는 조명 사이로 좀비들이 벌레떼처럼 새까맣게 벙커에 달라붙은 것이 보였다. 좀비들은 그대로 벙커를 들어서 뒤집어버렸다. 벙커 안의 보병들이 지르는 비명에 헤드셋이 터져나갈 것 같았다. 절규하며 벙커를 향해 달려나가려는 K-기준을 그의 동료들이 외벽 안으로 끌고 들어갔다. 벙커 안에서 들려오던 총성이 완전히 멎었다. 이제 곧 좀비들은 새로운 먹잇감을 찾아 밀고 들어올 것이다. K-기준은 끊어져 나가려는 이성의 끈을 애써 붙잡으며 주위를 둘러보았다. 2차 원정대에서 차출한 기지 경비대원들이 불안한 표정으로 서성거리고 있었다. 그는 곁에 있던 동료들에게 소리쳤다.

"돔으로 들어가자! 외벽은 경비대원들이 맡는다!"

외벽 중간중간에 세운 돔은 벙커처럼 총안구가 모니터에 연결된 것이 아니라서 십자형 총안구로 직접 조준 사격을 해야 했다. 어색한 상황이었지만 지금은 눈으로 직접 볼 수 있다는 사실이 오히려 더 편안했다.

돔에 설치된 대형 플라스마포의 육중한 발사음이 어둠을 뒤흔들었다. 폭발한 벙커들에서 솟아오르는 불길이 외벽 바깥의 어둠 속에서 너울거렸다. 좀비가 떼로 걸어오니 마치 어둠이 통째로 다가오는 것 같았다. 외벽 위쪽과 돔에서 사격을 개시하자 번쩍이는 불빛들 사이로 그들의 일그러진 얼굴이 짧게 떠올랐다가 사라졌다. 놈들은 죽어 나자빠진 동료들의 시신을 계단처럼 밟고 외벽을 기어 올라왔다. 경비대원 하나가 놀라서 뒤로 물러서다가 발을 헛디뎌 안쪽으로 떨어졌다. K-기준이 있는 돔의 총안구로도 좀비들의 손발이 밀려 들어왔으나, 외골격 가동 장치의 파워 스위치를 올리고 힘껏 발길질하자 그대로 으스러졌다. 그러나 이번에는 좀비 한 놈이 총안구로 아예 얼굴을 들이밀고 아우성쳤다. 그 쩍 벌린 입을 향해 방아쇠를 당기자 머리가 그대로 터져나갔다.

간신히 공간을 확보한 K-기준은 외벽에 들러붙은 좀비들을 향해 방아쇠를 당겼다. 외벽 위쪽에 선 경비대원들도 총에 부착된 라이트를 켜고 사격을 가했다. 이제 좀비들의 잔해는 외벽과 거의 엇비슷한 높이까지 쌓였다.

"물러나지 마! 여기가 밀리면 끝장이야!"

"놈들이 돔을 타 넘으려고 해!"

N-형식의 다급한 외침을 듣고 돌아보니 좀비 몇 마리가 돔 꼭대기에 거의 도달한 것이 보였다. 수직으로 세운 외벽보다 상대적으로 경사가 덜한 편이라 기어 올라온 것 같았다. 그대로 돔을 타 넘는다면 외벽 안쪽으로 들어올 수도 있다. K-기준은 황급히 달려 나와 좀비를 향해 방아쇠를 당겼다. 몸통에서 머리가 떨어져 나가자 좀비는 힘없이 돔 아래쪽으로 미끄러졌다. 뒤따라 올라온 좀비들에게도 한 방씩 먹인 뒤에야 겨우 한숨을 돌릴 수 있었다.

다음 날 해가 떠오르자 1차 원정대원들은 중무장을 하고 외벽 밖으로 나갔다. 눈앞에 펼쳐진 광경은 처참했다. 벙커들은 대부분 뒤집히거나 뽑혀 나간 상태였고, 하나같이 수류탄

유폭으로 검게 그을려 있었다. 생존 신호는 어디에서도 잡히지 않았다. 팔십 명이나 되는 우주군 보병들이 몰살당한 것이다. 물론 거의 오십 배가 넘는 수의 좀비들을 해치우긴 했지만, 이겼다고 생각할 수는 없었다. 남은 좀비들의 숫자가 얼마인지, 그들이 언제 어떻게 몰려올지 아무도 예측할 수 없었기 때문이다.

신체 일부가 부서져 나갔음에도 아직도 질기게 숨이 붙어 있는 좀비들을 확인 사살하는 총소리가 곳곳에서 울려 퍼졌다. 아직까지도 사그라들지 않고 피어오르는 연기로 대기가 일그러져 보였다. 원정대원들은 처참하게 살해당한 우주군 보병들의 시신을 보고 참담한 심정을 금하지 못했다. 구역질을 하는 사람도 있었다. 그때 K-기준은 U-구즈먼을 발견했다. 그는 피를 뒤집어쓴 채 조용히 눈을 감고 있었다. 벙커 잔해에 하반신이 깔린 채로. 여전히 손에서 내려놓지 못한 권총은 관자놀이를 향해 있었다. 부서진 두개골에서 흘러나온 피와 뇌수가 사방에 흥건했다. 형언할 수 없는 비통을 느끼며 K-기준은 짧게 말했다.

"철수한다."

간단하게 정리하자면 양측의 견해는 향후 인류의 미래를 어디에 두느냐의 문제를 놓고 갈라진다. 지구파는 지구로 돌아가야 한다고 주장하고, 우주파는 우주 개발에 총력을 기울여야 한다고 역설한다.

우주 이주 이후 인류 통합 계획이 시행되었다. 주안점은 인종과 언어에 따른 구분과 차별을 없이하는 것이었다. 이에 영어를 공용어로 채택하여 사용을 강제하였고, 개인의 이름에 성(姓) 대신 소속 콜로니의 알파벳 식별 부호를 넣게 되었다.

이주 초기 사람들은 국적별로 나뉜 스페이스 콜로니에 거주했지만, 점차 물자 부족 현상이 심화했다. 급기야 몇 차례의 폭동까지 발생하자 인종 통합 정책은 더욱 가속되어 Z.A. 60년대에는 인종적 구분이 완전히 사라지게 되었다. 특히 달과 소행성에서 부족한 자원을 채취할 수 있게 되면서부터 향후 인류의 진로에 대해 고민하는 격렬한 토론이 오갔다.

우주파는 화성의 소행성 지대와 목성의 위성에서 채취하는 헬륨-3와 달에서 얻을 수 있는 석영 같은 자원을 확보하는 것이 인류의 미래를 보장하는 길이라고 믿는다. 반면 지구파는 우주라는 공간 자체가 인류가 생존하는 데 적합하지 않다고 말하며 공기와 물을 쉽게 구할 수 있는 지구로 돌아가야 한다고 주장한다. 우주파는 우주선의 제작과 자원 채취를 통해 부를 축적한 레벨 2 이하의 중산층과 부유층의 지지를 받는다. 레벨 4 이상의 빈민층은 지구파를 지지한다.

Z.A. 61년 열린 제24차 인류총회에서는 연구 목적으로 무인 정찰 로봇을 지구에 내려보내는 것이 결의되었다. Z.A. 64년 스페이스 콜로니 브

리티시에서 열린 제39차 지구학 총회에서는 인간이 지구에서 생존할 수 있는가에 대한 최초의 논의가 이루어졌다. 하지만 그 후 목성의 위성 가니메데에서 헬륨-3를 대량으로 채취할 수 있게 되고, 달의 지하에 메켄지식 거주 구역을 건설하게 되면서 지구파의 입지는 위축되었다. Z.A. 69년에는 우주파의 입지가 극도로 공고해지면서 인류의 미래는 우주 개발에 있다는 호모 스페이스 선언이 발표되었다. Z.A. 70년대에는 지구 귀환을 공개적으로 논의하는 사람은 처벌을 각오해야 할 정도로 분위기가 악화하였다.

10년간 지속된 이러한 분위기 속에서 Z.A. 80년에는 자원 채취를 위해 소행성 아스트로이어에 파견된 탐사대원들이 독자적인 정치 공동체 수립을 선언하는 사건이 발발한다(일명 아스트로이어 공화국 선포 사건). 사태는 몇 차례의 협상 결렬 끝에 유혈 진압으로 마무리되었다. 하지만 이 일을 계기로 우주파의 독주를 견제하는 목소리가 높아졌다. 특히 Z.A. 81년 아스트로이어 사태 조사 위원회의 책임자인 Z-마이어의 조사 보고서가 공개되면서 파장이 커졌다. 당시 우주파의 지도자이자 인류총회 사무총장이었던 M-카를로스가 반란 사건에 연루되었다는 사실 때문이다. 위원회는 M-카를로스를 전격 체포했고, 그는 사흘 후 감옥에서 음독자살했다. 이후 우주파의 기세는 한풀 꺾여 지구파인 Z-마이어가 인류총회를 장악하게 되었다.

그리하여 Z.A. 83년 지구 무인 탐사가 재개되고, 지구 재정착 프로그램이 가동되었다. 하지만 인류가 지구에 재정착하기 위해서는 우주 개발 못지않은 막대한 자원이 소모된다는 점 때문에 회의적인 시각이 많았다. Z.A. 87년 Z-마이어 인류총회 사무총장은 향후 십오 년 안에 지구 재정착 계획을 실행에 옮길 것이라고 발표했다. Z-마이어는 다음 날 우주파의 거점이나 다름없는 스페이스 콜로니 유로파-2를 방문하던 중 셔틀 도킹 실패 사고로 사망한다. 지구파의 중진 S-유스케가 정권을 장악했지만 지구파는 재정착 계획을 둘러싸고 강경파인 푸른 지구파와 신중파로 분열되었다. 우주파는 이를 틈타 어느 정도 세력을 회복할 수 있었다.

Z.A. 100년 제51차 인류총회에서 푸른 지구파의 지도자 S-유스케와 온건 우주파인 캐나다파가 타협의 실마리를 찾았다. 일단 재정착 계획을 진행하고 향후 성과에 따라 추가 이주를 결정하는 아발론 선언문을 채택한 것이다. 마침내 Z.A. 102년 오랜 논란 끝에 재이주를 위한 선발대가 지구로 낙하한다.

— 「제3장 지구파와 우주파의 항쟁」 『휴먼 스페이스』, pp.181-291.

통제실 분위기는 암울 그 자체였다. 모두 침묵하는 가운데 비상 통신을 마친 사령관이 말했다.

"대책을 세워야 해. 오후에 민간인 대표단과 면담이 있네. 아마 확실한 보장책을 요구하겠지. 그게 없으면 우주로 돌아가겠다 할 테고 말이야. 자급자족하려면 거주 구역을 넓혀야 해. 그런데 이런 식이라면 확장은 불가능하겠지. 뭔가 대책을 세우지 않으면 우리 지구파는 끝이야."

"일단 야간에 조명을 끄고 소음을 줄여야 합니다. 외벽도 더 높이 쌓아야 하고요."

"놈들은 두려움도 없고 물러설 줄도 몰라. 그건 근본적인 해결책이 되지 못해."

"서두르지 않아도 됩니다. 우리가 여기 온 지 아직 일주일도 되지 않았습니다."

"우리가 이곳에 오기까지 얼마나 오랜 시간이 걸렸는지 자네도 알잖아! 지금 이 순간에도 우주파는 우리가 실패하기만을 두 손 모아 기도하고 있을걸세."

"사령관님 고집 때문에 수십 명이 죽었습니다! 최소한의 죄책감 정도는 느끼셔야 하지 않겠습니까?"

K-기준은 거칠게 내뱉고 그대로 돌아서서 통제실을 빠져나왔다. 그는 의료실로 돌아와 지난밤 시트 위에 펼쳐두고 갔던 종이들을 내려다봤다. 액체 각성제로도 감당할 수 없을 만큼 피곤했지만 그는 다시 종이를 집어들었다.

4월 19일

하루 종일 비가 내렸다. 다른 날 같으면 물을 받는다고 난리 법석을 피웠겠지만 오늘은 아무도 움직이지 않았다. 정범의 죽음 이후 모든 게 뒤틀렸다. 요 며칠 녀석들은 시도 때도 없이 자기들끼리 속닥거리곤 했다. 속삭이는 말 가운데 '총'이라는 단어가 여러 번 들린 것 같았다.

오후 무렵 태준이 주뼛거리며 나에게 다가왔다. 빙빙 돌려서 얘기했지만 요점은 간단했다. 이번엔 자기들끼리 나갔다 올 테니 여길 지켜달라는 거였다. 평소 같으면 말렸겠지만 오늘은 왠지 모르게 순순히 그러라고 말해버렸다. 녀석들은 기다렸다는 듯 배낭을 둘러매고 나가버렸고, 나는 위층으로 올라갔다. 구석에 물과 식량을 잔뜩 넣은 배낭을 숨겨놓고, 소총도 다시 분해해서 점검했다. 지난번에 탄창 하나를 다 비웠으니 이제 남은 탄환은 사십 발 남짓이다. 오랫동안 고민한 끝에 스물다섯 발을 넣은 탄창을 K-2 소총에 삽탄했다. 나머지 탄은 다른 탄창에 끼워 넣고 배낭의 파우치에 쑤셔 넣었다. 그 모습을 가만히 지켜보던 진희가 물었다.

"뭐 해? 전쟁하게?"

글쎄, 내가 지금 뭘 하고 있는 걸까? 무엇을 준비하고 있는 거지? 엄습해오는 어떠한 예감에 혼란스러웠지만 애써 냉철하게 답했다.

"이걸로는 아무것도 못 해."

"이젠 어떡할 거야? 언제까지 여기서 지낼 순 없잖아."

이전 같았으면 조만간 어떻게든 사태가 해결되지 않겠느냐고 다소 낙관적인 대답을 했을 것이다. 하지만 지금은 그럴 수 없었다. 이제 세상은 좀비들의 것이 되었고, 정범이 죽었으니까. 나는 딱히 방법이 없지 않냐며 어깨를 으쓱했다. 그녀가 내 곁으로 바짝 당겨 앉아 속삭였다.

"평택으로 가자. 임시 수도가 있는 데 말이야."

"어떻게 가겠어? 길바닥에는 좀비들이 득실거리고 있는데."

"운전할 줄 몰라? 차 타고 가면 평택은 금방이야."

"예전 같으면 그랬겠지. 하지만 지금은 도로가 아예 주차장이 되었을걸. 그리고 평택에 간다고 해서 딱히 뾰족한 수가 있는 건 아니잖아."

"이대에 있을 때 들었는데 거기로 모인 사람 중에 젊고 건강한 사람들을 배에 태워서 태평양에 있는 섬으로 보낸대. 망명 정부 같은 걸 세운다고 말이야."

아마 녀석들이 갑자기 싸늘하게 변하지만 않았어도 단번에 물리쳤을 것이다. 아무리 상황이 안 좋아도 우리 둘만 떠난다는 것은 말도 안 되는 일이니까. 하지만 나는 딱히 거절하지 못하고 며칠 더 생각해보자고 했다.

사다리를 타고 위층으로 올라가서 바깥 동정을 살폈다. 골목길을 어슬렁거리는 좀비와 불에 그슬린 건물 들이 보였다. 문득 작년 크리스마스가 생각났다. 밀려드는 손님들 때문에 정신이 하나도 없었는데, 그때만 해도 그게 좋은 줄 몰랐지. 대체 뭐가 잘못된 것일까? 이런저런 생각에 빠져 있을 때 골목길을 거슬러 오는 녀석들의 모습이 보였다. 어깨에 멘 배낭이 홀쭉한 것을 보니 역시 먹을 걸 찾는다고 핑계 대고 무기를 찾으러 나갔던 게 분명했다. 식량도, 물도 이제 거의 바닥을 드러내고 있었다. 이제 필요한 것을 구하려면 서로를 의지하며 더 멀리 나가야 한다. 그런데 네 녀석들은 대체 왜 날 못 믿는 거냐고? 나는 아직도 너희들 때문에 망설이고 있는데. 참지 못하고 소리를 지르고 말았다.

"나갔으면 먹을 걸 구해 와야지, 왜 빈손으로 온 거야!"

"못 구해 올 때도 있는 거지 왜 화를 내세요."

태준이 빈 가방을 옆으로 툭 던지며 기분 나쁘다는 듯 대꾸했다. 그 순간 몇 달 동안 쌓인 스트레스가 한꺼번에 폭발했다. 이성이 돌아왔을 땐 쓰러진 태준을 마구 짓밟으며 삼단봉으로 두들겨 패는 중이었다. 나머지 녀석들은 놀라 벽에 바짝 붙은 채 눈만 깜빡거렸다. 진희가 뜯어말리지 않았다면 정말 녀석을 죽여버렸을지도 모른다. 나는 비틀거리며 일어나는 태준에게 소리쳤다.

"한 번만 더 말대꾸하면 여기서 쫓아내버릴 거야, 너희 모두 다! 그러니까 알아서들 해!"

씩씩대며 돌아서는데 왜 그렇게까지 했을까 하는 후회가 들었다. 별것 아닌 일에 격분해서 폭력을 휘두른 것이 미안했다. 녀석들이 나를 노려보고 있는 것만 같았다. 갈수록 합류 초기의 유대감이 사라지고 서로 딴마음을 먹게 된다.

저녁 무렵 입술이 퉁퉁 부은 태준이 다가와서 미안하다고 사과했다. 나 역시 때려서 미안하다고 대답했다. 화해의 악수를 나눴지만 녀석의 손은 더없이 차가웠다. 내 손에서도 그와 같은 냉기가 느껴졌던 것일까? 태준은 서둘러 손을 뺐다.

4월 23일

그날은 녀석들이 아예 드러내놓고 제안을 했다. 무기를 더 확보하고 싶다고, 총이 있어야 좀비나 다른 사람들과 더 안정적으로 싸울 수 있을 것 같다고. 나는 고개를 끄덕였다. 조금 줄어드는가 했는데 좀비들의 수가 다시 늘어나는 것 같았다. 이러다 낌새를 채고 몰려들기라도 하는 날에는 모든 게 끝장이다. 태준이 녀석은 만약 제안을 거절하려면 내가 가지고 있는 총을 나눠 써야 할 거라는 뉘앙스까지 풍겼다. 그럴 바에야 녀석들을 쏴버리는 게 나을지도 모른다. 하지만 아직까지 그 정도로 악질이 된 것 같지는 않았다.

녀석들은 예전에 지하철역으로 떨어진 K-21 장갑차를 뒤져보자고 했다. 창래가 요새에 남겠다고 해서 진희도 남으라고 했다. 만에 하나 이 녀석이 내가 숨겨놓은 배낭을 찾으려고 들지도 모르니까. 아침을 먹고 해가 달궈지기 시작할 무렵 움직였다. 이제는 날이 제법 더워졌다. 잠깐 고민하다가 수류탄도 챙겼다. 좀비들이 골목길 끝을 막고 있었지만 옆길을 통해 어렵지 않게 빠져나올 수 있었다.

멀쩡한 곳이 하나도 없긴 했지만 전철역 부근은 특히 더 심하게 망가진 것 같았다. 한때 평당 수천만 원의 땅값을 자랑하던 옷 가게와 화장품 가게들은 처참할 정도로 박살 나버렸다. 누군가 옷을 훔쳐갔는지 깨진 쇼윈도 안의 마네킹들은 모두 발가벗은 상태였다. 지난번 쿠데타군의 장갑차가 빠져버린 지하철역 입구는 폭삭 내려앉아 있었다. 유리로 된 지붕은 흔적도 없이 날아갔고, 우아한 곡선을 이루며 꺾어지던 계단 아래는 침침한 어둠뿐이었다. 장갑차는 흔적도 보이지 않았다. 아마 역 입구가 하중에 못 이겨 무너지면서 더 아래로 떨어졌을 것이다. 지금쯤 좀비들은 어둠 속에서 희생양이 찾아들기만을 기다리고 있을지도 모른다. 그만두고 싶다는 생각이 굴뚝같았지만 멈출 수 없었다.

"형, 총을 구해야 해요. 꼭 구해야 한다고요."

태준이 절박하고 단호하게 말했기 때문이다. 잠깐 녀석들을 노려보기도 했지만 맞받아치는 서늘한 눈빛에 결국 지고 말았다. 총열에 부착된 슈어파이어의 스위치를 올리자, 빛줄기가 어둠 속을 갈랐다. 절반밖에 남지 않은 계단을 조심스럽게 내려가자 칠흑 같은 어둠이 펼쳐졌다. 다행히 동식이 들고 온 랜턴까지 가세하자 어느 정도 시야를 확보할 수는 있었다.

꺾어진 계단을 돌아 내려가려는데 무언가가 내 발목을 잡았다. 나는 주저 없이 방아쇠를 당겼다. 여고생이었을까? 때와 먼지에 너덜너덜해지긴 했어도 체크무늬 치마와 조끼가 영락없는 교복이었다. 좀비는 계단 제일 아래까지 주르륵 미끄러져 푸르륵거리며 고개를 들썩이더니 이내 잠잠해졌다. 최루가스 같은 화약 냄새와 함께 짤그랑 탄피가 계단을 구르는 소리가 났다. 총성은 이미 우리 곁을 떠나 가늠할 수 없는 어둠 저 끝까지 날아갔다. 나는 겁에 질려 거의 애원하다시피 말했다.

"놈들이 소릴 듣고 몰려올 거야. 돌아가자."

"겁이 나면 총 주고 돌아가세요."

태준이 딱딱하게 대답했다. 미리 말을 맞춘 건지 계속 총 얘기뿐이었다. 내가 주기 싫다고 하면 어쩔 거야, 하며 혼자서라도 돌아갈까 생각해보기도 했지만, 녀석들이 뒤를 막고 있어서 그럴 수도 없었다. 별수 없이 좀비 시신을 지나쳐 지하 1층에 도달했다. 한때 오가는 사람들과 상점들로 가득했던 승강장에는 공허한 암흑뿐이었다. 슈어파이어로 상점들을 차례로 훑었다. 꽃집 유리문 안에 갈색으로 썩어버린 꽃들 사이에 웅크리고 앉은 좀비가 보였다. 머리에는 여전히 붉은색 겨울 모자를 쓰고 있었다. 아마 좀비에게 물린 뒤 유리문을 닫

아걸고 안으로 도망쳤을 것이다. 방아쇠를 당기려다가 그만 두었다. 녀석은 좀비로 변하면서 문 여는 법을 잊어버린 것 같았고, 굳이 총알을 낭비하거나 총소리를 내고 싶지도 않았다. 조용히 멀어져가자 좀비는 다시 웅크리고 앉아서 마른 꽃을 뜯어먹었다.

우리는 조심스럽게 전진했다. 몇 걸음 앞에서 천장의 석고 보드가 쿵 하고 떨어지는 바람에 하마터면 방아쇠를 당길 뻔했다. 지독한 긴장 상태였다. 그때 동식이 나지막하게 속삭였다.

"반대쪽 출구에 장갑차가 있는 것 같아요."

사실 한참 걸어도 장갑차가 보이지 않아 의아했다. 분명 이리로 떨어지는 걸 봤는데 대체 어떻게 저기까지 간 거지? 의문은 바닥에 파인 캐터필러 흔적을 통해 풀렸다. 지하에 떨어진 장갑차는 출구를 찾아 방황했을 것이다. 당황했을 조종사와 차장의 얼굴이 눈에 선했다.

K-21 장갑차는 화장실과 4번 출구 사이에 처박혀 있었다. 후방의 탑승 램프는 완전히 개방된 상태였고, 좀비인지 사람인지 분간할 수 없을 정도로 말라비틀어진 시신이 몇 구 들

어 있었다. 충분한 거리를 유지하면서 장갑차 내부를 살펴보기 위해 옆걸음으로 움직였다. 장갑차 안에 숨어 있던 좀비가 금방이라도 이를 드러내며 덤벼들 것 같았지만 안에는 고개를 떨군 채 의자에 앉아 있는 시신 한 구가 전부였다. 아마 처음 굴러떨어졌을 때의 충격으로 목이 부러진 것 같았다.

다른 흔적은 보이지 않았다. 장갑차와 충돌하면서 부서져나간 벤치와 공중전화 부스를 살펴본 뒤 녀석들에게 손짓했다.

"가서 살펴봐. 대신 서둘러."

녀석들이 우르르 뛰어가고 나는 다시 몸을 돌려 바깥쪽을 살폈다. 가끔씩 녀석들이 우당탕거리는 것 빼고는 기분 나쁠 정도로 고요했다. 슈어파이어의 광량을 최대로 올려서 양쪽 개찰구를 번갈아 훑었다. 에스컬레이터의 고무 손잡이가 끊어져 뱀처럼 똬리를 틀었다. 이제 길기로 악명 높은 이대역 에스컬레이터가 다시 작동할 일은 없었음에도 자꾸만 경계하게 되었다. 나는 초조해져 뒤에다 대고 다시금 외쳤다.

"서둘러! 뭐 하는 거야?"

대답이 없었다. 총구를 돌려 장갑차를 살폈을 때는 기가 막힌 광경이 펼쳐져 있었다. 녀석들이 모두 사라진 것이다.

"이 새끼들이! 지금 나랑 장난쳐? 빨리 나오지 못해!"

좀비가 나타난 걸지도 모른다는 생각에 소총을 고쳐 잡았다. 하지만 근처에 있는 좀비라고는 꽃집 유리문 안에 갇혀 있는 놈뿐이었다. 그리고 정말 좀비가 나타났다면 녀석들이 쥐 죽은 듯 조용했을 리가 없다. 어두운 역사에서 쿵쿵 발걸음 소리가 메아리쳐 온 것은 그때였다. 적지 않은 발소리에 심장이 빠르게 뛰었다. 도망쳐야 하는데 어디서 소리가 들려오는지 가늠되지 않아 움직일 수 없었다. 슈어파이어를 이리저리 돌려 대봐도 아무것도 보이지 않았다.

소리는 점점 더 크게 들려왔다. 미쳐버릴지도 모르겠다고 생각하고 있을 때, 오른쪽 전방의 개표기 너머로 무수한 그림자들이 보였다. 연달아 방아쇠를 당겼지만, 당황한 탓에 총알은 연신 개표기에 빗맞고 불꽃을 내며 튕겨 나갔다. 하는 수 없이 소총을 바닥에 내려놓고 수류탄의 안전클립과 안전핀을 뽑아 개표기를 향해 굴렸다.

다행히 수류탄은 매우 적절한 순간에 위력을 발휘했다. 무서운 기세로 다가오던 좀비들은 수류탄과 함께 터져나갔다.

하지만 급박한 상황에 제대로 몸을 피하지 못하는 바람에 나역시 그 충격을 뒤집어쓰고 말았다. 역 안을 가득 메웠던 열기가 사라지고 살짝 고개를 들었을 때는 어지럽고 울렁거려서 몸을 제대로 가눌 수가 없었다. 소총을 지지대 삼고 겨우일어났다. 처음 들어왔던 입구 쪽이라고 생각되는 방향으로무작정 뛰었지만 뭔가에 걸려서 다시 넘어지고 말았다. 바닥에 부딪힌 입술이 터지면서 불타는 것처럼 화끈거렸다.

여전히 균형을 잡지 못해 비틀거리고 있을 때 희끄무레한그림자가 다가오는 것을 보았다. 겨우 소총을 움켜잡고 무작정 방아쇠를 당기려 했지만, 제대로 견착하지 못한 탓인지떨어뜨리고 말았다. 거친 숨을 몰아쉬며 다시 총을 고쳐 잡고 발사했다. 이번에는 제대로 맞은 것 같았지만 속도만 약간줄었을 뿐 그림자는 미동도 없이 계속 거리를 좁혀왔다. 다시방아쇠를 당겼다. 퍽 하는 소리가 들리고 눈 위쪽으로부터머리가 전부 날아간 좀비가 바로 내 앞에서 풀썩 엎어졌다.

그제야 마음이 안정되고 어지러움도 좀 가셨다. 총을 겨눈채 뒷걸음질로 계단을 올라갔다. 후들거리는 무릎이 몇 번이고 꺾였지만 어떻게 겨우겨우 계단 중간쯤까지 올라갔다. 그

르릉거리는 소리가 들린 것은 그때였다. 고개를 돌린 나는 절망스러운 광경과 마주치고 말았다. 좀비들이 출구를 가득 메우고 있었다. 그 자리에서 한쪽 무릎을 꿇고 계단을 내려오는 좀비들을 향해 연거푸 소총을 발사했지만 떼로 몰려오는 좀비들을 막기에는 역부족이었다. 다시 계단을 내려가 도망칠까도 생각했지만, 내 뒤쪽에서도 좀비 무리가 몰려오고 있었다.

하나밖에 없는 수류탄은 이미 써버렸고, 총알도 다 떨어졌다. 이제는 방법이 없었다. 하늘에 솟아날 구멍이라도 났으면 좋겠다고 생각하며 위쪽을 올려다봤을 때 녹색 유리 지붕을 받치던 철골들이 엿가락처럼 늘어져 있는 것이 보였다. 지난번 장갑차가 굴러떨어지고 뒤이어 전차의 포격까지 받으면서 그렇게 된 것 같았다. 철골 중 하나가 힘껏 손을 뻗으면 닿을 만한 곳까지 내려와 있었다. 쉽진 않겠지만 달리 방법이 없었다. 이판사판이라고 생각하며 소총을 둘러메고 계단 손잡이에 올라섰다. 양쪽에서 다가오는 좀비들의 악취가 느껴지던 순간, 젖 먹던 힘까지 짜내 풀쩍 몸을 날려 겨우 철골을 움켜잡는 데 성공했다. 좀비들이 내가 신고 있던 게리슨 워커를 붙잡으려 했지만, 다행히 불과 몇 센티미터 차이로 원하던 난간에 자리를 잡을 수 있었다.

하지만 한숨 돌릴 틈도 없이 다시 좀비들에게 둘러싸이고 말았다. 아슬아슬하게 균형을 잡으며 몰려드는 좀비들에게 총을 발사했다. 워낙 빽빽하게 모여 있었기에 빗나가는 경우는 거의 없었지만 바다에 자갈 몇 개 던지는 격밖에 되지 않았다. 탄환은 금세 떨어졌다. 하지만 여전히 좀비들은 양쪽에서 몰려들고 있었다. 지하철역 안으로 뛰어내릴까도 생각해봤지만 다리라도 부러진다면 그대로 끝장이었다. 그때 출구바로 앞 나이키 매장이 눈에 들어왔다. 장갑차가 빠졌을 때이쪽에서 저지선을 폈던 군인들 중 일부가 그곳으로 들어갔었다.

깊게 생각할 겨를도 없이 딛고 있던 난간에서 훌쩍 날아올라 전면 유리창이 모두 박살 난 나이키 매장 안으로 뛰어들었다. 그 짧은 순간 바로 내 귓가와 발끝, 팔꿈치를 훑었던 좀비들의 거친 숨결과 딱딱한 손가락이 마치 B급 액션 영화의 슬로모션처럼 느껴졌다. 먼지가 두껍게 내려앉은 겨울옷들이 정글처럼 펼쳐졌다. 나는 십오만 원에 세일 판매한다는 판촉

물이 붙어 있는 매대에 있던 오리털 파카들을 내팽개쳤다. 정성스럽게 쌓아놓은 스웨터 더미도 밀쳐버렸다. 세 개에 만 원짜리 팬티가 든 비닐 팩도 손에 잡히는 대로 던졌다.

좀비들은 나이키 정글 속에서 허우적거렸지만 여전히 눈앞의 먹잇감에 광분해 있었다. 바퀴 달린 행거까지 주르륵 밀쳐버리고 나자 더 이상 던질 게 없었다. 주위를 두리번거리는데 구석에 피팅룸이 보였다. 반원형으로 둘러쳐진 커튼 아래쪽으로 검은 군화가 보였다. 단숨에 달려가 커튼을 젖혔다. 거울에 머리를 기댄 채 죽은 군인의 시체가 있었다. 군화를 신은 다리 사이에는 K-2C 소총이 끼워져 있었고, 머리를 기댄 거울에 검게 말라붙은 뇌수가 점점이 흩어져 있었다. 상처 난 목덜미가 시커멓게 썩은 것으로 보아 아마 좀비에게 목덜미를 물린 뒤 변하기 전에 소총을 턱에 대고 방아쇠를 당긴 것 같았다. 그와 같은 상황에 빠지게 된다면 나는 어떤 선택을 해야 할까. 잠시 고민했다. 이대로 깨끗이 죽어버리는 것도 나쁘지 않을 것 같았다. 그때 그녀의 얼굴이 떠올랐다. 아직 내겐 죽지 않아야 할 이유가 있었다.

이내 좀비들이 피팅룸 앞으로 몰려들었다. 서둘러 커튼을 치고 벽에 등을 붙였다. 시커먼 손아귀가 하얀 커튼을 사정없이 쥐어뜯었다. 시간이 없었다. 한 손으로 피팅룸 커튼이 열리지 않게 움켜쥐고 다른 손으로는 죽은 군인의 총을 집으려고 안간힘 썼다. 그때 커튼과 벽 사이를 뚫고 들어온 좀비의 입이 커튼을 잡고 있던 손을 물어뜯었다. 비명이 터져 나왔지만, 다행히 두툼한 전투용 장갑 때문에 상처를 입는 것은 면했다. 마침 군인의 다리 사이에 있던 소총을 집는 데 성공했다. 바로 한 발 발사했다. 커튼 바로 앞에 매달려 있던 놈이 떨어져 나가는 소리가 들렸다. 곧바로 조종간을 연발에 맞추고 다시 한 번 발사했다. 그러자 총알은 순식간에 뿜어져 나가 좀비들을 쓸어버렸다.

하지만 검게 탄 총알구멍 너머로 보이는 좀비들의 수는 여전히 상당해 보였다. 다급하게 죽은 군인의 탄띠를 더듬어 탄약 파우치를 찾아낸 뒤 새 탄창을 끼우고 다시 발사했다. 어떻게 그렇게 빠를 수 있었는지 나도 모르겠다. 총알 세례를 받은 커튼이 유령처럼 허공에서 춤을 췄다. 두 번째 탄창이 비워질 무렵에는 근처의 좀비들을 거의 대부분 쓸어버렸다. 하지만 아직도 매장 밖에는 좀비들이 우글우글했다. 이제 남은 탄창은 두 개뿐이었다. 절박한 심정으로 다시 탄띠를 뒤져봤더니 수류탄이 두 개 나왔다. 모두 안전핀을 뽑고 매장 밖으로 던졌다. 수류탄은 거의 동시에 폭발했다. 엄청난 먼지와 화염이 몰려왔고, 나는 피팅룸 커튼을 움켜쥔 채 시신 뒤로 몸을 숨겼다. 강렬한 화염 폭풍에 뒷유리에 금이 갈 정도로 세게 머리를 부딪치고는 잠시 의식을 잃었다. 흐릿해가는 의식 속에서 과거로 돌아가는 꿈을 꿨던 것 같다. 가족이 온전히 남아 있고, 모두가 미처 돌아가기 직전의 세상으로 말이다.

얼마쯤 지났을까. 막혔던 숨이 훅 하고 내뱉어지면서 흐려졌던 의식이 번쩍 돌아왔다. 좀비들을 앞에 두고 정신 줄을 놔버리다니, 울고 싶은 심정이었다. 하지만 수류탄 두 발이 효과를 발휘했는지 밖에는 좀비 그림자도 보이지 않았다. 하지만 소리와 빛에 민감한 좀비들이 언제 다시 몰려들지 모른다. 죽은 군인의 총과 내가 가지고 왔던 총을 양 옆구리에 낀 채 밖으로 나왔는데, 입구에 있던 전신 거울에 비친 내 모습을 보고 웃음을 참지 못했다. 지하철 바닥에 갈린 입술은 퉁퉁 부었고 머리와 얼굴에는 석고보드 가루와 먼지를 잔뜩 뒤집어쓰고 있었다. 길거리에는 부서지고 터진 좀비 시신투성이였다. 아직 살아서 꿈틀대는 좀비들을 조심스럽게 피하며 이대쪽으로 걸어갔다. 이른 아침에 나왔는데 어느덧 해가 저물어가고 있었다. 파편에 맞았거나 뛰다가 어디 부딪혔는지 한쪽 발목이 계속 시큰거렸다.

골목길에 쭈그리고 앉아서 소총을 점검했다. 두 개의 새 탄창에는 스물여덟 발씩 꽉 차 있었다. 하나씩 삽탄한 다음 한 자루는 어깨에 둘러메고 다른 한 자루는 옆구리에 꼈다. 다행히 골목길에는 좀비들이 없었지만 언제 쫓아올지 모른다는 생각에 조심스럽게 움직이면서 내내 생각했다. 녀석들은 왜 말도 안 하고 저희들끼리 도망쳤을까? 왜 총을 손에 넣겠다고 그런 위험을 무릅썼을까? 요새가 있는 골목길 어귀에 이르렀을 때 모든 것이 분명해졌다. 그렇다면 나도 대책을 세워야지. 앞에 보이는 미용실 이 층으로 올라갔다. 무거운 몸으로 나란히 붙은 건물들을 힘겹게 건너 요새 이 층에 있는 네일아트숍에 들어갔다. 주변을 빠르게 살핀 뒤 새로 구한 소총 한 자루를 구석에 숨기고, 나머지 한 자루는 분해해서 공이를 뺐다. 어두운 세상에 드리운 그림자가 골목길에 길게 뻗어 나갔다. 예전 같았으면 어둠에 맞서 당당히 싸웠을 가로등조차 이제는 유명무실했다.

요새에 도착해서 문을 두드렸지만, 응답이 없었다. 다시 두드렸지만 침묵만이 흘렀다. 불길한 느낌에 총을 쏴서라도 문을 열어야겠다고 마음먹었을 때 거짓말처럼 문이 열렸다. 문을 열어준 건 진희였다. 반가움에 와락 껴안으려 했는데 그녀의 표정이 어두웠다. 무슨 일이냐고 물으니 그녀의 떨리는 시선이 옆을 향했다. 그리고 머리에서 불이 번쩍였고, 나는 그대로 정신을 잃었다.

정신을 차린 다음에도 보이는 것은 어둠뿐이었다. 그러다가 갑자기 눈앞에서 불빛이 퍽 하고 터졌다. 찌르는 듯한 불빛에 저절로 욕설이 터져 나왔다. 손으로 눈을 가려보려고 했지만, 팔이 뒤로 묶여 있던 탓에 꼼짝도 할 수 없었다. 그러자 빛이 조금 뒤로 물러나고, 그들의 얼굴이 보였다.

"이게 무슨 짓이야! 당장 안 풀어?"

"풀어주면? 우릴 죽일 거잖아."

태준이 싸늘하게 말했다. 기가 막혔다.

"뭐? 장갑차에서 무기 찾는다고 했다가 말도 안 하고 튄 놈들이 누군데 그딴 헛소리야!"

"우릴 그쪽으로 유인한 건 형이잖아. 장갑차에 들어가게 한 다음에 수류탄으로 몰살하려고 했던 거 모를 줄 알아요?"

"무슨 헛소리야! 좀비들 때문에 죽다 살아난 게 누군데!"

"아무튼, 형 너무 변했어요."

"농담 그만하고 이거나 좀 풀어."

"미안하지만 어떻게 처리할지 생각 좀 해볼게요."

"뭐? 처리? 내가 물건이냐!"

"자꾸 떠들면 입까지 막을 겁니다."

으름장을 놓은 태준이 돌아섰다. 겁이 나기 시작했다. 뭔가 오해가 생긴 것 같은데 이걸 풀지 못하면 무시무시한 일이 벌어질 것 같았다. 하지만 내 손을 묶은 케이블 타이는 본연의 임무에 충실했다. 이 케이블 타이는 내가 주워 온 건데 이렇게 스스로 발등을 찍는구나, 생각하고 있을 때 정원에서 말소리가 들렸다. 저기에 내 운명이 걸려 있다고 생각하니 두 귀가 저절로 쫑긋 섰다. 마지막으로 이야기할 수 있는 기회가 주어진다면 미안하다고 해야지. 무조건 잘못했다고, 용서해달라고 빌어보는 거야. 자존심도 없이 속으로 다짐했다. 잠시 후 다시 안으로 들어온 녀석들이 내 앞에 늘어섰다. 서로 눈빛을 주고받은 뒤 태준이 한 발 앞으로 나섰다.

"우리끼리 얘기를 좀 나눠봤어요. 일단 형이 장소를 제공하고, 지금까지 리더로서 우리를 잘 이끌어줬다는 건 인정해요. 하지만 최근 들어서 우리를 귀찮아하며 처리하려 드는 기색이 역력했어요. 오늘 같은 경우도 그렇죠. 장갑차 안으로 몰아넣고 해치려고 했잖아요. 마침 좀비들이 나타나지 않았다면 그 수류탄 우리한테 쓰려고 했던 거 다 알고 있어요."

"미치겠다. 어떻게 그런 말도 안 되는 생각을 한 거야!"

"판결을 내릴게요. 처음에는 사과를 받고, 허심탄회하게 얘기한 다음에 전처럼 지내고 싶었어요. 그런데 아무래도 그건 아닌 것 같아요. 우리는 오늘도 총을 얻는 데 실패했어요. 그런 상황에 형이 하나뿐인 총을 독점한다면 우리는 절대 형을 신뢰할 수 없을 거예요. 미안하지만 형……."

다음에 나올 얘기를 듣지 않기 위해 눈을 질끈 감았다. 하지만 귀까지 막을 수는 없었다.

"요새에서 추방이에요."

눈이 번쩍 뜨였다. 죽이는 게 아니라 추방이라고? 특별한 운송 수단이 있는 것도 아니고 고작해야 이 동네겠지. 살았다는 한숨이 절로 나오는 순간 태준이 덧붙였다.

"묶인 채로요."

그날 나는 두 번째로 기절했다. 바지에 오줌을 싼 채……

다시 정신을 차렸을 때는 아마 하루가 지나간 것 같았다. 차라리 깨어나지 않았다면 좋았을 텐데. 그래도 정신을 잃은 사람을 밖으로 내치지는 않았으니 그나마 인도적이라고 해야 할까? 하지만 감사함을 느낄 사이도 없이 양쪽에서 겨드랑이로 파고든 손이 내 몸을 번쩍 들어올렸다. 나는 볼품없이 두 다리를 버둥거리며 끌려나갔다. 이대로 밖에 버려지면 삼십 분 안에 좀비의 먹잇감이 되고 말 것이다. 내게서 빼앗은 총을 든 태준이 문을 열었다. 나는 힘껏 버티면서 애원했다.

"잠깐, 다 좋으니까 인간적으로 이건 풀어주자, 응?"

"그럼 여기로 돌아올 거잖아요. 아니면 어디서 총을 구해서 공격해올지도 모르고요."

내 오른팔을 잡은 홍철이 짜증 난다는 목소리로 대꾸했다.

"잠깐, 총이 필요해? 그럼 총을 구해줄게. 어디 있는지 알아. 안다고……."

"이 총 쓰면 돼요."

태준이 들고 있던 총을 힐끗 내려다보며 대답했다. 나는 한쪽 입꼬리를 올리며 피식 웃었다. 다분히 의도적인 웃음이었지만 놀랄 만큼 잘 먹혔다.

"한번 쏴봐. 미안하지만 그 총에는 공이가 없어. 뭐, 몽둥이로는 꽤나 쓸 만하겠지만."

"거짓말하지 마요."

"그럼 한번 나한테 대고 쏴봐. 쏴보란 말이야."

설마, 동요하는 기색이 녀석들 사이에 급속히 퍼져나갔다. 태준이 한쪽 눈을 찡그리더니 총구로 내 턱을 찔렀다.

"뻥 치지 말아요. 그런다고 달라질 건 없으니까."

"당겨보라니까? 이럴 줄 알고 어제 들어오기 전에 공이를 빼버렸거든. 어디 한번 쏴봐."

철커덕, 기분 나쁜 빈 총소리가 울려 퍼졌다. 내 턱을 찌르고 있던 K-2C 소총에서 나온 소리였다. 다시 한 번 오줌을 지릴 뻔했지만 겨우 참아냈다. 태준이 총을 내려다보면서 정말이네, 중얼거렸다.

"공이 찾아봐. 주머니에 있을지 몰라."

태준이 싸늘히 말하자 홍철과 동식이 무서운 기세로 내 몸을 더듬었다. 아무리 뒤져도 공이가 나오지 않자 태준이 신경질적으로 고개를 털었다.

"공이 어딨어?"

"이거 풀어주면 얘기해줄게."

태준의 주먹이 턱을 후려쳤다. 머리가 핑 도는 어지러움이 찾아왔다가 이내 턱이 얼얼해졌다.

"이거 풀어주면 얘기해주겠다고."

같은 말을 반복하자 이번에는 광대뼈에 주먹이 날아왔다. 터진 입안에 통증이 일었다.

"봐, 이대로 공이를 넘겨주면 정말 날 쏘겠네. 나한테도 살길을 열어줘야 공이를 넘겨주든가 말든가 하지 않겠어?"

"거래할 생각 없어. 총은 나가서 구하면 되니까."

"그럼 나가서 찾아오든지."

능글맞게 이죽거리자 다시 주먹이 정통으로 날아왔다. 어제 바닥에 갈려 퉁퉁 부은 입술이 터져나갔다. 입안 가득 고인 피를 녀석의 발치에 뱉었다. 말은 아무렇지 않은 듯하지만 녀석은 어딘가 초조해 보였다. 나는 그 틈을 파고들기로 했다.

"태준아, 대장 노릇이 쉽지 않지? 과연 이 녀석들이 총이 없는 널 인정해줄까? 나랑 같이 꽁꽁 묶어서 내치지나 않으면 다행이지."

"개새끼, 죽여버릴 거야. 창래야, 당장 가서 칼 가져와."

하지만 창래는 어쩐지 머뭇거리는 기색이었다.

"여기서 피를 볼 생각이야?"

홍철도 못마땅한 투로 끼어들었다. 순간 녀석이 잡고 있던 팔이 느슨해졌다. 잽싸게 발을 들어서 반대쪽을 잡고 있던 동식의 발등을 찍었다. 녀석은 비명을 지르며 순간적으로 손을 놓아버렸다. 나는 앞에 있던 태준까지 밀쳐버리고 몸을 날렸다. 녀석들이 나를 잡으려고 아우성을 치며 바 테이블을 돌아올 때까지 딱 한 가지만 계속했다. 바로 발치에 떨어진 리모컨 버튼을 계속 눌러대는 것. 왜 그랬을까? 태준이 녀석을 밀치고 바로 밖으로 나갈 수도 있었을 텐데. 생각해보니 그 순간 나를 지배했던 것은 체념과 복수심이었다. 어차피 죽게 될 텐데 그렇다면 나 혼자 죽을 수는 없지 않겠는가?

녀석들을 피해 정원으로 나갔을 때, 그곳에는 진희가 있었다. 손에는 칼이 들려 있었다. 따라 나온 태준이 침을 한 번 퉤 뱉더니 이죽거렸다.

"해보자 이거지. 야, 뭐 해. 창 가져와."

홍철과 동식이 식량을 보관하는 작은 창고로 뛰어갔다. 나는 진희에게 빨리 케이블 타이를 끊으라고 소리쳤다.

"빨리 끊어, 안 그러면 우리 둘 다 죽어!"

드디어 케이블 타이가 끊어졌지만 상황은 여전히 난감했다. 그사이 녀석들이 창고에서 창을 가져온 것이다. 내가 가진 것은 창에 맞서기에는 턱없이 짧은 부엌칼 한 자루뿐이었다. 나는 위층으로 올라갈 수 있는 사다리가 있는 구석으로 주춤주춤 움직였다. 그 모습을 본 태준이 창래에게 뭐라고 속삭였다. 창래가 고개를 끄덕거리고는 뒤쪽으로 사라졌다. 진희에게 먼저 사다리를 타고 올라가라고 속삭였다. 태준이 말했다.

"도망쳐봤자 소용없어."

"전략상 후퇴야!"

부엌칼을 집어던지며 소리쳤다. 녀석들이 날아드는 부엌칼을 피하는 사이 나도 잽싸게 사다리를 타고 위쪽으로 올라갔다. 그리고는 얼른 사다리를 멀리 걷어차버렸다. 아래에 있는 녀석들에게 마지막으로 가운뎃손가락을 들어 보이고는 그녀에게 말했다.

"귀 막고 바짝 엎드려 있어."

"도망가야 하는 거 아니야?"

"그냥 엎드려."

"누구……."

그녀의 말이 채 끝나기도 전에 그르렁대는 소리가 들려왔다. 태준이 문을 닫으라고 외치는 소리가 들려왔지만 아무래도 한 발 늦은 것 같았다. 정범이 살아 있을 때 우리는 골목길 끝에 스피커를 설치했었다. 골목에 인간이나 좀비가 들어섰을 때 총소리를 틀어 바깥으로 유인하기 위한 것이었다. 그런데 나는 마지막에 요새 바로 앞에 미니 스피커를 하나 더 설치했다. 왜 그렇게 했는지는 나도 잘 모르겠다. 당시에는 그걸 어떤 식으로 쓰겠다고도 깊게 생각해보지 않았다. 아마 본능적으로 놈들의 배신을 예상한 것이 아니었을까.

몇 달간 우리의 보금자리이자 피난처였던 카페 체즈베에 좀비들이 밀려 들어왔다. 녀석들은 잠깐 창으로 대항하는 흉내를 내더니 이내 벽에 매달렸다. 아마 기어 올라오려고 했겠지. 하지만 좀비들이 더 빨랐다. 쓰러진 녀석들에게 좀비들이 새까맣게 달려들었다. 살점이 너덜거리고, 식후에 담배를 피우고 어쭙잖은 산책을 하기도 했던 정원은 피바다가 되었다. 몇 달 동안 동고동락하던 녀석들의 죽음을 내려다보면서 미친 사람처럼 웃었던 것 같다. 두 눈에서는 눈물을 펑펑 흘리면서.

그때 진희가 울먹이며 빨리 가야 한다고 말했다. 애써 정신줄을 부여잡고 네일아트숍으로 들어섰다. 그런데 그곳에는 또 다른 난관이 기다리고 있었다. 창래가 먼저 와 있던 것이다. 나는 빈손이었고, 녀석은 창을 들고 있었다. 어제 숨겨둔 배낭 옆에 총이 있긴 했지만 불행하게도 나보다 녀석에게 더 가까이 있었다. 한 가지 다행스러운 건 녀석이 밑에서 벌어진 사태에 놀라 거의 패닉 상태가 되었다는 것이다.

"언제까지 그러고 서 있을래? 얼른 튀지 않으면 우리도 저렇게 될 거야."

그래도 녀석은 망할, 씨발 따위의 욕지거리만 해댔다.

"내 앞에 있는 테이블 밑에 비상식량이 든 배낭이 있어. 이 걸 줄 테니까 우릴 그냥 보내줘. 어차피 이제 요새는 끝장이야. 너도 네 살길을 찾아야 하잖아."

드디어 녀석이 결단한 듯 입을 열었다.

"이쪽으로 던져요."

"그전에 뒤로 좀 물러나."

잠시 고민하던 창래가 몇 걸음 뒤로 물러나자 나는 잽싸게 달려나가 탁자 밑에 숨겨뒀던 소총을 집어 들었다. 그리고는 녀석의 발밑에 한 방 갈겼다. 녀석이 창을 내던지고 애원했다.

"잘못했어요. 살려주세요."

"빨리 꺼져."

녀석이 벌벌 떨면서 잿더미가 된 창문을 넘어가는 것으로 사태는 일단락되었다. 몽땅 다 잃었지만 말이다. 마무리를 해야겠다는 생각에 예전에 네일아트숍을 태울 때 쓰고 남은 시너를 벽을 따라 요새 아래로 부었다. 그리고 라이터로 불을 붙였다. 벽을 타고 흐른 불길에 정원이 타들어가기 시작했다. 좀비들은 몸에 불이 붙는 것도 아랑곳하지 않고 시신들을 뜯어먹었다. 나는 배낭을 짊어지고 그녀에게 말했다.

"가자. 해 떨어지기 전에 잘 곳을 구해야 해."

"알았어."

좀비들은 타오르는 불길을 보고 불나방처럼 몰려들었고, 골목길은 금방 좀비들로 가득 찼다. 이 층 건물들을 차례로 넘어가며 골목길 끝까지 왔다. 골목길을 벗어나는 마음은 두려움이었다. 이제 어디로 가야 할까? 하지만 마음을 굳게 다잡고 제법 높은 이 층 베란다에서 뛰어내렸다. 그녀도 내 옆으로 성큼 뛰어내렸다.

"어디로 갈 건데?"

"일단 저기."

나는 불타버린 쇼핑몰을 턱짓으로 가리켰다. 사무실 같은 데 들어가서 문을 잠그면 그럭저럭 안전할 것이다. 그녀는 대답 대신 고개를 끄덕거렸다.

우리는 큰길을 피해 지하 마트 쪽 뒷길로 돌아서 갔다. 사람 키보다 몇 배는 큰 빨간색 구두 조각품이 먼지와 거미줄 속에서 우리를 반겼다. 한때는 사람들로 북적거렸을 쇼핑몰 앞 광장에 있는 것은 빛바랜 신문지 조각과 오래된 시신들을 파먹고 있는 까마귀뿐이었다. 까마귀는 탐욕으로 번들거리는 시뻘건 눈으로 조심스럽게 지나치는 우리를 주시했다.

나는 그녀를 끌고 쇼핑몰 안으로 들어섰다. 먼지가 카펫처럼 깔려 있었다. 불에 탄 마네킹들은 여전히 자리를 지키는 중이었다. 입구 주변에는 매대와 물건들이 어지럽게 널려 있었고, 그 사이사이로 검댕을 뒤집어쓴 해골들이 보였다.

"좀비들을 피해 입구를 막았다가 도리어 갇혀버렸구나."

기름기가 둥둥 뜬 물이 고인 바닥을 지나 가운데 통로로 들어서자 크고 작은 호두까기인형들이 보였다. 가운데 서 있는 커다란 인형은 용케 화마를 피했는지 멀쩡했다. 작은 정원처럼 꾸며진 조형물 주위로는 불에 타다 남은 은박지 조각과 옷가지들이 보였다.

"이대에서 쫓겨난 사람들이 여기에 자리 잡았나 봐."

"그런 것 같아."

뒤에 바짝 붙은 그녀가 담담하게 대답했다. 화염이 휩쓸고 간 일 층은 흩날리는 잿더미 때문에 숨 쉬기가 힘들었다. 잠시 고민하다가 진작 멈춰버린 에스컬레이터를 밟고 조심스럽게 올라가기 시작했다. 추락을 방지하기 위해 쳐놓은 그물망에 사람 시신이 걸려 있었다.

삼 층은 그나마 일 층과 이 층보다 화마의 피해가 덜해 보였다. 통로 중간에 끌어다 놓은 행거에 봄 신상품 옷가지들이 걸려 있었다.

"예전에 여기로 옷 사러 다녔는데, 이런 꼴로 다시 오게 될 줄은 몰랐어."

한탄인지 푸념인지 모를 그녀의 말에 나는 쓴웃음을 지었다. 나 역시 밀리터리 마니아라서 서바이벌 게임을 몇 번 뛰어보고, 군용 라이트인 슈어파이어를 좋아하긴 했지만 그것들을 이런 식으로 써먹을 줄은 꿈에도 생각하지 못했다. 칠층 푸드 코트에도 사람들이 머문 흔적이 보였다. 침대처럼 맞춰놓은 의자들 위로 장난감들이 굴러다녔다.

"여기서 불이 시작됐나 봐."

그녀가 폭탄에라도 맞은 것처럼 불탄 푸드 코트를 턱으로 가리키며 말했다.

"아마 가스를 쓰려고 하다가 사고가 난 것 같아."

믿었던 군인들에게 쫓겨난 이들은 살아남으려고 최선을 다했던 것이다. 가슴 아픈 흔적들을 지나 계속해서 위층으로 올라갔다. 십일 층은 비교적 깨끗했다. 이 층 전체를 은신처로 삼기로 하고 주변을 꼼꼼하게 둘러봤다. 비상계단을 잠그고 빈 사무실에서 끄집어낸 책상과 의자로 빼곡하게 막았다. 그 사이 진희는 바퀴 달린 의자를 끌고 와서는 창문 앞에 나란히 놓았다.

초코바를 하나씩 먹고 생수를 조금 나눠 마시는 것으로 간단한 식사를 끝냈다. 그리고는 함께 의자에 앉아서 창밖을 내다봤다. 어스름해진 세상에는 빛 한 점 보이지 않았다. 마음이 편안해진 탓일까? 우리는 많은 얘기를 나눴다.

"아버지가 사업에 실패하신 뒤 연예인이 되게 해주겠다는 사람을 만났어. 순 사기꾼이었지만……"

그녀가 담담한 말투로 지나온 얘기들을 했다.

"나 사장도 그러다 만난 거야."

아칸소 독감이 퍼지고 감염자들이 활개를 치게 되었을 때는 업소에 숨었다고 털어놓았다.

"지금 생각하면 어이가 없지만 그땐 금방 지나갈 거라고 생각했으니까, 웨이터랑 기도 오빠 몇 명 꼬셔서 생수랑 라면을 쌓아놓고 버텼지. 근데 담배 사러 나갔던 웨이터 녀석이 감염자한테 물려서 돌아온 거야. 하룻밤 지나니까 확 돌변해버렸어. 어떻게 겨우 빠져나왔다가 사람들 틈에 쓸려서 이대로 들어간 거지. 그곳도 결국 지옥으로 변해버리긴 했지만."

그녀는 잠시 쉬었다가 다시 말을 이었다.

"처음 만났을 때부터 너는 좀 특별해 보였어. 나에게 딴마음 먹고 가식적인 친절을 베풀지도 않았고, 음흉하게 속마음을 숨기는 일 없이 정직하고 꾸밈없었지. 항상 생각했어. 체즈베의 테라스와 따뜻하고 향긋한 커피, 그리고 너를……"

그러더니 피식 웃고 잠이나 자자며 눈을 감았다. 광량을 줄여놨던 슈어파이어를 완전히 껐다. 몇 달 동안 지냈던 요새가 사라졌다는 사실이 서서히 실감 났다. 털어내려고 했지만 버려야 했던 것들이 자꾸만 마음에 걸렸다. 그래도 지금 이렇게 살아 있다는 것으로 위안 삼았다. 내일 다시 떠오르는 해를 볼 수 있을지는 모르겠지만 말이다.

3. 탐색

다음 장부터는 훼손이 심해서 읽을 수가 없었다. 연구실에 가져가 복원해줄 것을 부탁했지만 처리할 업무가 많다고 퇴짜를 맞았다. K-기준은 천천히 조금씩만이라도 처리해달라고 부탁한 뒤 통제실로 향했다.

"경비대장님. 사령관님 호출입니다."

모니터로 좀비들의 움직임을 살펴보던 K-기준은 등 뒤에서 들려오는 목소리에 고개를 돌렸다. 세라믹 패널을 옆구리에 낀 오퍼레이터가 그를 쳐다보고 있었다. 사흘 만의 호출이었다. 그는 조용히 오퍼레이터의 뒤를 따랐다. 외벽 너머의 황량한 벌판에는 아직 썩지 않은 좀비들의 시신을 뜯어먹는 좀비들의 모습이 보였다. 원정대원들은 처음에는 보이는 족족 사격을 가했지만 나중에는 지쳐서 포기해버렸다.

다행히 이후 좀비들이 그날처럼 떼를 지어서 쳐들어오는 일은 없었다. 하지만 그 누구도 외벽 밖으로 나갈 엄두를 내지 못했다. 전력 공급을 위해 솔라 트리를 추가로 설치하긴 했지만 3차 캡슐 강하는 취소되었다. 어느 누구도 실패라는 단어를 직접적으로 입에 올리지는 않았지만 분위기는 점차 그쪽으로 넘어가는 중이었다.

통제실 한쪽의 회의 탁자에 혼자 앉아 있던 사령관은 그를 보자 자리에서 일어났다. 손가락을 까딱거리며 따라오라는 신호를 보내더니 어제 설치한 대형 홀로그램 스크린 앞에 섰다. K-기준이 맞은편에 서자 홀로그램에 지구 지도가 떴다. 지도는 한 바퀴 천천히 회전하며 1차 원정대가 낙하한 지점들을 붉은 점으로 보여주었다. 그리고 점들은 하나둘씩 사라져갔다.

"요점만 말하지. 지금 현재 지구에 남아 있는 건 북아메리카 대륙의 캘리포니아 반도와 아프리카 남부, 그리고 여기 한반도 팀뿐이야. 다른 두 팀도 우리랑 사정이 비슷해. 일단 정착지까지는 완성했는데 좀비들 때문에 섣불리 확장하지 못하고 있는 상태지. 어떻게든 해결책을 찾아야만 해."

"일단 지하에 필요한 구조물들을 건설하는 건 어떨까요?"

"비용이 너무 많이 들어가. 수용 인원에도 한계가 있고 말이야. 이걸 좀 보게. 저궤도 위성에서 잡은 거야."

홀로그램에 한반도 지도가 떠올랐다. 잠시 지직거리던 영상은 랜딩존 주변으로 축소되었다.

"좀비들의 평균 이동 속도나 군집성을 고려할 때 이렇게 대규모로 나타난 것은 예상 밖의 일이야. 그래서 이동 경로를 파악했는데 흥미로운 걸 발견했어. 이걸 보게나."

사령관이 센서가 장착된 장갑을 끼고 홀로그램의 이미지를 조정했다.

"좀비들은 주로 남동쪽에서 나타났네. 하지만 나흘 전까지는 그쪽에 위협이 될 만한 좀비 집단이 없었어. 그런데 이걸봐. 사흘 전 저녁에 찍은 거야."

홀로그램 이미지가 변하면서 좀비를 뜻하는 녹색 점이 지도 위에 표시되었다.

"좀비 무리가 갑자기 나타났다는 말씀이십니까?"

"그래, 마법처럼 갑자기 나타났어. 그리고는 곧장 우리 쪽을 향해 진군해왔네. 마치 군대처럼 말이야."

"그래도 출몰한 곳이 있을 거 아닙니까?"

"의심 가는 곳이 있긴 하지."

사령관이 손으로 홀로그램 지도의 끝을 찍자 지도가 그쪽을 중심으로 확대되었다. 인공적인 구조물들의 홀로그램이 솟아났다.

"이건 뭡니까?"

"정확한 건 모르겠지만 구조를 보면 군사용임이 틀림없어. 지명도 확인했다네. 평택이야."

"평택이라면 그 유명한 평택 전투가 벌어졌던 곳 말인가요?"

"맞네. 바로 거기야."

— Z.A. 용어 사전　**평택 전투**

Z.A. 직전 벌어진 좀비와의 전투에서 인간이 승리를 거둔 대표적인 전쟁이다. 대한민국 정부의 임시 수도로 지정된 평택은 Z.A. 원년 3월 중순부터 좀비들에게 포위되었지만 Z.A. 3년 2월 시행된 철수 작전 때까

지 방어에 성공했다. 평택 전투에서 인간이 승리한 요인은 여러 가지가 꼽힌다. 가장 큰 요인은 원활한 해상 보급으로 물자와 인원을 보충하기 수월했다는 점이고, 그 외에도 화력에 의지하기보다는 해자와 방책 등으로 좀비의 이동을 최대한 막고 대량 살상 무기를 적절히 사용했다는 점 등이 꼽힌다. 이 전투에서의 승리로 대한민국은 정부의 형태를 유지한 채 조직적인 철수 작전을 실시하고, 협상을 통해 미국과 유럽 연합의 우주 이민 계획에 참여할 수 있었다. 인류총회는 이 전투를 기념해서 Z.A. 12년 달 어둠의 바다에 건설된 정착지의 이름을 '평택'으로 명명했다.

그러나 최대 이십만 명이 넘었을 것으로 추정되는 피난민들을 방치하고 약 사천 명만을 선별해서 탈출시킨 일은 한동안 논란거리가 되었다. 선별 탈출을 옹호하는 쪽은 그 많은 인원을 모두 탈출시킬 수는 없다는 점을 들어 어쩔 수 없는 일이었다고 주장한다. 이에 대해 우주 이민 초기부터 이 문제에 대해서 지속적으로 문제 제기해온 P-예빈은 이 과정에서 뇌물과 부당한 압력이 있었으며, 방어 작전 기간 동안 위험을 무릅쓰고 물자 보급에 큰 공을 세운 민간인들이 이주에서 배제되었다고 언급했다. 그녀가 달 정착지 평택 주변에 만들어놓은 테라코타 작품 「평택의 눈물」은 이 당시의 상황을 잘 나타내고 있다.

저명한 지구학자인 J-유스틴은 선택과 차별, 버려지는 자와 살아남은 자를 구분하게 된 것이 인류가 지성에서 반지성으로 넘어가게 된 지점이라고 지적했다. 인간이 좀비와의 전쟁에서 겪은 가장 큰 패배는 지구를 잃은 것이 아니라 사람들 사이에 선을 그어놓고 삶과 죽음을 결정하게 된 것이라는 말이다. 따라서 심판자와 살아남은 자는 일종의 원죄의식을 가질 수밖에 없다고 주장했다. 천신만고 끝에 우주로 이주한 사람들이 숱하게 자살을 선택했던 이유도 이것으로 설명된다. 이들은 주로 산소 밸브를 열거나 우주복을 훼손하는 방법으로 자살을 감행했는데, 가족과 친구 들을 두고 왔다는 죄책감에 시달렸던 것으로 보인다. 어쨌든 '인류는 살아남았다'라는 초기의 구호는 한동안 '우리는 그들을 버렸다'라는 냉소에 부닥쳐야만 했다. Z.A. 6년 그때까지 존속되었던 UN을 해산하고 인류총회로 대체하는 시점까지 계속된 논쟁은 후일 우주파와 지구파의 대립으로 이어졌다.

— M-모랄레스의 「평택의 눈물에 대한 소고」에서 발췌

한동안 침묵이 흘렀다. 그는 사령관의 의도를 파악할 수 없었다. 불편한 침묵을 먼저 깨뜨린 것은 사령관이었다.

"위성 스캔으로 파악한 좀비들의 근원지가 바로 저곳일세."

"저기에 좀비가 몰려 있다는 말씀이신가요? 설마 공존설을 믿고 계신 건 아니죠?"

"공존설이건 공유설이건 지금 중요한 건 그게 아니야. 어떻게 하면 이 문제를 해결할 수 있느냐지. 사실 한반도를 랜딩 지점으로 택한 건 여기 남은 좀비의 개체 수가 최대 십만이 넘지 않을 것이라는 추정 때문이었어. 실제로 위성 스캔이나 무인 정찰 로봇의 탐색 결과도 그랬고 말이야. 그런데 사흘

전 밤에 쳐들어온 좀비들만 해도 오만이야. 그 많은 좀비들이 땅속에서 잠복하고 있던 것처럼 불쑥 튀어나왔단 말일세."

"그 많은 좀비들이 다 평택에서 나왔다는 말씀이시군요."

K-기준이 사령관의 말을 그대로 받아 답했다.

"맞아. 과거 좀비 아포칼립스 당시 거기서 못 빠져나온 잔류자가 이십만 정도일 것으로 추정되네."

"그 사람들이 다 좀비로 변해서 거기에 남아 있다는 말씀인가요?"

"절반만 남았다고 해도 십만이지. 어쨌든 이들을 처리하지 않고는 한반도에 정착하기 힘들어."

"거기에 있는지도 확실하지 않고, 설사 있다고 해도 그 많은 좀비들을 다 어떻게 처리하실 겁니까? 설마 휴거 작전처럼 원자폭탄이라도 쓸 겁니까?"

"일단 놈들이 거기 있는지 확인하는 게 우선이겠지. 그다음에는 이걸 쓸 계획이야."

사령관이 홀로그램 위쪽에 축소되어 있던 아이콘 하나를 손가락으로 찍었다. 대형 캡슐로 확장된 아이콘을 본 K-기준이 물었다.

"이걸 쓰신다고요?"

"그래, 저궤도에서 그냥 떨어뜨릴 작정이야. 그러면 일일이 총으로 쏘는 것보다는 좀 쉽게 처리할 수 있을 거야."

"신의 지팡이인가요?"

K-기준이 빈정대자 사령관은 "어쨌든 핵무기는 아니잖아" 하고 답했다.

— Z.A. 용어 사전　**신의 지팡이**

Z.A. 이전 미국이라는 강대국이 개발한 대지상 무기로, 저궤도에서 육 미터 길이의 텅스텐 탄심을 떨어뜨려서 그 충격 에너지로 상대를 파괴한다. 실제로 배치되어서 휴거 작전 때 사용되었다는 주장과 그냥 연구 단계에서 끝났다는 주장이 팽팽하게 갈리고 있다. Z.A. 이후 인류가 소행성이나 달에 정착지를 개척하기 위해 지면을 평탄하게 할 때도 폭발물을 채운 대형 캡슐을 해당 지역에 떨어뜨렸던 바 있다. 이런 작업에 '신의 지팡이'라는 이름이 붙은 이유는 명확하지 않다. 맨 처음 개척한 소행성 프론티어−12를 건설했던 미국 출신의 과학자들이 붙였다는 것이 통설이지만 확인할 수는 없다.

— 「제2장 우주에서 살아남다」 『휴먼 스페이스』, pp.67-77.

"뭐 폭발물을 채운 대형 캡슐은 소행성을 개척할 때도 종종 쓰니까요. 위치 탐색은 어떻게 하실 거죠? 정찰 로봇을 쓰실 건가요?"

"거긴 아직 난전파 지역이야. 그리고 신경 쓰이는 곳이 하나 있는데 거기는 로봇이 못 들어가."

사령관이 평택 지도에서 바다 쪽에 치우친 산 중턱을 손끝으로 찍었다. 그러자 지하로 연결된 자그마한 출입구 하나가 확대되어 눈높이로 떠올랐다.

"지하 시설이네요?"

"그래. 앞쪽에 반원형 구조물 보이지? 이런 벙커는 주로 군용 구조물 입구를 지키기 위해서 설치된다네. 그렇다면 여기 지하는 군대 주둔지였거나 최소한 보급 창고였을 가능성이 높아. 이런 곳은 무기질 구조물이 두꺼워서 전파 송수신이 곤란해."

"결국 사람이 가야 한다는 말씀이시군요."

K-기준의 말에 사령관은 고개를 끄덕였다.

"바로 그거야. 사람이 가서 좀비가 어디에 있는지, 이 구조물이 무엇인지 확인해야 해."

"그리고 그게 바로 저로군요."

"맞아. 내가 이 상황에서 누굴 믿겠나?"

"그러니까 좀비들 수십만이 우글거릴지 모르는 곳으로 가서 놈들 위치를 파악하고 대형 캡슐을 떨어뜨릴 좌표도 찍고, 출입구 하나밖에 확인되지 않는 지하 구조물의 상태까지 알아내란 말씀이신가요?"

"지하 구조물을 먼저 확인하고, 좀비들이 그곳에 모여 있는지 파악해야지. 떨어뜨리는 건 제일 마지막이고 말이야."

"캡슐 투하야 정찰 로봇이 안 되면 저궤도 위성 하나를 정지시키고 연속 스캔을 하면 되잖습니까. 솔직히 말씀해보시죠. 저 지하 구조물에 쓸 만한 무기가 있는지 확인해보고 싶으신 거죠?"

"부인하진 않겠네. 나를 어떻게 생각해도 개의치 않겠어. 하지만 말이야, 난 무슨 일이 있어도 이 지구에 인간들이 살 공간을 만들어놓고 말 거야. 나를 평택에서 피난민들을 다 버리고 떠난 대한민국 정부보다 못한 놈이라고 해도 받아들이겠네. 이 임무가 죽으라고 등 떠미는 거나 마찬가지라는 것도 잘 알아. 그래서 내 최측근인 자네를 보내려고 하는 거야. 다른 사람들이 아무 소리도 못 하게 하려면 나부터 희생해야지. 자네한텐 미안하네. 하지만 속으로 피눈물을 흘리고 죄책감에 밤잠을 설쳐도 할 일은 해야 해."

무거운 침묵이 흘렀다. 그는 맨 처음 사령관을 만나던 때를 떠올렸다. 평택 정착지에서 열린 지구파 집회에서 그는 인간이 지구에 살아야만 하는 이유를 열광적으로 연설했다. 그의 광기 어린 신념은 지구파 수장이라는 자리와 함께 '지구병에 걸린 악마'라는 별명을 안겨 주었다.

"결국 이렇게 되었군요."

"그래, 꼬맹아. 인간이 지구를 되찾기 위해서는 희생이 필요해. 하지만 적어도 그 피는 우주 공간으로 흩어지지 않고 대지에 뿌려지겠지. 지구에서 인간으로 죽는 거야."

"감동적이군요. 언제 출발해야 합니까?"

"지금 엔지니어들이 장거리 정찰용 로봇들을 개조하고 있네. 하이브리드 파워 전지를 싣고 식수가 든 탱크를 끌 수 있게 말이야."

"누가 가는 겁니까?"

"여기 명단이 있네."

사령관은 스캐너 장갑을 낀 손으로 테이블 옆에 놓인 세라믹 패널을 집어 K-기준에게 건넸다. 그 바람에 홀로그램이 잠깐 일그러졌다. 패널에 쓰인 명단을 본 K-기준은 피식 웃고 말았다.

"지난번에 주신 우주파 스파이들 명단과 일치하는군요. 한 번에 쓸어낼 작정이신가요?"

"요 며칠 새 그들이 자꾸 안 좋은 소문을 내서 정착민들을 불안하게 만들고 있어. 합법적인 범위 내에서 어떻게든 처리해야만 하네."

"절 선임한 건 그들만 보내면 우주파가 반발할까 봐 그런 거겠군요?"

"변명할 생각 없네. 명령대로 따라줬으면 해."

"알겠습니다. 출발은 언제입니까?"

"엔지니어 팀에서 내일이면 로봇 개조가 끝난다고 하더군. 하루 정도 테스트하고 모레 출발하게."

"무기와 보급 물품을 좀 더 추가해도 되겠습니까?"

"원하는 대로 하게."

"궁금한 게 있습니다. 그 구조물을 굳이 탐색하려는 이유가 뭡니까?"

"자네 짐작대로야. Z.A. 직전까지 한반도는 두 개의 다른 정치 체제가 경쟁을 했다네."

"이 좁은 땅에서 말입니까?"

"그게 의문이긴 하지만 자세한 정보가 없는 상황이니까. 확실한 건 위도 38도선에 엄청나게 많은 벙커와 지하 구조물이 존재한다는 사실이지. 그리고 미군이 평택에 주둔했다는 주장도 제기되고 있어."

"Z.A. 때 가장 큰 피해를 입은 게 미국 아닙니까? 무슨 여력으로 여기까지 군대를 파병했답니까?"

"그게 아니고 Z.A. 이전부터 주둔했었다는 얘기야."

"다른 나라 수도 근처에요? 미국이 여길 점령했었다는 뜻입니까?"

"길어질 것 같으니 그 얘긴 넘어가도록 하지. 아무튼 휴거 작전에 동원되었던 무기 체계가 이곳에 보관되어 있을 것 같다는 생각이 들어."

"그걸 손에 넣고 싶으신 겁니까? 죄송하지만 중대한 탄핵 사유가 된다는 것쯤은 아시리라 믿습니다. 추방형을 받아도 변명의 여지가 없을 겁니다."

"몰래 손에 넣을 생각이라면 믿을 만한 측근들을 보냈겠지. 평택에 대형 캡슐을 낙하시켰다가 거기 있는 봉인 병기가 연쇄 폭발을 일으켜서 방사능이라도 유출될까 봐 그러는 거야."

K-기준은 홀로그램 한쪽으로 밀려난 지하 구조물의 이미지를 바라봤다. 좁은 입구 그리고 끝이 보이지 않을 것 같은 지하. 그 안에 있는 게 인류가 스스로를 죽이기 위해 만들었던 끔찍한 무기였을까? 물끄러미 쳐다보던 그는 사령관에게 물었다. 사령관은 막 스캐너 장갑을 벗으려는 참이었다.

"여기, 입구 옆에 있는 건 뭡니까?"

"뭐 말인가? 그거? 글쎄. 그냥 바위 같은 거 아닐까?"

K-기준은 사령관에게 스캐너 장갑을 넘겨받아서 손에 꼈다. 출입구를 최대 비율로 확대하자 작은 구조물이 보였다. 홀로그램의 복원 프로그램을 호출해서 분석을 지시했다. 잠시 후 프로그램은 그것이 높이 칠십 센티미터 가량의 고정된 구조물이라는 답을 내놨다. 이미지 형상을 폴리곤 형태로 복원하라는 지시를 내리자 잠시 후 홀로그램은 앞쪽이 구부러진 원통 모양의 복원물의 모습을 띄웠다.

"이 복원물의 정체는?"

K-기준이 스캐너 장갑 손등에 있는 마이크에 대고 속삭였다. 컴퓨터가 차가운 기계음으로 대답했다.

"높이 약 육십팔 센티미터가량에 길이 약 십칠 센티미터, 폭 최대 오십일 센티미터 최소 십육 센티미터, 상부 정면이 앞으로 기울어진 불규칙한 원통형이며 재질은 무기물로 추정됨."

"용도는?"

"다음과 같이 추정됩니다. 하나, 출입구를 지키기 위한 감시 장치. 둘, 휴거 작전 당시 폭발한 원자폭탄에 노출된 시신. 셋, 자연적인 구조물. 넷, 기타입니다."

"가장 확률 높은 답은 뭔가?"

"없습니다. 감시 장치로 볼 만한 센서가 확인되지 않으며, 원자폭탄으로 희생된 시신이 지금까지 남아 있다는 건 불가능합니다. 자연적인 구조물일 가능성이 가장 높긴 하지만 특정 의도가 있는지는 파악할 수 없습니다."

"알았다. 이미지는 소멸하도록."

스캐너 장갑을 벗은 K-기준은 사령관에게 말했다.

"그럼 돌아가보겠습니다."

탄핵과 우주 추방형

인류총회는 사법과 행정, 입법의 기능을 모두 갖춘 합의체 기구다. 국가별로 투표권이 있고 상임이사국 제도를 운영했던 UN과는 달리 거주지별로 자유 투표를 실시해서 대표자를 선출하는 방식이 지구상에 존재했던 소비에트라는 정치 집단과 유사하다는 점에서 스페이스 소비에트라고도 불린다.

이 년에 한 번씩 18세 이상의 전 인류가 의회에 해당하는 입법회의체와 법률의 집행을 담당하는 사법회의체에 파견할 대표를 선출한다. 달 정착지와 스페이스 콜로니에 거주하는 정착민의 경우는 성인 사천육백 명에 한 명씩, 소행성과 목성의 위성에 있는 개척민의 경우는 최소 삼백 명 이상 최대 이천이백 명에 한 명씩 선출한다. 중대 사안일 경우는 소비에트 대표가 투표하기 전 소비에트 내부 투표를 진행할 수도 있다. 대표는 이 의견에 따라야 하며 거부할 시에는 대표직이 박탈된다.

입법회의체 회의에서는 의장 역할을 담당하는 사무총장과 우주군을 총괄하는 사령관을 선출한다. 입법회의 본부는 스페이스 콜로니 브리타니에 위치하고 있으며, 우주군 사령부는 달 정착지 링컨 시티에 있다.

사법회의체에서는 오백 유로 이상의 벌금형이 부과되는 형법 재판을 담당한다. 사법회의체 추밀회에서는 당사자를 출석시켜 소명 기회를 제공하고, 경찰 역할을 담당하는 안전보장관을 호출해서 기소 사유를 듣는다. 추밀회에서는 충분하다고 생각될 때까지 회의를 거친 뒤에 비밀 투표를 통해 판결을 내린다. 처벌은 죄질에 따라 벌금형-일반 노역형-위험 노역형-개척지 추방형-우주 추방형의 순서로 강도가 높다. 일반 노역형은 콜로니 내부의 작업에 동원되는 형벌이다. 위험 노역형은 우주선 외부 선체 수리나 채굴 기지 건설같이 우주복을 입고 작업하는 것이며 개척지 추방형은 목성의 위성이나 소행성의 소규모 채굴 기지에 파견하는 것을 말한다. 최대 삼 년 동안 혼자서 기지를 지켜야 하기 때문에 이 형을 받았을 때 자살을 택하는 경우가 종종 발생한다. 한편 인류의 생존에 위협이 되거나 소비에트 정치 체제에 반하는 행위를 한 사람에 대해서는 전체 인류가 참여하는 탄핵 투표가 결의된다. 이 투표에서 절반 이상이 탄핵에 찬성하면 우주 추방형이 내려진다. 글자 그대로 우주복을 착용한 상태에서 우주로 방출해버리는 것이다. 당사자에게는 최소한의 인간적인 배려로 집행 전에 자살할 수 있는 시간이 주어진다.

「제4장 소비에트」「휴먼 스페이스」, pp.133-140.

출발은 예정보다 하루 지체되었다. K-기준은 장거리 대형 정찰 로봇 두 대와 소형 정찰 로봇 두 대를 결합하여 만든 지휘관 개조 차량을 점검하던 중 누군가 부르는 소리에 고개를 들었다. N-미라이였다. 쏟아지는 햇빛을 등지고 선 그녀가 말을 걸었다.

"우리가 지옥으로 간다는 소문이 있던데요."

"헛소문은 아닌 것 같네요. 태양 전지판은 잘 작동되나요?"

"작년에 암스트롱 기지에서 생산된 거라 문제없어요."

"원한다면 원정대에서 빼줄 수도 있는데요."

"어머, 공명정대한 분인 줄 알았는데."

"다 헛소문입니다. 전 사악한 지구파입니다."

"호호, 액체 각성제나 두둑하게 챙겨주세요."

"그러죠."

하이브리드 파워 전지를 재장착하면서 하루 지체하게 되었다. 하지만 그 작업도 거의 끝나가는 중이었다. K-기준은 최종 점검 사항과 추가로 실을 물품 목록이 빼곡하게 적힌 세라믹 패널을 들고 본부로 쓰는 통제 모듈의 의료실로 돌아왔다. 연구실에 복원 처리를 부탁했던 잔류자의 일기장은 아직 돌아오지 않았다.

이런저런 이유로 준비가 계속 늦어져서 해가 떨어질 무렵에야 출발할 수 있게 되었다. 정비 모듈에서 개조를 마치고 나온 장거리 정찰 로봇들은 이전과는 다른 모습이었다. 원통형 센서부가 사라지고 대신 사람이 외부를 보고 직접 조종할 수 있는 캐노피가 설치되었다. 전면부에는 장애물을 돌파할 때 필요한 쐐기형 도저 블레이드가, 상부에는 대형 파라볼라 안테나와 신축성 있는 태양열 전지판이 부착되었다. 운전석 바로 뒤편과 후방 탑승 램프 상단에는 플라스마포를 쏠 수 있는 포탑이 증설되었고, 장갑판 대신 외부를 관측할 수 있는 삼각형 캐노피가 설치되었다. 운전석과 플라스마포 캐노피, 외부 장갑판에는 철조망을 둘렀다. 가뜩이나 이상한 외모 때문에 놀림거리였던 장거리 정찰 로봇들은 개량하고 철조망까지 두르자 더더욱 이상해 보였다.

하지만 그렇게 개조된 정찰 로봇 세 대가 기지 출입문 앞에 나란히 서자 정착민들은 모두 흥미를 느끼고 하나둘씩 나와서 구경을 했다. 로봇 앞에 정렬해 있던 탐사대원들은 사령관이 나타나자 일제히 부동자세를 취했다. K-기준은 대원들에게 탑승하라고 외친 뒤 사령관에게 돌아섰다.

"다녀오겠습니다."

"무사히 잘 다녀오게나."

굳게 악수를 나눈 뒤 K-기준은 1호차 후방 램프에 탑승했다. 시동이 걸리고 전력 게이지가 정상으로 올라가는 걸 확인한 그가 마이크에 대고 외쳤다.

"출발!"

게이트가 천천히 열리고 정찰 로봇들이 정착지를 빠져나갔

나. 전방 조종석 옆 좌석에 앉은 그는 LEX 모니터 옆에 놓인 책을 봤다. 잔류자의 일기였다.

"심심하지 말라고 챙겨놨어요."

전방 사수석에 앉아 있던 N-미라이가 그를 향해 고개를 돌리며 활짝 웃었다.

"고마워요."

"근데 어떤 내용이에요? 전 한글을 몰라서 읽고 싶어도 못 읽겠어요."

"잔류자가 꼬박꼬박 쓴 일기 같아요. 좀비들이 늘어나니까 안전한 은신처를 만들어놨다가 거길 떠나는 데까지 읽었어요."

"우리처럼요?"

N-미라이가 웃으며 말했다. 전용 좌석에 설치된 스크린에 평택까지의 거리와 최적화된 이동 경로가 업데이트되었다. 새로운 길을 떠난다는 설렘과 앞으로 어떤 일이 벌어질지 모른다는 두려움이 마음속에서 아슬아슬한 균형을 이루고 있었다. 문득 잔류자의 여정이 궁금해진 그는 점점 속도를 높이는 정찰 로봇 안에서 일기장을 들춰봤다. 그러자 N-미라이가 말했다.

"위성 센서가 자기장 때문에 자꾸만 오류가 나요. 저 앞 폐허 옆에 잠깐 세우면 안 될까요?"

"수리하는 데 얼마나 걸리죠?"

"그 책 마지막 장을 읽을 때까지요."

N-미라이는 웃으며 대답하더니 운전대 옆의 버튼을 눌러서 상부 해치를 열었다. K-기준은 밖으로 나와 석양빛을 조명 삼아 마지막 일기를 읽었다.

4월 24일

진희와 오래 상의한 끝에 지난번 라디오 방송에서 들었던 임시 수도 평택으로 가기로 했다. 요새가 없어진 이상 안전한 은신처를 찾는다는 건 거의 불가능했다. 사실 평택이 이 모든 악몽의 끝이라고는 생각되지 않았지만 다른 선택의 여지가 없었다. 도심지를 지나면서 최대한 식료품과 물을 챙기기로 했다. 육포로 간단하게 아침 끼니를 때우고 바깥을 내다봤다. 환한 세상은 어두울 때보다 더 황량했다. 어떻게 올라갔는지 좀비 몇 마리가 맞은편 건물 옥상에서 어슬렁거리며 새들을 향해 손을 뻗고 있었다. 도로 양편에 늘어서서 썩어가는 차들을 보며 중얼거렸다.

"차를 타고 가면 두 시간이면 충분할 텐데."

"도로가 온통 차로 막혀 있을 거라며. 그나저나 운전면허 있어?"

"있긴 있는데 장롱 면허야. 대신 자전거는 잘 타."

"난 자전거도 못 타는데."

"결국 걸어야 한다는 결론이네."

둘 다 피식 웃는 것으로 얘기를 끝냈다. 비상문을 막아두 었던 책상과 의자를 치우고 쇼핑몰을 빠져나왔다. 새벽에 한 바탕 비가 내렸는지 도로가 온통 뱀의 눈처럼 번들거렸다. 이 제는 익숙해진 좀비들의 울음이 곳곳에서 들려왔지만 눈에 띄는 녀석은 없었다. 일단 지도를 구해야 했다.

"개똥도 약에 쓰려면 없다더니, 딱 그 꼴이네. 서점을 뒤져 봐야 하나?"

신촌 현대백화점으로 내려가는 큰길 대신 신촌역 옆길로 걸어갈 때 그녀가 투덜거렸다. 신촌 명물거리 쪽에 서점이 있 었던 게 기억났지만 도로 한복판으로 가고 싶지는 않았다. 낯 선 길이 눈앞에 펼쳐지자 두렵다는 짧막한 말로는 표현할 수 없는 심정이 되어버렸다. 몇 걸음 걷지도 않았는데 벌써 후회가 밀려온다. 차라리 돌아가서 망가진 요새를 고치고 버티는 게 어떨까 고민하는 사이 그녀가 갑자기 사라져버렸다. 놀라서 두리번거리는데 쾌활한 목소리가 들려왔다.

"야! 타!"

골목길 초입의 전봇대 옆에 세워진 핑크색 스쿠터에 걸터앉은 그녀가 장난스럽게 외쳤다. 익살스러운 표정에 참았던 웃음이 터졌다.

"그냥 쭉 달리는 거야. 너무 복잡하게 생각하면 머리털 빠진다니까."

나는 킥킥거리며 스쿠터 뒤에 올라탔다. 열쇠도 없고, 앞바퀴에 도난 방지 장치까지 채워져 있으니 움직일 리는 없었다. 하지만 입으로 부릉거리며 진짜로 달리는 흉내를 내는 그녀를 보는 것만으로도 답답했던 기분이 풀렸다. 그녀가 계기판을 내려다보면서 말했다.

"가다가 기름 넣어야겠다."

"기름 말고 다른 걸 넣자."

"뭐?"

"희망."

"아우, 촌스러워. 삼류 작가 같잖아."

"작가는 아니고 삼류 바리스타는 맞아."

우리는 동시에 배를 움켜잡고 웃음을 터뜨렸다. 스쿠터가 반동을 견디지 못하고 옆으로 자빠질 때까지. 와당탕 넘어지면서 그녀와 부딪치는 바람에 이마가 얼얼했지만 나는 웃음을 멈추지 않았다. 그녀가 내 이마에 가볍게 키스했다. 난 그녀의 손을 잡고 입술에 키스했다. 짧은 입맞춤 후 그녀는 두렵지만 이겨내보겠다고 말했다. 난 세상이 끝날 때까지 지켜주겠다고 대답했다. 그러자 그녀는 방금 키스한 내 이마를 찰싹 때리며 말했다.

"이미 세상이 끝났는데 뭘."

"어쩌면 시작일지도 모르잖아."

어설프게 대답하고 일어서는데 옆으로 넘어진 스쿠터의 시트가 앞으로 젖혀지면서 아래 보관함에 들어 있던 온갖 잡동사니가 드러났다. 나는 펄쩍펄쩍 뛰었다.

"지도야! 지도!"

사백 분의 일 축적 대한민국 전도에는 부록으로 서울 부근의 고속도로와 국도 현황까지 나와 있었다. 뜻밖의 행운에 우리는 어린아이처럼 뛰며 기뻐했다. 그렇게 평택으로 가는 길이 열렸다. 오늘로써 당분간 일기를 쓰는 건 중단해야겠다. 대신 다시 일기를 쓸 수 있는 날이 오면 길 위에서 겪었던 일들을 꼼꼼하게 남겨놓을 생각이다. 인간이 어떻게 이런 상황에 처했는지, 그리고 살아남은 사람들이 어떤 길을 걷게 되었는지 말이다.